GEORGES FLIPO

Tote liegen nicht am Strand

Buch

In einem französischen Ferienclub auf der griechischen Insel Rhodos wird eine Leiche gefunden: ausgerechnet Salomon, der Clubchef selbst, von allen Mitarbeitern wegen seiner Funktion, aber auch wegen seiner imposanten Statur nur »der König« genannt. Das Makabre: Der hundertzwanzig Kilo schwere Tote wurde oberhalb des Amphitheaters an einer Art Kreuz angebracht und einer Bastonade ausgesetzt. Der Fall ist insofern pikant, als der Gründer des Esprit-Clubs der Bruder eines hochrangigen französischen Politikers ist. Also schaltet sich nicht nur die Pariser Polizei, sondern auch das Innenministerium ein. Gemeinsam beschließen die Herren, Kommissarin Viviane Lancier mit den Ermittlungen zu betrauen und sie inkognito nach Rhodos zu schicken. Die Kommissarin hofft, dass ihr Lieblingsmitarbeiter, der feinsinnige Augustin Monot, sie begleiten wird, doch am Morgen ihres Abflugs muss sie zu ihrem Leidwesen feststellen, dass ihr statt seiner der Latin-Lover-Verschnitt Willy Cruyff, halb Belgier, halb Neapolitaner, zur Seite gestellt wird.

Autor

Georges Flipo wurde als Hörfunkredakteur durch eine literarische Radiosendung bekannt. Er hat bereits mehrere Romane und Kurzgeschichten in Frankreich veröffentlicht.

Vom Autor ebenfalls lieferbar:

Tote Dichter lügen nicht (37882)

Georges Flipo

Tote liegen nicht am Strand

Roman

Aus dem Französischen
von Norma Cassau

blanvalet

Die französische Originalausgabe erschien 2011
unter dem Titel »La commissaire n'a point l'esprit Club«
bei Editions de La Table Ronde, Paris.

MIX
Papier aus verantwortungsvollen Quellen
FSC® C014496

Verlagsgruppe Random House FSC® N001967
Das FSC®-zertifizierte Papier *Holmen Book Cream*
für dieses Buch liefert Holmen Paper, Hallstavik, Schweden.

1. Auflage
Deutsche Erstveröffentlichung Juli 2013 bei Blanvalet, einem
Unternehmen der Verlagsgruppe Random House GmbH, München.

Umschlaggestaltung: www.buerosued.de, München
Redaktion: Alexandra Baisch
ED · Herstellung: sam
Satz: Buch-Werkstatt GmbH, Bad Aibling
Druck und Einband: GGP Media GmbH, Pößneck
Printed in Germany
ISBN: 978-3-442-37881-4

www.blanvalet.de

Für Hugo,
dessen Brüderlichkeit weiter reicht als jedes Wort.

Kapitel 1

»Warten Sie, Brigadier, sind Sie gerade dabei mir zu erzählen, dass Sie alle den Abend des 14. Juli, des französischen Nationalfeiertags, damit zugebracht haben, um die gehenkte Leiche herumzutanzen und mit Stöcken auf Sie einzudreschen?«

»Ja, aber wir wollten nur Spaß haben, wir haben uns nichts Böses dabei gedacht.«

In dem unschuldigen Blick des Brigadier lag ein seltsamer Ruf nach Verständnis. Kommissarin Viviane Lancier reagierte darauf mit einem Schulterzucken und vertiefte sich wieder in ihre Notizen.

»Ich wiederhole Ihre Aussage. Dieser Abend war der letzte, den Sie als normaler Tourist in diesem Ferienclub auf der Insel Rhodos verbringen wollten. Nach dem Essen sind Sie mit den anderen Sommergästen ins Amphitheater gegangen, wo eine Aufführung stattfinden sollte, ist das richtig?«

»Genau. Wir waren alle gut drauf. Zum Nationalfeiertag hatte man uns Schaumwein serviert, so viel wir wollten, den guten italienischen, nicht den griechischen.«

»Als Sie dort ankamen, war es schon dunkel. Die Organisatoren hatten das bengalische Feuer entzündet, hinter dem die Bühne nicht zu erkennen war. Nachdem der Rauch sich verzogen hatte, wurde der Scheinwerfer eingeschaltet, und Sie haben die hängende Leiche des Ferienclubchefs entdeckt …«

»Ja, Commissaire, er war am großen Mast aufgeknüpft, in fünf Metern Höhe. Er schaukelte sanft über der Bühne. Man muss zugeben, dass er beeindruckend aussah, in seiner königlichen Aufmachung mit seiner goldenen Tunika und seiner Krone. Wir haben geklatscht, wir dachten, das sei eine falsche Leiche, verstehen Sie?«

»Bis hierhin ja. Aber mit dem, was dann kommt, tue ich mich schwer.«

»Ich weiß. Sogar wir waren anfangs ein bisschen verlegen, als sich der Clown, verkleidet als Sansculotte, zu Füßen der Leiche schieflachte. Er war hemmungslos, machte unmögliche Witze und zeigte dabei mit dem Finger auf die Leiche. Dann forderten die Animateure des Clubs uns dazu auf, zum Galgen hinunterzugehen. Sie haben Musik laufen lassen und uns dazu aufgefordert, eine republikanische Carmagnole zu tanzen.«

»Was die Republik nicht alles über sich ergehen lassen muss. Dann hat man lange Bambusstöcke an Sie verteilt und Sie dazu ermutigt, auf den Gehängten einzuschlagen. Und Sie, als Polizeibeamter, haben gehorcht, wie die anderen – ohne sich Fragen zu stellen?«

»Das kam uns gar nicht in den Sinn, Commissaire.

Ich würde sogar sagen, dass wir damit erst so richtig in Fahrt gekommen sind.«

Die Kommissarin zog es vor, dem amüsierten Blick des Brigadier auszuweichen. Sie drehte sich nach rechts und nach links, zum Premierminister und dann zum allmächtigen Kriminaldirektor, der ihr ein Zeichen gab, damit sie zum Schluss kam. Ihr sollte es recht sein. »Haben Sie dem nichts hinzuzufügen, Brigadier?«

»Im Nachhinein fällt einem die Kritik natürlich leicht. Man kann es damit halten, wie man will, aber es ist doch verrückt, dass ich auf eine griechische Insel gehen musste, um einen 14. Juli so ausgelassen zu feiern. Sie werden mir sagen, dass es auch verrückt war, ihn so zu feiern, dabei haben wir nur mit den anderen mitgemacht ...«

»Seien Sie still«, befahl die Kommissarin. »Sie widern mich an.«

Kommissarin Viviane Lancier war keineswegs angewidert. Sie hatte in ihrem Beruf schon Schlimmeres gehört. Sie hatte nur gerade einen schönen Abend und wollte nicht, dass man ihr den mit irgendwelchen Geschichten von Gehängten und Stockschlägen verdarb.

Ja, es war wirklich ein schöner Abend.

Dabei hätte er um ein Haar schlecht angefangen: Priscilla Smet, diese Pest, die Leiterin der Öffentlichkeitsarbeit des Innenministeriums, hatte Viviane gegen 16 Uhr angerufen.

»Ich kann Lieutenant Augustin Monot nicht erreichen. Ist er zufällig bei Ihnen?«

»Warum sollte er bei mir sein? Sein Genesungsurlaub endet erst heute Abend, mit Überreichung der Medaille.«

»Ich dachte, er treibt sich vielleicht bei Ihnen herum, um seinen Freunden einen Besuch abzustatten.«

»Sich bei mir herumtreiben – bei der Arbeit, die wir haben? Das würde keiner wagen. Und wenn Lieutenant Monot hier bei uns wäre, würde er zuerst bei mir vorbeikommen. Die Kommissarin der 3. Pariser Kriminalabteilung bin ich, bis auf weiteren Befehl.« Viviane biss sich auf die Lippen. Das »bis auf weiteren Befehl« war ihr herausgerutscht. Seit ihrem letzten Fall stand sie auf dem Prüfstand, sie sollte es nicht schlimmer machen. Dieses Luder von Pressetante würde es sich nicht entgehen lassen, dem Kriminaldirektor, von allen der Allmächtige genannt, von ihrem Lapsus zu erzählen. Noch war Gelegenheit, sich zu fangen. »Was wollten Sie denn von meinem Lieutenant?«

»Ich möchte, dass er mir den Text der Rede vorlegt, die er heute Abend als Antwort auf die des Ministers halten wird, nachdem man ihm den Verdienstorden überreicht hat. Sozusagen zur Freigabe.«

Viviane atmete tief ein, sie musste entspannt bleiben: Priscilla Smet entschied im Innenministerium an der Place Beauvau über Gedeih und Verderb, sie sollte es sich mit ihr nicht verscherzen. Die Kommissarin zog die Schublade auf und holte einen Kinder-Bueno-

Riegel heraus, den sie auswickelte und sehr langsam kaute. »Sie vergessen, dass Lieutenant Monot ein Literat ist. Wenn es darum geht, dem Minister zu *antworten*, weiß ich nicht, wie er seinen Beitrag vorbereiten sollte. Er wird bestimmt seine Freude daran haben, zu improvisieren.«

Unwiderlegbarer Einwand. Viviane stellte sich das durchtriebene Gesicht der Pressetante vor: wie sich ihre Nase krauszog und sich ihr Mund verkrampfte, während sie gleichzeitig nach Gemeinheiten suchte, um wohlüberlegt zu antworten.

»Sehr gut, Commissaire. Es macht Ihnen wohl Spaß sie zu beschützen, Ihre Männer, es macht Ihnen Spaß sich als Ihre Mutter aufzuführen? Ganz wie Sie wollen, amüsieren Sie sich! Aber machen Sie sich keine Illusionen, jeder normale Mann verlässt eines Tages seine Mutter.«

Die Kommissarin kaute immer nervöser an ihrem Kinder-Bueno-Riegel. *Ihre Männer.* Was konnte sie dafür, dass sie nur Männer unter ihrem Kommando hatte? Ja, gut, sie konnte etwas dafür: Sie hatte in ihrer Truppe kein weibliches Wesen ertragen und jede, die es gewagt hatte, bei ihr einzudringen, hatte sie zum Zusammenbruch und zur Kündigung getrieben.

Alles war ganz einfach: Sie war die Frau, die anderen waren ihre Männer. Warum verstanden die da draußen das nicht? Es stimmte, sie ergriff von ihnen Besitz, sie kommandierte sie herum, aber war sie ihre Mutter? Tja, ja, ein bisschen. Und im Fall von Augustin Monot, ihrem neuesten Zuwachs, traf das sogar ein bisschen mehr zu. Spielte dieses Luder von Priscilla Smet auf ihn an, als sie von einem *normalen* Mann sprach, der seine Mutter verlassen musste? Das war doch absurd. Alle ihre Männer waren normal, Lieutenant Monot genau wie die anderen. Sie hatten ein ganz normales Verhältnis zu ihr, so wie sie zu ihnen. Vor allem zu Monot.

»Ah, da fällt mir ein«, fuhr die Pressefrau fort, »geben Sie sich ein bisschen Mühe mit Ihrem Look zum Cocktailempfang. Presse und Fotografen werden da sein. Sie sind die einzige Frau in der 3. Abteilung, also versuchen Sie, dem gerecht zu werden.«

Gerecht werden? Wem? Den Frauen der Kriminalpolizei? Die 3. Abteilung unterstand der Kriminalpolizei – war eine »Pariser *Filiale* der Kriminalpolizei«, wie ihre Männer zu sagen pflegten – war das ein Grund anzunehmen, dass die Frauen dort weniger elegant wären?

»Das ist meine Sache«, brummelte Viviane und legte auf.

Sie stand auf und betrachte ihr Spiegelbild im Fenster. So brillant stand es um *Ihren Fall* nicht. Eine unförmige graue Hose, eine kurzärmelige weiße Bluse, die dank der Juli-Hitze mit dunklen Stellen unter den Armen verziert war, und ausgetretene Mokassins. Der Inhalt war mindestens so traurig anzusehen wie die Verpackung: ein Körper, der noch kleiner schien als seine tatsächlichen ein Meter einundsechzig, älter als seine siebenunddreißig Jahre, und vor allem schwerer. Fast jedes Kilo, das sie während des Falls mit dem Sonett vor drei Monaten losgeworden war, hatte sie jetzt wieder auf den Rippen. Was ihr müdes Gesicht betraf, in dem glanzlose graue Augen ruhten, so wirkte es wie eine hastig erstellte Skizze: zu rund, ein wenig aufgedunsen. Ihre braunen Haare waren kurz geschnitten, aber es war keine Frisur. Sie gefiel sich nicht; wem hätte sie gefallen können? Und was würde Lieutenant Monot von ihr denken, wenn er sie nach diesen ganzen Monaten der Abwesenheit wiedersah?

Die Pressetante hatte nicht ganz unrecht, sie musste dem Anlass gerecht werden. Nach Hause zu flitzen, um das bonbonrosa Kostüm zu holen, kam nicht infrage. Es war zu grell, man hatte sie schon zu oft damit gesehen. Sie machte sich etwas frisch, durchquerte das Großraumbüro und rief ihren Männern zu: »Wir treffen uns um 18 Uhr zur Verleihung für Monot im Ministerium. Ich bin schon weg, ich habe noch einen wichtigen Termin«, und lief zu Caroll.

Freudlos trat sie ein. Die Zeit des Schlussverkaufs war fast vorüber, es gab nur noch Reste oder die neue Kollektion, die für ihr Kommissarsgehalt viel zu teuer war. Eine junge rothaarige Verkäuferin erkannte sie und schnappte sie sich: »Sie, ich habe da was für Sie.« Da Viviane von dem, was sie brauchte, keine Vorstellung hatte, ließ sie die Verkäuferin einfach machen. Sie brachte ihr eine Jacke im Safari-Style und einem nüchternen hellen Olivton und dazu das passende Kleid. »Das ist das Modell aus dem Artikel ›Der Glamour der

Rundlichen‹ in ›Mode für Mollige‹, das ist doch wie für Sie gemacht. Ich hole Ihnen mal die 44, oder?«

Die junge Rothaarige brachte sie zur Umkleidekabine. Viviane zog sich um und schämte sich für ihre Unterwürfigkeit. Sie wagte es nicht, diesem Mädchen zu widersprechen, es war jedes Mal das Gleiche; sie trat aus der Kabine, um sich zu zeigen.

»Oh, sehen Sie darin süß aus, und es macht Sie schlanker. Etwas Besseres hätten Sie nicht finden können. Nehmen Sie noch die Hose dazu.«

Das *süß* blieb der Kommissarin im Hals stecken, es war grotesk, ja beinahe beleidigend. Süß! War sie das jemals gewesen? Aber die Verkäuferin hatte recht, etwas Besseres würde sie nicht finden, vor allem nicht mit fünfzig Prozent Rabatt, dafür hatte sie keine Zeit mehr.

Viviane behielt das Ensemble gleich an und ging auf die andere Straßenseite, um passend zur Jahreszeit ein paar graue Pumps zu kaufen. Gerade als sie bezahlen wollte, bemerkte sie, dass nicht die grauen, sondern die pistaziengrünen Pumps reduziert waren. Pistazie und Oliv, diese Mischung war unverdaulich: Sie nahm die grauen und ergriff wütend über ihren Einkauf die Flucht. Es war idiotisch, der Cocktailempfang würde lange dauern, ihr würden die Füße weh tun. Füße, die Männer im Übrigen keines Blickes würdigten.

Wie jedes Jahr hatte sie alles zu schnell ausgewählt, freudlos und unbedacht. Wie schafften es andere Frauen, den Schlussverkauf zu nutzen und ihren Kleiderschrank mit so viel Leichtigkeit neu auszustatten? Diese Frauen kamen wohl mit sich selbst nicht ganz klar. Oder sie hatten einen krankhaften Bezug zu ihrem Körper, ein Bedürfnis, sich zu lieben. Ja, das musste es sein.

Im Ministerium war es heiß und stickig. Das Buffet sah verlockend und frisch aus, aber niemand wagte es, sich vor dem Minister daran zu bedienen. Während alle auf ihn warteten, wurde geplaudert, einander zugerufen und darauf geachtet, die besten Plätze zu behalten: die Plätze bei der großen, bereits zerlegten Languste, die in der Mitte des Haupttisches thronte. Vivianes Männer hatten dort schon als geschlossene Menge Stellung bezogen; sie wichen auseinander, damit ihre Kommissarin zu ihnen stoßen konnte. Sie hatte sie erst eine Stunde zuvor verlassen, aber sie schienen sie nicht wiederzuerkennen und überschütteten sie mit: »Das steht Ihnen aber gut«, »Das macht Sie schlank«. Capitaine De Bussche wagte ein: »Das streckt Sie«. »Das Grau ist schick, es macht einen schönen Fuß«, übertraf Wachtmeister Kossowski das Gesagte noch. Sie übertrieben, alle drehten sich zu ihr um, um sie zu begutachten, es war unerträglich.

Und dann sah sie ihn plötzlich hereinkommen.

Lieutenant Monot war blass, er wirkte unsicher auf den Beinen. Er bewegte sich vorsichtig, wie Kranke eben gehen, wenn sie nach langer Bettlägerigkeit wieder aufstehen. Sie winkte ihm zu, aber er traute sich nicht, sich durch die Menge zu drängeln. Also ging sie ihm entgegen.

»Oh, das ist hübsch, dieses Olivgrün, Sie sehen darin

süß aus«, sagte er schüchtern. Nur er fand dafür solche Worte, sie hätte ihn küssen können. Aber jetzt war nicht der richtige Zeitpunkt: Gerade war der Minister eingetreten, eskortiert von der strahlenden Priscilla Smet, die ein unverschämt leuchtend rotes Jackett trug. Im Vorbeigehen schnappte sich die Pressefrau Augustin Monot, ohne Viviane eines Blickes zu würdigen. Die Zeremonie würde beginnen.

Die kleine Smet schlug einen Ordner auf und reichte dem Minister zwei Blätter. Hatte sie die Rede vorbereitet?

Ja, hatte sie, dessen war sich Viviane bald sicher. Der Minister stolperte über Wörter und schien von dem Ton einiger Passagen verwirrt. Der Redner überschüttete Augustin Monot mit Lob, Priscilla hatte ihr Synonym-Wörterbuch ausgeschöpft: die entscheidende, maßgebliche Rolle des Lieutenant im Sonett-Fall, sein Scharfblick und seine Beobachtungsgabe, dann seine Geistesgegenwart und sein Urteilsvermögen, schließlich sein Mut und seine Tapferkeit. Dies alles trotz des … Wankelmuts, der Wirrungen der hierarchischen Führung … hier zuckte der Minister zusammen, er versuchte, eine abgemilderte Version zu improvisieren, aber da es ihm nicht gelang, begnügte er sich damit, die Wörter zu vernuscheln. Lieutenant Monot stehe eine blendende, brillante Karriere bevor; sobald er es wünsche, könne er seine Fähigkeiten voll entfalten und von der 3. Abteilung in das Hauptkommissariat wechseln, wo ihn Fälle erwarteten, die seinem Talent und seinen

Fähigkeiten würdig seien – Viviane erhaschte den mörderischen, triumphierenden Blick von Priscilla; diese Tussi war kurz vor einem Orgasmus. Der Minister kam zum Ende, schloss mit den üblichen Floskeln, dekorierte Lieutenant Monot und bedachte ihn mit einer schlaffen Umarmung.

Monot lächelte kaum. Er schien sich zu konzentrieren und seine Antwort vorzubereiten. Er genehmigte sich ein langes Einatmen und begann dann mit sanfter Stimme: »Danke, Herr Minister, für die Ehre, die mir die Republik erteilt. Und auch wenn dies respektlos erscheinen mag, so muss ich doch einige Erklärungen hinzufügen oder manches sogar richtigstellen.«

Er war in Schwung gekommen, der liebe Engel. Von seiner Wolke herab psalmodierte er sein Dankgebet, nur eine Harfe fehlte ihm noch. Viviane schwebte auf der kleinen Wolke ihm gegenüber und hörte ihm beseelt zu.

Nein, nicht er sei es, den man beglückwünschen müsse, beteuerte der Lieutenant, sondern die Kommissarin, die Chefin der 3. Abteilung. Er sei stolz, dass er sie in diesem Fall habe begleiten dürfen, einzig bereue er diesen Unfall, den er seiner eigenen Hitzköpfigkeit zuzuschreiben habe: Er hätte ihr gerne bis zuletzt beigestanden. Die Kommissarin habe ihm alles über die Kunst des Verhörs beigebracht, darüber, Indizien zu sammeln und Verdächtige zum Reden zu bringen – das war jetzt nett ausgedrückt, denn er bauschte das hier wirklich etwas auf, der liebe kleine Monot – und Priscilla rümpfte ihre Nase immer mehr. Der Redner fuhr fort, mit großem Feingefühl, sprach von einer gewissen Freundschaft, einer Freude der Zusammenarbeit. Es blieb ihm nur zu schließen: »Sie, Herr Minister, bieten mir an, von der 3. Abteilung in das Hauptkommissariat zu wechseln, wann ich es wünsche, und ich finde das sehr ansprechend. Aber ich wünsche es nicht. Ich habe in der 3. Abteilung noch viel zu lernen«, schloss er und wandte sich Viviane zu: »Commissaire Lancier und Ihre Truppe müssen mich noch weiter ertragen!«

Beifall brandete seitens der Languste auf: Es war die Truppe der 3. Abteilung. Die Zuhörerschaft tat es ihr eilig nach.

Der Premierminister näherte sich, schob die Lästigen beiseite, trank sein Glas Champagner in einem Zug leer, schob sich sämtliche Langustenscheiben auf seinen Teller, wobei er herausposaunte, wie sehr er das liebe, und packte den Allmächtigen am Arm: »Wir haben Arbeit, wir zwei, unser Freund wartet dort oben.« Bevor er hinausging, rief er seine Pressefrau: »Und Sie, meine kleine Priscilla, bereiten mit Monot Ihr Dingsda vor.«

Die ganze Sache ging aus wie das Hornberger Schießen, aber das war egal. Umringt von ihren Männern, die ihr gratulierten, posierte Viviane für die Fotografen, ohne sich vom Buffet zu entfernen; sie ließ sich salzige Macarons servieren, Stopfleber-Kanapees und dann alles, was ihr sonst noch so unter die Nase kam. Der Champagner, den sie maßlos in sich hineinschüttete, machte jeden Bissen nur leichter, köstlicher. Der gehorsame Monot war der Pressefrau gefolgt und würde demnächst wiederkommen, es war ein schöner Abend.

Er kam aber nicht wieder. Etwas später trat ein Amtsdiener an sie heran: »Würden Sie mir bitte zum Herrn Minister folgen.« Sie folgte ihm wankenden Schrittes. Es war ärgerlich, zu einem solchen ersten Gipfeltreffen beschwipst anzutreten, aber heute Abend war alles erlaubt.

Das Büro des Ministers war fast so groß wie der Empfangssaal. Ganz am Ende saß der Herr dieser Räumlichkeit hinter seinem Schreibtisch und pickte die letzten Reste der Languste von seinem Teller.

Zwei Männer standen ganz in seiner Nähe. Ein junger Latino-Schönling, der aussah wie Antonio Banderas, und ein dicker, rotgesichtiger Vierzigjähriger, der etwas von der Büchse der Pandora hatte. Es klopfte, hinten im Raum öffnete sich eine Tür, und der Allmächtige trat ein, gefolgt von einem alterslosen Mann in den Fünfzigern – einem traurigen, eleganten Mann, der nach Stammbaum, Pfründen und Macht roch. Beide setzten sich, es war kein Stuhl mehr frei.

Der Minister wischte sich die Mayonnaise aus den Mundwinkeln und säuselte: »Das ist sie«, wobei er das Gesicht verzog, als er auf Viviane wies. Der traurige Mann wirkte noch trauriger. Er hob langsam den Kopf und betrachtete Viviane, als hätte man versucht, ihm eine nackte, nicht ganz unverbrauchte Sklavin unterzujubeln.

»Haben Sie schon vom Esprit-Club gehört?«, fragte er übertrieben freundlich.

»›Ferien mit Esprit im Esprit-Club‹? Ja, davon habe ich gehört, das wird einem ja auf jedem Radiosender eingebläut.«

»Würde es Ihnen zusagen, einige Tage dort zu verbringen?«

Ferien in einem Club, das kam überhaupt nicht infrage, und Viviane wollte ihm das gerade unterbreiten. Aber der traurige Mann wurde noch freundlicher und erläuterte: »Einige Tage, auf einer griechischen Insel, auf Rhodos. Mit dem Ordengeschmückten von heute Abend, Ihrem Lieutenant Monot.«

»Ich muss Ihnen erklären«, fügte der Allmächtige mit schelmischem Blick hinzu, »dass es sich um einen komplexen Fall handelt, dem Sie unter ungewöhnlichen Umständen nachgehen müssen: Sie werden beide inkognito dorthin fahren. Noch besser wäre übrigens, man würde Sie für ein Paar halten. Damit die Sache glaubwürdig ist, müssten Sie sich ein Zimmer teilen, mit getrennten Betten, da kann ich Sie beruhigen. Könnten Sie sich das vorstellen?«

Viviane antwortete nicht. Sie stellte es sich vor. Oh, es fühlte sich so schön an, Monot und sie in einem Zimmer … Was würde sie nachts anziehen? Einen Schlafanzug, ganz kumpelhaft. Schwarz, das machte sie schlanker. Ach nein, doch lieber ein kurzes Nachthemdchen, das wäre natürlicher: Schließlich war sie doch eine Frau. Rosa und bis zu den Oberschenkeln.

Bis zu den Oberschenkeln, denn sie hatte schöne Beine. Und er, der gute Engel, was würde er tragen? Eine kurze Schlafhose aus Baumwolle, hellgrün, passend zu seinen Augen? Und wenn es sehr warm würde? Ah, unter der Bettdecke, wenn es sehr warm würde … Sie stellte sich auch das kleine Badezimmer vor, das sie teilen würden. Die leichten, köstlichen Berührungen, wenn sie sich dort begegneten. Die Tür, die sie einen Spaltbreit geöffnet lassen würde, während sie duschte, der kleine Luftzug, der das Ganze arrangierte, *oh, entschuldigen Sie* … Und abends, nach dem Strand. Sicher hatte er eine empfindliche Haut, dieses Dummerchen, er würde mit Sonnenbrand nach Hause kommen. *Augustin, wie sehen Sie denn aus … Ziehen Sie das T-Shirt aus und legen Sie sich auf den Bauch, ich reibe Sie mit Feuchtigkeitscreme ein, nun haben Sie doch keine Angst, ich fresse Sie ja nicht, da, sehen Sie, wie gut das tut, entspannen Sie sich, ich berühre Sie ja kaum, so, ganz vorsichtig … Und jetzt drehen Sie sich um, damit ich Ihnen die Schultern auch von vorne einreiben kann. Oooh, seien Sie nicht so kindisch …*«

»Ist das ein Problem für Sie?«, griff der Allmächtige den Faden wieder auf. »Ich habe ihn vorgeschlagen, weil ich meine, eine gewisse … Nähe zwischen Ihnen und Lieutenant Monot festgestellt zu haben.«

»Kein Problem, Herr Kriminaldirektor, ob mit Lieutenant Monot oder einem anderen Mitarbeiter. Wir sind zu alt für solche Albernheiten: Hier geht es nicht um Nähe, ich bin Polizeibeamtin, und somit zum Gehorsam aufgerufen. Das gilt selbstverständlich auch für ihn.«

Der Minister lächelte den Allmächtigen an, der den Minister anlächelte: Es tat so gut zu hören, wie leidenschaftlich ihre Beamten Dienst taten.

Der traurige Mann in den Fünfzigern trommelte mit den Fingern auf den Schreibtisch; man spürte, dass er ein Mann der Tat war. Oder besser gesagt, ein Mann, der es gewohnt war, seine Untergebenen zur Tat schreiten zu lassen. Er reicht Viviane einen Umschlag. »Sehr gut. Ihr Charterflug nach Rhodos geht morgen, Samstag, um 6 Uhr. Sie müssen um 4 Uhr in Orly-Süd sein, dort wird man Ihnen Ihre Tickets geben. Währenddessen hier noch vertrauliche Informationen über das Clubdorf, die meine Leute für Sie verfasst haben. Ein Wagen wird Sie um 3 Uhr 30 abholen.«

Seine Leute. Er schien viele davon gehabt zu haben, für alles, seit seiner Kindheit. Er erhob sich. Da er keine Leute hatte, die für ihn Hände schütteln konnten, drückte er selbst die des Ministers und des Allmächtigen, ignorierte die des Dicken und des Latino-Playboys, weil das nun wirklich zu viel des Guten wäre, bedachte die Kommissarin mit einem kurzen Nicken, das er mit einem »Nun gut« versah, und zog sich zurück.

Viviane seufzte glücklich. Man hatte ihr keinen Platz angeboten, ihre Schuhe drückten sie, die Krümel der Macarons kratzten in ihrem Hals, sie hatte einen leichten Schluckauf vom Champagner, die Stopfleber stieß ihr sauer auf, aber es war wirklich ein schöner Abend.

Kapitel 2

»Wer ist dieser Typ?«, fragte Viviane.

Der Minister antwortete mit einem eisigen Flüstern, das zu 0 Dezibel tendierte: »Dieser Typ, Madame, ist ein Herr, genauer gesagt der Gründungspräsident des Esprit-Clubs, Alexandre Mpfmpf …«

Er hatte die Stimme derart respektvoll gedämpft, dass die Kommissarin sich nicht sicher war, richtig gehört zu haben. »Wie der Exminister? Sind die verwandt?«

»Er ist sein Bruder. Das Vermögen des Esprit-Clubs befindet sich beinahe gänzlich in Händen der Familie, und wir müssen ihnen einen Dienst erweisen.«

»Aber … er gehört der Opposition an.«

»Eben!«

Da Viviane ihn mit großen Augen ansah, drehte der Minister sich konsterniert zum Allmächtigen um: *»Tun Sie etwas, mein Freund, sie gehört Ihnen, sie ist zu dumm für mich.«* Das hatte er zwar nicht gesagt, aber seine Geste hatte dies sehr deutlich zum Ausdruck gebracht.

»Wenn wir einem Mitglied der Mehrheit einen Dienst erweisen«, übersetzte der Allmächtige, »dann erweisen wir nur ihm persönlich einen Dienst. Wenn es um eine Persönlichkeit der Opposition geht, erweisen wir auch uns selbst einen Dienst: Je diskreter dieser Dienst ausfällt, desto teurer wird er bezahlt, verstehen Sie, Commissaire?«

Viviane verstand, etwas enttäuscht. Es hatte ihr stets gefallen, sich vorzustellen, wie über ihr im Olymp höhere Mächte und große Geister herrschten, doch stattdessen musste sie nun entdecken, welcher Art die Fälle tatsächlich waren, die in den gold- und lederdurchwirkten ministeriellen Räumlichkeiten behandelt wurden. »Aber wenn die Ermittlungen auf Rhodos stattfinden sollen, warum schickt man denn mich? Dort drüben gibt es doch auch eine Polizei.«

Der Allmächtige ließ ein professorales »Tss, tss« verlauten und erklärte, dass der Ferienclub auf einem wunderschönen Gelände gebaut worden sei, in einer kleinen Bucht, fünf Minuten von der alten Stadt Lindos entfernt – Lindos, die weiße Stadt, die Perle der Insel. Dieses Gelände habe der Esprit-Club durch einen Erbpachtvertrag gepachtet, der ihm die Benutzung bis 2079 garantiere. Jetzt sei aber der Eigentümer ganz versessen darauf, sich das Gelände zugunsten eines Immobilienprojektes großen Ausmaßes wieder anzueignen: Lindos 2, eine neue Stadt, auf alt gemacht, eine Eins-zu-eins-Übernahme der alten, nur dass die Straßen breiter und die Häuser komfortabler sein sollten. Dementsprechend auch die Mieten.

Als der Minister das hörte, nickte er und verdrehte gierig die Augen; das hier waren Probleme, mit denen er sehr vertraut war, wirkliche Probleme, die voller Inspiration und Geld waren.

»Ja und? Ich werde doch nicht zu einem Vertrag ermitteln.«

»Zu einem Vertrag nicht, Commissaire, aber zu einem Verbrechen. *Vielleicht* zu einem Verbrechen. Und das ist ärgerlich, denn der Vertrag enthält eine Klausel zur Vertragsaufhebung im Falle eines Verstoßes gegen die öffentliche Ordnung. Nun hat aber Anfang des Monats ein Mitarbeiter des Bürgermeisters von Lindos, der mit der ganzen Familie vor dem Club in einem Motorboot herumkreuzte, ein nacktes Pärchen auf einem Felsen des Clubgeländes stehen sehen. Den Skandal können Sie sich ja vorstellen. Und erst vorgestern, am Abend des 14. Juli, hat man den Chef des Dorfes erhängt aufgefunden. Zwei Verstöße in zwei Wochen ist ein bisschen viel für die öffentliche Ordnung. Brigadier Vermeulen, vom Hauptkommissariat in Tourcoing, hat dort Urlaub gemacht. Er wird Ihnen das Ganze selbst erzählen.«

Der dicke Mann, der noch kein Wort von sich gegeben hatte, berichtete also von diesem kläglichen 14. Juli. Er sah ganz erbärmlich aus, als er davon erzählte, und das verstärkte sich noch, als Viviane zu dem Schluss kam: »Seien Sie still! Sie widern mich an.«

Der lebhafte Latino hörte fasziniert zu.

»Waren Sie auch als Tourist da? Haben Sie auch die Carmagnole um den Toten herum getanzt?«, fragte ihn die Kommissarin.

Der Minister herrschte sie beleidigt an: »Aber Commissaire, erkennen Sie Lieutenant Creuillif nicht? Er gehört zu den besten Athleten der Polizei, er ist französischer Vizemeister im Zehnkampf.«

Hatte er *Creuillif* gesagt? Viviane kannte den Namen nicht, und sein Gesicht sagte ihr auch nichts. Sie las auch niemals den *Kicker*. Der Lieutenant schien die Luft angehalten zu haben, um seine Brustmuskeln besser hervorstrecken zu können, oder glaubte er sich etwa auf einem Podest? Außerdem stank er nach Vetiver.

»Verzeihen Sie, Herr Minister, aber was gibt es für einen Zusammenhang zwischen den sportlichen Errungenschaften des Lieutenant und dem Gehängten der Revolution?«

»Es gibt keinen. Der Lieutenant ist heute Abend Gast unseres Staatspräsidenten, Anlass ist eine kleine Feier zu Ehren der Sportler, die bei der Leichtathletik-Weltmeisterschaft Ende des Sommers unsere Farben tragen werden. Es ist selbstverständlich, dass ich ihn dorthin begleite, und bis dahin begleitet er mich. Im Übrigen werden wir uns jetzt verabschieden.«

Viviane war nicht klar, inwiefern das selbstverständlich sein sollte. Sie sah noch überhaupt nicht klar in diesem Fall, sie sah nur, wie der Minister sich jetzt erhob: »Kommen Sie, Lieutenant?« Der Strandathlet richtete sich stolz auf und folgte ihm.

Auch der Allmächtige erhob sich und bat Viviane und den Brigadier, ihn in einen benachbarten Raum zu begleiten. »Dort können wir besser arbeiten«, seufzte er.

Man sah ihm an, dass er sich viel lieber noch etwas länger im Büro des Ministers aufgehalten und die Unterredung dort fortgeführt hätte, vielleicht sogar in seinem Sessel, nur ein paar Sekunden, gerade genug Zeit, sich selbst an dieser Stelle zu wähnen, aber es waren schon Karrieren für weniger als das zerstört worden.

»Und Lieutenant Monot?«, wunderte sich Viviane. »Kommt er nicht auch?«

»Sie werden ihn morgen früh treffen. Heute Abend nimmt er mit mir an einer Fernsehsendung teil, ›Das neue Gesicht der Polizei‹, die live auf TF1 übertragen wird. Priscilla Smet bereitet ihn gerade darauf vor. Also, Commissaire, haben Sie Fragen?«

»Immer noch dieselbe: Warum schickt man mich dorthin?«

»Ich habe es Ihnen gesagt, wir sind noch nicht sicher, dass es sich tatsächlich um Mord handelt, deshalb gibt es auch noch keine Ermittlung. Und wenn es zu einer kommen sollte, dann tun wir gut daran, sie selbst zu führen, ganz diskret, ohne Wissen der griechischen Polizei: keinen *Verstoß gegen die öffentliche Ordnung*. Dieser Selbstmord war allen recht gewesen. Aber der Brigadier musste sich ja einmischen …«

Mehr sagte der Allmächtige nicht. Er begnügte sich, dem Polizisten mit dem Kinn zuzunicken, der daraufhin stammelte:

»Eigentlich sollte King am Ende des Festes als Napoleon verkleidet auftauchen. Weil er aber nicht kam, haben wir den Abend beendet und den Chéris vorgeschlagen, in der Disco weiterzufeiern.« Als der Brigadier sah, wie Viviane die Augenbrauen zusammenzog, übersetzte er schnell: »King war der Spitzname vom Chef des Dorfes. Er hieß Salomon, wie König Salomon, der König, der King. Und die Feriengäste nennt man da drüben Chéris, das klingt netter. Die Kokos und die Kikis haben damit begonnen, die Puppe abzuknüpfen, und erst da haben wir kapiert, dass das ein echter Gehängter war.«

»Dikokos undikikis? Sprechen Sie Griechisch mit mir oder was, Brigadier?«

»Die Kokos sind die Animateure, die Kikis die Animateurinnen; diese Ausdrücke gewöhnt man sich dort sehr schnell an. Also: Alle hielten das für einen Selbstmord, aber ich – ich war einer der letzten Chéris, die rausgingen – habe plötzlich ihre Schreie gehört. Ich bin zurückgegangen, habe gesagt, dass ich von der Polizei sei, und habe dann den Toten untersucht. Ich fand diesen Selbstmord einigermaßen verdächtig. Bei allem Respekt, bei einem Gehängten gibt es normalerweise eine Erektion. Aber da: nichts. Alles schlaff, selbst das, woran Sie jetzt denken.«

»Ich denke, woran ich will, Brigadier. Übrigens irren Sie sich, die Erektion *kann* vorkommen, *muss* aber nicht. Waren da bläuliche, kreisrunde Stellen am oberen Ende der Oberschenkel?«

»Habe ich nicht bemerkt, Commissaire.«

»In diesem Fall stimmt es, der Gehängte war wahrscheinlich schon tot, bevor er erhängt wurde.«

Der Allmächtige hatte Viviane mit Entzücken zugehört. Er pflichtete ihr mit einem kurzen Nicken bei. »Bravo, der Gerichtsmediziner, der die Leiche heute Abend bei ihrer Ankunft untersucht hat, ist ganz Ihrer Meinung. Wir haben also schnell eine Untersuchung eingeleitet. Die Autopsie wird zur Untermauerung heute Nacht stattfinden, Sie bekommen die Ergebnisse noch bevor Sie abfliegen.«

Viviane war schon mitten im Fall. Der Brigadier interessierte sie mehr als der Allmächtige, sie wollte alles verstehen. »Und was haben Sie danach gemacht?«

»Im ersten Moment gar nichts. Irène, Kings Frau, hat den Hauptsitz des Esprit-Clubs in Paris angerufen. Man hat ihr mitgeteilt, sie solle der örtlichen Polizei einen Selbstmord melden und den Toten in die Heimat überführen lassen. Das war am Mittwoch. Mein Aufenthalt dort ist gestern zu Ende gegangen. Ich bin heimgefahren und habe die Eltern des Toten in Sarcelles angerufen. Irène wollte das nicht machen. Dann habe ich mein Kommissariat angerufen und die Geschichte erzählt. Mein Boss war schon im Bilde, und er war nicht glücklich darüber. Er hat mich gebeten, meinen Bericht vorzubereiten, und mich dann ins Ministerium geschickt.«

»Wer hatte ihn denn informiert?«

Dem Allmächtigen gefiel es nicht, dass man sich ohne ihn unterhielt. Er unterbrach: »Unser Minister, Commissaire. Er war schon persönlich vom Präsidenten des Esprit-Clubs informiert worden, der wünscht, dass diese Sache mit Fingerspitzengefühl behandelt wird. Unglücklicherweise war der Brigadier schon übereifrig gewesen.«

»Übereifrig? Aber das ist doch meine Pflicht«, jammerte der Polizist.

»Übereifrig, mein Guter. Was hat Sie ein Gehängter zu interessieren? Sie waren im Urlaub, nicht im Einsatz. Wer hat Sie denn damit beauftragt, es seinen Eltern mitzuteilen? Und wo Sie schon dabei sind: Organisieren Sie doch gleich noch die Beisetzung und halten Sie die Trauerrede. Jetzt wo die Familie weiß, dass es Zweifel an dem Selbstmord gibt, wird sie eine Autopsie und einen Bericht einfordern. Im Fall eines Mordes könnten wir nicht mehr zurückrudern.«

Der Polizist hob den Blick zur Decke. Er hoffte wohl, dort eine Äußerung göttlicher Gerechtigkeit zu finden. Er sah aber nur zwei Fliegen und senkte den Blick wieder.

»Ich habe genug von Ihnen gehört, Brigadier, gehen Sie jetzt nach Hause. Ach, aber lassen Sie uns noch Ihren Bericht da, mal sehen, was wir damit anfangen können.«

Der Brigadier zog einige Blätter aus seiner Aktentasche und machte sich schweren, traurigen Schrittes davon. Wahrscheinlich zog er geradewegs los, um sich an einer Laterne an der Gare du Nord zu erhängen.

Dann stellte Viviane ihrem Vorgesetzten eine Frage, die ihr auf der Zunge brannte: »Die Sache ist verzwickt. Warum haben Sie mich dafür ernannt?«

Der Allmächtige sah sie listig an: »Nun, meine kleine Viviane …« *Meine kleine Viviane*, das sagte er manchmal in Erinnerung an das Praktikum, das sie einst unter seinem Kommando absolvierte; eine Vertraulichkeit in persönlichen und ungezwungenen Momenten. Die übrige Zeit nannte er sie Commissaire. »Nun, meine kleine Viviane, nennen wir es eine Verkettung von Gedanken: Ich habe gedacht, diese Geschichte mit dem Mord, der als Selbstmord getarnt ist, könnte was für Sie sein. Eine Gelegenheit, etwas gutzumachen.«

Sein Lächeln wurde hinterlistiger. Viviane blieb stumm. Sie mochte es nicht, diese alte, schmutzige Geschichte wieder aufgetischt zu bekommen. Ihr schlechtes Gewissen sorgte in so mancher Nacht für Albträume bei ihr, das reichte ihr völlig.

Der Allmächtige beobachtete sie schadenfroh. »Die Ermittlungen müssen auch unbedingt von den Medien ferngehalten werden. In diesem Punkt kann man Ihnen vertrauen, das weiß ich.«

In diesem Punkt … Eine typische Boshaftigkeit des Alten. Sie zuckte nicht mit der Wimper. »Wenn ich den Schuldigen gefunden habe, so es denn einen gibt, was soll ich dann machen? Ich kann ihn nicht dort festnehmen.«

»Sie werden Kontakt mit dem Hauptsitz des Esprit-Clubs aufnehmen, der die Person nach Paris beordern wird. Die Polizei wird den- oder diejenigen in Orly in Empfang nehmen. Unser Minister wird den Fall mit seinem Kollegen in Athen diskret regeln, wie das zwischen Männern von Welt so üblich ist: fern von lokaler Aufregung, ohne die öffentliche Ordnung zu stören. Ich bin sicher, wir verstehen uns.«

»Sie haben mich gebeten, mit Monot inkognito zu ermitteln, wie soll das praktisch vor sich gehen? Als was gebe ich mich aus?«

»Offiziell werden Sie als Drehbuchautoren reisen. Sie arbeiten zusammen an einem Fernsehfilm, der in diesem Clubdorf spielen soll. Sie werden sagen, dass der Vertrag noch vor dem Drama unterschrieben wurde und man ihn nicht rückgängig machen konnte. Nur die Witwe des Gehängten wird Bescheid wissen, sie hat schließlich auch die Nachfolge angetreten. *The show must go on.*«

»Drehbuchautoren? Was für eine Idee!«

»Das hat sich der Minister zusammen mit dem Präsidenten des Esprit-Clubs ausgedacht. Machen Sie es wie ich: Finden Sie es großartig.« Er stand auf, sah auf die Uhr und begleitete Viviane zur Tür. »Ich muss mich beeilen, um zu Monot in die Sendung zu kommen, ich bin spät dran.«

Warum flohen alle nacheinander? Um sie alleine mit dem Fall sitzen zu lassen? Liebend gern hätte die Kommissarin noch ein Glas Champagner getrunken, um klarer zu sehen, aber der Empfang war zu Ende. Sie machte sich mit dieser undurchschaubaren Geschichte auf den Weg.

Auf ihrem Heimweg kam Viviane in der Nähe der Sorbonne bei einer Buchhandlung vorbei, die noch geöffnet hatte, und hielt vor ihr an. Sie musste sich eine schöne Lektüre mitnehmen, die ihr die Anerkennung von Lieutenant Monot einbringen sollte. Sie würde sie auf dem Nachttisch liegen lassen, den sie mit ihm teilte. *Ihr* Nachttisch. Die Kommissarin erzitterte.

»Ich hätte gerne Lyrik, aber nicht zu lyrisch.«

Der junge Buchhändler schüttelte niedergeschlagen den Kopf. Viviane tat es ihm nach. Sollte sich das etwa ebenso schwierig gestalten wie mit den Sonderangeboten in den Bekleidungsgeschäften?

»Klassisch, aber eher modern«, erklärte sie. »Einfach, aber trotzdem intellektuell. Es ist für eine Freundin, die in den Urlaub fährt, sie ist nicht sehr gebildet, aber bemüht. Hätten Sie da was?«

Der Buchhändler zuckte mit den Schultern. Vivianes Freundinnen schienen ihm nicht zu gefallen. Er ging mit ihr zum Lyrik-Regal. »Suchen Sie selbst was aus, aber schnell. Wir schließen gleich.«

Die Autoren waren alphabetisch sortiert, sie griff nach dem ersten. *Alkohol* von Apollinaire. »Was halten Sie davon?«, fragte sie.

»Das kommt wieder in Mode, es verkauft sich gut.«

Sie bezahlte, war aber skeptisch. Wusste Monot, dass Apollinaire wieder in Mode kam? Zurück zu Hause machte sich Viviane niedergeschlagen daran, den Koffer zu packen. Man trug in diesen Clubdörfern einen Hauch von nichts, aber sie hatte keinen Hauch von nichts, nur altmodisches Zeug. Sie hatte gar nichts, nicht einmal den Bericht des Brigadier, den sie beim

Buchhändler vergessen hatte. Der Fall war gut losgegangen. Egal, sie würde vor Ort etwas finden. Vor allem würde sie Augustin Monot finden. Viviane sah nach, wie spät es war, stellte fest, dass sie die Fernsehsendung des Lieutenant verpasst hatte, schaltete ihr Telefon aus und legte sich genervt ins Bett.

Um 3 Uhr morgens stand sie fröhlich auf. Zeit, sich zu duschen und schnell anzuziehen, dann ging sie hinaus, wo sie bald eine lange Limousine mit getönten Scheiben ankommen sah. Der Chauffeur legte Vivianes Koffer in den Kofferraum, neben einen großen Reisesack, und verkündete ihr, dass der Lieutenant schon an Bord sei. Als wüsste sie das nicht! Freudig erregt öffnete sie die Tür. Nun würde eine gute Zeit beginnen, Ferienzeit mit dem lieben Augustin.

»Guten Tag, Commissaire!«, rief ihr eine samtige Stimme zu.

Ein packender Geruch von Vetiver hatte sich im Wagen ausgebreitet. Auf dem Rücksitz erwartete sie Monsieur Muskel, der Latino-Lieutenant.

Kapitel 3

»Was machen Sie denn hier, Creuillif? Wo ist Lieutenant Monot?«

»Ich vertrete ihn, Commissaire. Und mein Name ist Cruyff, nicht Creuillif, auch wenn sich das ähnlich ausspricht. C, R, U, Y und Doppel-F. Cruyff, wie Johan, wissen Sie, der niederländische Fußballspieler. Das ist ein flämischer Name. Mein Vorname auch: Willy. Mein Vater war Belgier, aber ich bin in Nanterre geboren. Meine Mutter war Neapolitanerin. Sie hat mir den mediterranen Typ vererbt. Ich sage das immer, bevor man mich danach fragt.«

»Hören Sie, Cruyff, ich frage Sie nicht nach Ihrem Typ, Ihrer Mama, Ihrem Papa, Nanterre und Ihren Fußballern. Ich möchte wissen, warum Monot nicht da ist.«

»Die Sendung gestern auf TF1 war ein absoluter Quotenrenner, haben Sie sie denn nicht gesehen? Lieutenant Monot war großartig. Direkt danach hat M6 ihn gefragt, ob er nicht an einer ähnlichen Sendung nächsten Donnerstag teilnehmen möchte. Die Pressefrau hat dem Allmächtigen dazu geraten zuzusagen, dann haben sie den Minister angerufen, der gerade mit mir aus dem

Elysée-Palast kam. Er war es, der mich als Vertretung vorgeschlagen hat. Das musste sofort entschieden werden, wegen der Tickets. Der Präsident des Esprit-Clubs hat grünes Licht gegeben.«

»Und mich? Mich hat niemand nach meiner Meinung gefragt.«

»Bei Ihnen ist nur die Mailbox rangegangen. Wir haben Ihnen Nachrichten hinterlassen.«

»Ich habe nichts gegen Sie, Cruyff, aber dieser Wechsel kommt gar nicht infrage. Wenn ich Monot nicht kriegen kann, fahre ich mit einem anderen meiner Männer.«

»Wie Sie wollen, Commissaire. Ich lasse Sie den Allmächtigen und den Minister anrufen, dann können Sie ihnen selbst mitteilen, dass Sie sich deren Entscheidung widersetzen. Vergessen Sie nicht: Es ist mitten in der Nacht und das Boarding ist in weniger als zwei Stunden.«

Er hatte recht, der Idiot. Viviane schwieg. Sie wollte ihre Wut für sich behalten, ihren Kummer. Lieutenant Cruyff war beinahe ebenso still wie sie. Er begnügte sich damit zu atmen, tief und geräuschvoll. Es war unerträglich.

»Drehen Sie mal Ihren Verstärker runter, ich will meine Nachrichten abhören …«, sagte sie und klopfte sich dabei auf die Nase. Sie holte ihr Handy heraus.

Da war zunächst der schmeichelnde und sich windende Allmächtige, der Viviane die Situation umschrieb und mit ausgewählten Worten erklärte. Er verstehe ihre Enttäuschung, *meine kleine Viviane*, aber da sie erklärt habe, dass sie diesen Fall übernehme, und es *kein Problem wäre, ob nun mit Monot oder einem anderen Mitarbeiter*, habe er den einfachsten Weg gewählt. Vielleicht sei der sogar besser, Lieutenant Cruyff würde sich in dieser Ferienclub-Atmosphäre wohler fühlen als Monot.

Dann war da Augustin Monot, ein wenig verlegen. Er bedauere, nicht mit der Kommissarin an diesem Fall arbeiten zu können, er wäre glücklich gewesen, die Arbeit mit ihr wieder aufzunehmen, aber das könnten sie bald nachholen. Punktum.

Viviane hörte ihn sich noch einmal an. Das war nüchtern, professionell. Nicht die Spur von Gefühl. Aus Scham? War es ihm peinlich? War es ihm gleichgültig? Er *bedauere*. Wenn Lieutenant Cruyff nicht neben ihr gesessen hätte, wäre sie in Tränen ausgebrochen.

Aber Cruyff war da. Er war sogar auf der Mailbox, kurz vor Mitternacht, und ließ sie an dem Glücksgefühl teilhaben, das er über die erste Zusammenarbeit mit ihr empfand. Er könne sich vorstellen, wie enttäuscht sie darüber sei, wo sie doch lieber mit einem ihrer Männer losgefahren wäre, aber er sei überzeugt, dass sie ein gutes Team abgeben würden. Er sagte das mit einer sanften, fast sinnlichen Stimme, und endete mit einem fröhlichen: »Man muss zufrieden sein mit dem, was man hat.«

Sie drehte sich zu dem um, was sie hatte: »Danke für Ihre Nachricht, Lieutenant. Das war lieb von Ihnen.«

»Willy. Sagen Sie Willy zu mir, Commissaire. Und ich, wenn Sie nichts dagegen haben, werde Sie Viviane nennen.«

»Sonst noch was, Cruyff? Das kommt gar nicht infrage!«

»Na doch! Im Club soll man uns doch für ein Pärchen halten. Ideal wäre ein Diminutiv, wissen Sie, was ich meine? Vivi, Vivette, Viviánchen. Oder ein Kosename: Mausi, Hase … Was finden Sie besser?«

»Sie werden mich Viviane nennen, das reicht schon voll und ganz.«

»Viviane? Sehr gut, Viviane ist hübsch.«

Dieser Typ hatte eine entwaffnende Art, anderen seine Selbstverständlichkeit aufzubürden. Die Kommissarin musste schleunigst ihre Macht untermauern. »Jetzt lassen Sie mich in Ruhe, ich habe ein Memo zu lesen.«

Sie bat den Chauffeur, die Deckenleuchte einzuschalten, holte die Notizen zum Esprit-Club aus ihrer Tasche und vertiefte sich darin.

Das Clubdorf bei Lindos, der weißen Stadt auf der Insel Rhodos, ist das profitabelste unserer Kette. Zwei Kilometer von Lindos entfernt, in der Bucht von Agnosta, erfreut es sich einer wunderschönen Lage. Der 500 Meter lange Strand wird an beiden Enden von kleinen Felsen und ihren Ausläufern begrenzt, so dass man ihn auch von der Küste aus nicht erreichen kann. Im Inneren, auf der rechten Flanke: eine Einheit von 50 Ferienlodges, verteilt in einem Pinienwald, mit jeweils vier Zimmern. Sie sind alle ebenerdig gebaut, als Zweier- oder Dreiereinheit mit Badezimmern. Auf der linken Flanke: die zona privada, *die durch eine niedrige Hecke abgegrenzt ist und deren Betreten den Feriengästen untersagt ist, eine große Rasenfläche, die an die Lodges des Personals grenzt, und ein Materialraum. In der Mitte, vom Meer aus betrachtet: der Strand und der Segelclub und entsprechende Bungalows, dann die Spielfelder, die beiden Pools mit der Bar dazwischen, das große Freiluft-Restaurant mit dem Schilfdach, die Küchen und schlussendlich die Rezeption, die Boutiquen und die Büroräume. Etwas davon entfernt: die beiden lautesten Orte, auf der einen Seite, auf dem Gipfel des linken Felsens, das Amphitheater, wo Feste und Aufführungen stattfinden. Auf der anderen, rechten Seite, der Nachtclub. Dieser Komplex ist über einen Weg, der sich 300 Meter durch dichten Wald schlängelt, mit der Chaussee verbunden. Am Eingang ein Posten mit einer Schranke, der von einem Türken betrieben wird. Das Grundstück ist von einer doppelten Reihe elektrischem Stacheldrahtzaun umgeben.*

Dieses Dorf ist vorbildlich in Sachen Kundenbindung und Management-Leistungen.

Es wird mit harter Hand von Salomon geführt, dem Chef des Dorfes, und seiner Frau Irène, der Leiterin für Verwaltung und Finanzen. Salomon ist bekannt für seinen zugleich autoritären und gutmütigen Charakter. Einige der Animateure, die mit ihm arbeiten, sind langjährige Vertraute. Andere sind Aushilfskräfte, die nur für eine Saison eingestellt werden, oder Springer, die von Club zu Club wechseln. Laut Gerüchteküche soll der Dorfchef zahlreiche Affären mit Feriengästen und Angestellten haben, allerdings gab es darüber nie Beschwerden.

Die finanzielle Ergiebigkeit von Lindos lässt sich mit dem sehr geringen Anteil an Lohnkosten erklären: Salomon und Irène haben großes Vertrauen in junge Leute und bieten Studenten jedes Jahr viele Praktika in den Bereichen Marketing, Verwaltung und Tourismus. Die Praktika werden mit Kost und Logis entlohnt.

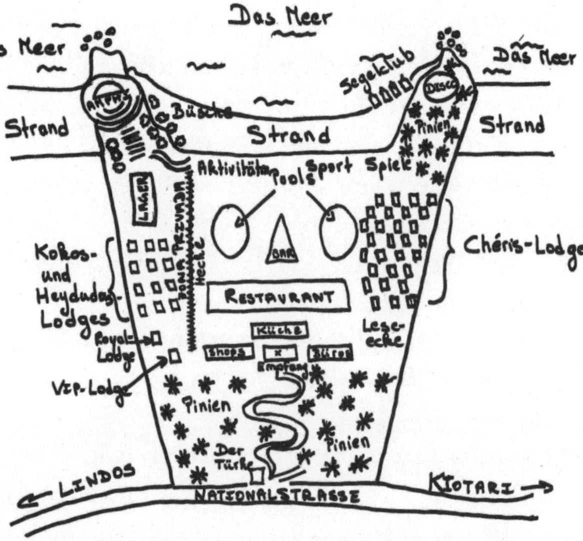

Die Kommissarin fühlte einen warmen Hauch an ihrer Schulter: Der Lieutenant hatte sich zu ihr gebeugt, um zusammen mit ihr die Notizen zu lesen.

»Der Brigadier von Tourcoing hat das einfacher dargestellt. Das Dorf hat die Form eines Ziegenkopfes, von vorne betrachtet. Er hat es sogar aufgemalt, nach einer Postkarte mit Luftbildaufnahme. Hier, sehen Sie. Die zwei Hörner sind die Felsen mit dem Amphitheater und dem Nachtclub. Der Strand ist der Schädel, die linke Backe ist die *zona privada*, die rechte …«

Die Kommissarin wandte sich frostig zu ihm um. »Sie lesen meine Post und unterbrechen mich, um mir zu erklären, wie man einen Ziegenkopf malt. Sind Sie immer so, Lieutenant, oder nur morgens um 4?«

»Kommen Sie, Viviane, wir werden zusammenarbeiten, da ist es doch normal, dass man teilt …«

»Wir werden nicht *zusammen*arbeiten, Lieutenant, Sie werden unter meinem Kommando arbeiten. Und Sie teilen mit mir nur das, was ich Ihnen geben will. Ist das klar?« Sie hörte ein kleinlautes »Ja, Commissaire«, dann Schweigen. Sie hatte es womöglich übertrieben. Sie musste sich etwas entgegenkommender zeigen. »Gut, Willy, haben Sie Ihr Exemplar des Berichts von Brigadier Vermeulen gelesen? Ich hatte kaum Zeit, meines zu überfliegen.«

»Ich noch weniger, Commissaire.«

»Ebendeswegen, sagen Sie mir, was Sie wichtig fanden, damit ich mir einen Eindruck von Ihrem analytischen Geist verschaffen kann.« Sie schloss die Augen, um sich besser auf ihn zu konzentrieren. Er hatte eine sehr schöne Stimme, dieser Typ, nur der Rest nervte sie.

»Zunächst gab es diese Geschichte von dem Exhibitionisten-Pärchen. Laut dem Brigadier wurde FKK im Schutz der Büsche in dieser Ecke des Clubs geduldet. Nach dem Skandal hat man darum gebeten, diskreter zu sein.«

»Eine Geschichte ohne Interesse, Willy. Fahren Sie fort.«

»Dann gab es vor acht Tagen den Mord an Sixiz, die an einem Baum aufgehängt wurde.«

Viviane sprang aus der entspannten Haltung in ihrem Sitz auf. »Was? Noch ein Gehängter? Wer ist diese Sixtine?«

»*Sixiz*, Commissaire: die Katze des türkischen Wachmanns. Morgens arbeitet er auch als Gärtner im Club, und die Katze hat ihn überall hin begleitet. Sie hatte die Macke, ihre Bedürfnisse im Beet vor Kings Lodge zu erledigen, dem Chef des Dorfes, und ihre Siesta auf den Spinnakersäcken im Segelclub zu halten, was wiederum den Segel-Verantwortlichen in Rage versetzt hat.«

»Ach, wie schade, diesen Abschnitt muss ich verpasst haben! Eine Katze, die Häufchen und Schläfchen macht, wie aufregend! Auf die Gefahr hin, dass Sie mich eine Spaßbremse nennen, würde ich es vorziehen, Sie erzählen mir die *wirklich* wichtigen Dinge, die Schlagzeilen, verstehen Sie, was ich meine?«

»Aber das *ist* wichtig. King hatte den Türken gewarnt, dass er die Katze umbringen würde, sollte er sie noch einmal im Dorf sehen. Der Rest ist logisch: King erhängt Sixiz. Und um Sixiz zu rächen, hängt der Türke King auf. Bamm, bumm!«

Viviane ließ ein schreckliches Schweigen nachhallen, bevor sie schloss: »Bravo, ausgezeichnete Ermittlung, Lieutenant Willy Cruyff hat den Schuldigen gefunden, wir können nach Paris heimkehren. Schreiben Sie einen Bericht für den Allmächtigen und vergessen Sie nicht die Pointe: *Bamm, bumm!*«

Willy machte ein mürrisches Gesicht und blieb stumm.

»Schmollen Sie später, Cruyff. Was noch, außer der Katze?«

»Zwei Tage bevor King aufgehängt wurde, hatte er einen heftigen Streit mit seiner Frau Irène. Das hat sich in ihrer Lodge abgespielt, etwas abseits der Lodges für das Personal. Viele haben gehört, wie sie geschrien hat: ›Nein, es wird nicht so, wie du willst! Du bist hier nicht der König! Du bist nicht der König!‹«

»Weiß man, was der Anlass dafür war?«

»Irène soll King in ihrer gemeinsamen Lodge in Begleitung eines spärlich bekleideten jungen Mädchens überrascht haben, dem er seine Muschelsammlung zeigen wollte. Das Mädchen war noch keine sechzehn.«

»Oho! Und dann?«

»Dann zwei Tage lang finstere Stimmung bei den Kokos und Kikis. King hat ein paar von ihnen ausgehorcht, um in Erfahrung zu bringen, ob es nicht eine ähnliche Geschichte auf Seiten seiner Frau gibt, von wegen quitt sein und so. Aber das ist wohl nicht ihre Art, sie ist verklemmt.«

»Aha, bei einem Mann spricht man von treu, bei einer Frau von verklemmt? Arbeiten Sie an Ihrem Wortschatz, Willy. Was weiter?«

»Der Mord an King, wenn es einer war, ist sicher von einem Koko oder einer Kiki begangen worden. Die Chéris haben tagsüber keinen Zugang zum Amphitheater, wo man den Gehängten gefunden hat: Das Tor ist mit einer Kette und einem dicken Zahlenschloss verschlossen. Man kommt über den Rasen bei der ›zona privada‹ dorthin, wo auch die Lodges des Personals und der Materialraum sind. Man hat King den ganzen Nachmittag im Amphitheater gesehen, und dann ist er verschwunden. Abends hat man ihn tot gefunden.«

»Was heißt *verschwunden?* Was weiß der Brigadier davon?«

»King hatte Brigadier Vermeulen gebeten, ihn am späten Nachmittag im Amphitheater aufzusuchen. Als er dort ankam, war niemand da. Er hat gewartet, und dann ist Irène mit zwei Kokos gekommen, die auch zu King wollten. Die vier haben jeden Winkel des Amphitheaters nach ihm abgesucht und sind dann wieder gegangen.«

Die Stimme des Lieutenant klang auf einmal anders. Es war noch dunkel, Viviane konnte ihn nicht sehen, aber sie war sich sicher, dass er seinen Oberkörper mächtig aufplusterte.

»Ich denke, das war jetzt das Wichtigste. Übrigens,

vielleicht bringt das alles gar nichts. Womöglich war es wirklich Selbstmord.«

Vivianes Handy signalisierte den Empfang einer SMS. Sie las sie mit einem kleinen Lachen. »Na, dann freuen Sie sich mal, Willy. Das alles bringt doch was. Laut Gerichtsmedizin war King schon tot, als man ihn aufhängte. Ein Stoß mit dem Dolch, mitten ins Herz, heißt es. Und jetzt geben Sie mir diesen Bericht.«

Konsterniert überflog sie den Haufen Blätter. Brigadier Vermeulens Prosa war ein Sammelsurium ungeordneter Anmerkungen, loser Tatsachen ohne zeitliche Reihenfolge, unnötiger Wiederholungen, Abschweifungen, unhaltbarer Meinungen, wichtiger Punkte, die in anekdotenhaften Details untergingen. Lieutenant Cruyff war es gelungen, Ordnung und eine gewisse Logik in diesen Wust zu bringen. Er war ein einfacher Geist, aber er hatte einen klaren Verstand.

Sie dachte kurz an die Anfänge von Lieutenant Augustin Monot, an seine Dummheiten, seine Aufregung, seine Verwirrungen, und spürte eine leichte Nostalgie in sich aufsteigen. Monots Schwäche hatte den Vorteil, dass sie in der Kommissarin das Verlangen weckte, stark zu sein. Cruyff war aus anderem Holz geschnitzt. Er strahlte eine beunruhigende Kraft aus. Dieser Typ hatte Vertrauen in sich, in seinen Körper, in seine stabile Psyche, in seinen Charme. Wie sollte sie ihn bändigen? Sie musste Abstand halten. »Ihre Schlussfolgerung ist exzellent, mein kleiner Cruyff. Sie haben einen klaren Verstand und einen sachlichen Blick auf die Dinge.

Gute Voraussetzungen, um als Bulle Karriere zu machen.«

»Danke, Commissaire.«

»Für eine Karriere als Drehbuchautor sehe ich allerdings schwarz. Ihnen fehlt der assoziative Geist der Literaten, verstehen Sie, was ich meine?«

Er machte große Augen, nein, er verstand nicht.

Sie setzte zum Stoß an: »Weil Sie kein Literat sind. Monot, der hätte das verstanden. Er hätte einen sehr glaubwürdigen Drehbuchautor abgegeben. Aber Sie, Cruyff – ohne Sie beleidigen zu wollen – Sie sehe ich nicht in dieser Rolle. Ich werde Drehbuchautorin bleiben, Sie …« Viviane zögerte. Sie würde Superman in seine Schranken weisen, ohne ihn zu demütigen. Nicht zu sehr. »Sie werden sagen, dass Sie Sportanimateur sind. Das wird wunderbar zu Ihnen passen. Sportanimateur, so eine Art Sozialarbeiter in den Vorstädten.«

Lieutenant Cruyff war wenig begeistert. »In den Vorstädten? In welchen?«

»Nicht einer dieser affektierten Animateure. Aushilfskraft, Zeitarbeiter, Lückenfüller.«

»Aber eine Drehbuchautorin und ein Aushilfs-Sportanimateur, das gibt ein merkwürdiges Pärchen ab, Commissaire.«

»Beruhigen Sie sich, es wird überhaupt kein Pärchen geben. Nach außen hin werden wir uns gerade erst angefreundet haben: Wir haben gestern den Charterflug verpasst und uns im Flugzeug kennengelernt.«

»Und was ist mit dem Zimmer?«

»Für jeden ein eigenes, wo wir uns doch gerade erst angefreundet haben. Als Drehbuchautorin werde ich meine Nächte doch nicht mit einem Vorstadt-Animateur verbringen.«

Sie fühlte sich böse und gleich schon viel besser. Sie war wieder die Kommissarin geworden. Die Ferien waren zu Ende, die Ermittlungen konnten beginnen.

Die Limousine setzte sie in Orly ab. Viviane ließ den Lieutenant die Koffer tragen, dann besann sie sich und lief zu ihm, um ihm ihren Koffer wieder abzunehmen. Schließlich hatten sie sich ja gerade erst angefreundet.

Kapitel 4

Das Flugzeug hatte soeben abgehoben, und Lieutenant Willy Cruyff schlief. Kommissarin Viviane Lancier beobachtete ihn perplex. Dieser Assistent, der ihr geradewegs vom Himmel in den Schoss gefallen war, verwirrte sie. Die Telefonnachricht des Allmächtigen ging ihr nicht aus dem Sinn: *»Lieutenant Cruyff würde sich in dieser Ferienclub-Atmosphäre wohler fühlen als Monot.«*

Während sie darauf warteten einzuchecken, hatte sich der Lieutenant innerhalb von fünf Minuten mit ein paar Leuten angefreundet. »Sie vergeuden Ihre Energie«, hatte Viviane ihm zugeflüstert, weil diese Passagiere in ein anderes Dorf auf Rhodos wollten, aber Willy schien einfach Vergnügen daran zu haben. Er war ganz begeistert von dem Baby des jungen Paares, das vor ihnen stand, wirklich begeistert, nicht nur aus Höflichkeit. Er scherzte mit den Rentnern hinter ihnen. Er hatte eine Vierergruppe junger Leute ganz ruhig an ihren Platz verwiesen, als sie versuchten, sich unter dem Vorwand, auf der Suche nach Freunden zu sein, vorzudrängeln. Der Allmächtige hatte ganz richtig gesehen: Im Esprit-Club würde der Lieutenant wahrhaft Clubgeist beweisen können.

Viviane konnte in dem übermäßig konkaven Flugzeugsitz, in den sie eingequetscht war, nicht einschlafen. Willy hatte angekündigt: »Ich schlafe jetzt«, und war innerhalb von dreißig Sekunden weggedöst. Er war so ein Typ, dem alles leichtfiel. Von Zeit zu Zeit rutschte sein Kopf auf Vivianes Schulter und verteilte einen Duft von Vetiver auf ihrer Safari-Jacke. Sie schob ihn jedes Mal entschlossen weg und fragte sich, ob das nicht ein Zeichen war: Wieso wies sie die Männer ab, die ihr ihre Freundschaft anboten, oder auch nur ihre Kameradschaft, ihre *Nähe*, wie der Allmächtige gesagt hätte. Willy hatte eine dominante Persönlichkeit, ein sonniges Gemüt, er verdiente es nicht, derart angefahren zu werden. Viviane fühlte sich schuldig: Nur Kommissarin zu *sein*, genügte ihr nicht, sie hatte immer auch das Bedürfnis, die Kommissarin *spielen* zu müssen. Nein, nicht immer. Mit Monot war es anders.

Sie schloss die Augen und stellte sich den guten Engel vor, wie er in dieser Stunde, in Frankreich, aufwachen musste. So döste sie bis zur Ankunft vor sich hin und träumte, dass er neben ihr schlief und seine blonde Mähne auf ihrer olivgrünen Schulter ausbreitete.

Am Flughafen von Rhodos wurden sie von einer jungen Frau empfangen, klein, brünett, mit feinen Gesichtszügen, die ein Schild hochhielt: »Drehbuchautoren. Esprit-Club.« Ihre gebräunte Haut brachte die riesigen Kreolen, die an ihren Ohren hingen, gut zur Geltung. Sie lächelte, aber in diesem Lächeln lag erschöpfte Müdigkeit. »Ich bin Irène, die Chefin des Clubdorfs, aber hier nennen mich alle Königin.«

Sie gingen zum Auto. Auf Rhodos war es erst 11 Uhr am Vormittag, aber es war bereits warm und würde schon bald stickig werden. Viviane befürchtete, in ihrer Safari-Jacke zu schwitzen, traute sich aber nicht, sie auszuziehen. Darunter trug sie nur ein Tanktop. Nein wirklich, sie sollte sich nicht so zieren. Wenn sie nun schon im Club war, sollte sie sich auch dem Style anpassen. Also knöpfte sie ihre Jacke auf und legte sie zusammen.

»Das ist kokett, das nette Oberteil. Rosa steht Ihnen sehr gut.« Cruyff hatte das mit ruhiger Stimme gesagt, fast freundschaftlich. Monot hatte ihr das auch einmal gesagt, aber er hatte dafür länger gebraucht.

»Wir haben eine Dreiviertelstunde Fahrt vor uns«, sagte Königin. »Sie werden sehnsüchtig erwartet: Die Kokos und Kikis können es kaum erwarten, Bekanntschaft mit Drehbuchautoren zu machen.«

»Ich muss Sie enttäuschen«, korrigierte Viviane, »Programmänderung. Es gibt nur eine Drehbuchautorin, die bin ich. Mein Lieutenant hat den Beruf gewechselt, er ist Sportanimateur.«

»Wie Sie möchten. Jedenfalls werden Sie die schönste Lodge des Clubs haben, am Eingang der *zona privada* des Personals. Die reservieren wir für hohe Gäste. Sie ist freistehend, genau wie meine. Sie werden sich dort sehr wohlfühlen, alle beide.«

»Nicht alle beide. Ich werde dort alleine wohnen.

Könnten Sie für den Lieutenant woanders ein Bett auftreiben?«

Königin schien enttäuscht: »Wenn es sein muss, ja. Die Zimmer der Chéris sind für zwei vorgesehen, und manche werden von einem allein bewohnt, der froh sein wird, die Single-Zulage nicht bezahlen zu müssen.« Sie machte eine Pause, bevor sie hinzufügte: »Sind Sie sauer? Ich dachte, sie wären zusammen?«

Willy war es, der mit einem freundlichen Lächeln antwortete: »Wir sind zusammen, aber nur zum Arbeiten. Genauer gesagt, um einen Mörder zu finden. Uns liegen die Ergebnisse der Autopsie vor und …«

»Ich weiß«, unterbrach Königin, »einer der Leiter des Hauptsitzes hat heute Morgen angerufen. Er hat mir alles erklärt, der Dolchstoß ins Herz, die Notwendigkeit, alles diskret zu behandeln, die Überführung nach Frankreich.«

Plötzlich klang ihre Stimme bitter: »Schade für King, dieser Mord. Ich hätte einen Selbstmord vorgezogen, das wäre ein ehrenhafter Abgang gewesen.« Sie fuhr seelenruhig über Rot und erzählte weiter: »Vielleicht wissen Sie, dass wir uns kurz vor dem 14. Juli heftig gestritten haben. Bestimmt macht mich das verdächtig. Ich habe aber zum Glück ein wasserdichtes Alibi: Ich habe mich am Nachmittag am Ende des Strands gesonnt. Später bin ich zum Amphitheater gegangen und war von da an immer in Begleitung. Erst war ich mit Animateur-Koko da, King war auch dort. Dann war ich noch einmal mit Animateur-Koko und Clown-Koko da, da war King schon weg, nur der Bulle war noch da. Danach war ich im Büro.«

»Von Kokos, Kikis und Chéris hatte ich schon gehört, aber nicht von Animateur-Koko und Clown-Koko«, seufzte Viviane.

»King hat immer die Namen durcheinandergebracht, deswegen nannte er die Animateure Koko, und die Animateurinnen Kiki. Wenn es genauer sein musste, hat er sie nach ihrer Stellung benannt. Animateur-Koko ist verantwortlich für die Animation. Dann gibt es Clown-Koko für die Sketche; seine Frau Spritzen-Kiki, die Krankenschwester; dann Zecher-Koko, der sich um die Bar und den Nachtclub kümmert; Muskel-Kiki, die unsere Gymnastikkurse leitet; Gegenwind-Koko, der Segellehrer; Platsch-Kiki, die für den Pool verantwortlich ist; Schraubenzieher-Koko, unser Hausmeister und Küchen-Koko, unser Koch. Ich hatte noch Glück, ich hätte auch Leg-dich-hierhin-Kiki sein können.«

»Und die anderen?«

»Assistenten, Praktikanten und Einheimische hat er ›Hey du da!‹ gerufen, so dass wir sie dann auch nur noch die Heydudas genannt haben. Einzige Ausnahme war unser Wachmann, der vormittags auch als Gärtner arbeitet. Ein anständiger Mann, nicht sehr lebhaft, nicht sehr gesprächig, aber mit einem beeindruckenden Gedächtnis ausgestattet. Ein Typ, der Ihnen Tag für Tag sagen kann, wie das Wetter vor genau einem Monat war. Er ist Türke, also hat King ihn *der Türke* genannt.

So war er, mein Mann: er, der König, unter ihm, Hofstaat und Zwerge.«

Diese Art von Gemütszustand bei einer frischen Witwe war der Kommissarin nicht neu: Mit den Jahren würden die Erinnerungen der Witwe an ihren Gatten immer verhasster werden. Viviane wollte dem Gehängten eine Chance geben. »Nach dem, was man mir gesagt hat, gab es unter den Kokos aber langjährige Freunde.«

»Freunde? Nein, nur Hofschranzen, Lakaien und Feiglinge, immer bereit, King das Feld zu überlassen, wenn der sich gerade für die jeweils aktuelle Freundin des anderen interessierte. Mein Mann war der Casanova vom Basar, er besprang alles, was sich ihm anbot. Und hier ist das Angebot groß. Sein einziger echter Freund war Animateur-Koko, seine rechte Hand, der Schatten Seiner Majestät. Ein netter, aber unbeständiger Typ. Er ist ganz gierig nach allem, was nach Macht aussieht. Nach Kings Tod hat die Geschäftsführung des Esprit-Clubs uns angeboten, die Verwaltung des Dorfes zu zweit zu übernehmen, ihm und mir. Ich sollte mich um alles im Bereich Verwaltung und Buchhaltung kümmern, er um den Betriebsalltag. Er ist der Einzige, der alles kann, dadurch, dass er immer hinter King hergelaufen ist. Sie hätten sehen sollen, wie der sich aufgeblasen hat, als er das angenommen hat! Koko wird Ko-Chef! Fast schon König! Er hat gesabbert vor Erregung.«

Viviane überließ sie ihrer Wut. Der Lieutenant war da weniger taktvoll. »Wie haben sie sich kennengelernt,

King und Sie?« Er hatte nicht einmal angefügt, »wenn ich fragen darf«, er schoss geradewegs aufs Ziel zu, aber Königin schien das nicht zu stören.

»Das war vor fünf Jahren, ich hatte gerade mein Diplom von der Management-Schule erhalten, mein Freund hatte mich sitzen lassen, ich fand keinen Job, vielleicht wegen meiner libanesischen Wurzeln. Ich wollte hier nur drei Wochen verbringen, um auf andere Gedanken zu kommen. Da ich die ganze Zeit am Pool lag, flirtete ich mit dem Platsch-Koko von damals, einem sehr süßen kleinen Blonden. Und um zu zeigen, wer hier der Boss ist, fing King plötzlich an, mir den Hof zu machen, trotz seiner hundertzwanzig Kilo und seiner vierzig Jahre auf dem Buckel. Koko-Platsch hat gleich die Segel gestrichen, und King hat wirklich alle Register gezogen: Er hat keine Ruhe gegeben, jeden Morgen lagen Blumen vor meinem Zimmer, und er überhäufte mich mit Liebeserklärungen. Er wollte sein Ziel so unbedingt erreichen, dass er sich bereit erklärt hat, die Verantwortliche für Verwaltung und Buchhaltung zu entlassen, um mir ihren Job zu geben. Er hat mir eine Karriere im Esprit-Club in den leuchtendsten Farben ausgemalt und mir schlussendlich sogar einen Heiratsantrag gemacht, den ich angenommen habe. Es war das erste Mal, dass ich mich wichtig gefühlt habe, ich wurde Königin, verstehen Sie?«

Ja, Viviane konnte nachvollziehen, dass eine Frau, die ihre Einsamkeit satthatte, zu allem bereit war, manchmal sogar zu jedem, wenn sie nur freundlich genug gebeten wurde. Sie hatte das selbst erlebt.

Sie sah die Landschaften an sich vorbeiziehen, die Hotels, die so gerne ein wenig Hollywood-Flair verströmt hätten, die verlassenen Baustellen, die kargen Berge, und sie sagte sich, dass ihr Privatleben nicht anders war: trügerischer Schein, Niederlagen und Gefühlsarmut. Wie bei Königin. Die Frau war ihr sympathisch.

»Und dann verschlechterte sich ihre Beziehung?« Willy hatte das mit seiner schönen, warmen Stimme gefragt – als würde er sein Timbre dafür trainieren, vertrauenswürdig zu klingen.

»Ja, er hat begonnen, Affären zu haben, und nicht mal heimlich. Ich habe es nicht mehr ertragen, stundenlang in unserem Zimmer auf ihn zu warten, um dann zu sehen, wie er in der Morgendämmerung heimkam, nach einem anderen Bett und einer anderen Frau roch – es war zum Kotzen. An diesen Abenden bin ich geflüchtet, habe Stunden am Strand verbracht, aufs Meer geschaut; wenn ich dann nach Hause ging, war ich weniger wütend. Morgens musste ich lächeln, um den Schein zu wahren. Aber vielleicht haben Sie auch schon von der letzten Geschichte mit dem jungen Ding und den Muscheln gehört, in *unserer* Lodge, mitten am Tag, das war zu viel. Wir haben uns gestritten. Erst habe ich gedacht, er hätte sich deswegen umgebracht … pfff, als ob er so etwas wie Gewissensbisse gekannt hätte!«

Viviane war ratlos, wie sie die schmerzliche Unterhaltung wieder ankurbeln konnte. Der Bericht von Königin weckte in ihr beschämende Erinnerungen. »Sie haben keine Kinder?«

»Ich hätte gewollt, aber King konnte keine haben, laut Untersuchungen. Und eine künstliche Befruchtung wollte ich nicht.«

Viviane versuchte sich das Leben dieser Frau vorzustellen, alleine inmitten einer Horde von Feriengästen. Wenig überzeugt fragte sie: »Haben Sie denn … irgendwelche Freundinnen hier?« Dieses Wort schien ihr absurd: Diese Frau strahlte zu viel Würde aus, als dass sie Freundinnen haben könnte.

»Man hat Mitleid mit mir und man misstraut mir. Ich wurde belogen und betrogen, aber ich war die Frau des Königs. Die Politik der Reduzierung des Lohnaufkommens, das Kosten-/Nutzenverhältnis der Posten, der Ersatz von Saisonarbeitern durch unbezahlte Praktikanten – das alles habe ich auf den Weg gebracht. Das war mein erster Job, ich habe als Leiterin angefangen, ich wollte dem Hauptsitz zeigen, was ich kann. Und King hat applaudiert.«

»Haben Sie an Scheidung gedacht?«, fragte Willy unbefangen.

Königin verzog das Gesicht. Ihre Worte schienen sie zu schmerzen: »Oh ja! Aber um Ihnen nichts zu verheimlichen: Ich hatte beschlossen, noch etwas abzuwarten – aus niederen materiellen Gründen. Mein Mann hat einen alleinstehenden Großonkel, sein Taufpate, der in einem Krankenhaus in Marokko auf sein Lebensende wartet. Er ist reich. Er besitzt dort drüben mehrere Immobilien. King war der designierte Alleinerbe. Nicht ganz allein, da King und ich ja verheiratet waren und eine Gütergemeinschaft vereinbart hatten: Die Hälfte des Vermögens hätte also mir zugestanden. Hätte ich mich vor dem Tod seines Paten scheiden lassen, hätte ich meinen Anteil natürlich verloren. Aber ich wollte diesen Anteil unbedingt, als Prämie für all die Jahre, die ich King ertragen habe. Jetzt, wo mein Mann als Erster gestorben ist, gibt es auch keine Erbschaft mehr. Niemals werden sie eine Witwe finden, die über den Tod des Gatten mehr erschüttert ist als ich.«

Im Auto herrschte verlegenes Schweigen, niemand wagte, es zu unterbrechen. Sie fuhren durch eine Ortschaft, wo es von Touristen, Taxis, Souvenirgeschäften nur so wimmelte. Hier und da waren ein paar Esel unterwegs, die sich unter dem Gewicht schwerer Feriengäste bogen. Unterhalb der Straße war ein kompaktes Dorf zu sehen, eine Fülle von weißen Häusern und sich windenden Gassen, und dahinter erhob sich ein Berg, auf dem die Ruinen eines Tempels thronten. Königin zeigte darauf.

»Das ist Lindos. Eine sehr hübsche kleine Stadt. Unsere Chéris könnten sich auch dorthin vorwagen, aber sie ziehen die Geschäfte im Club vor. Umso besser für uns, das macht Umsatz.«

Zwei Kilometer weiter bog sie in einen Weg ein, der mitten in einen Pinienwald hineinführte. Die Zufahrt war mit einer Schranke versperrt. Ein großer, junger, bärtiger Mann trat aus einem Häuschen, schaute sie aufmerksam an und ließ sie wortlos ein.

»Ist das der Türke?«, fragte Willy.

»Nein, sein Sohn Kerim. Er ist taubstumm und lebt bei ihm. Wenn der Türke morgens gärtnert, ersetzt Kerim ihn an der Schranke. Mittags fährt der Sohn nach Lindos, wo er als Tellerwäscher und Reinigungskraft in einem Restaurant arbeitet. Abends kommt er zurück zu uns, um den Heydudas von Zecher-Koko im Nachtclub zu helfen. Vater und Sohn arbeiten ohne Vertrag für uns, für einen Hungerlohn, und das geht schon viele Jahre so. Ich habe mich immer dafür geschämt. Jetzt, wo King nicht mehr da ist, werde ich das endlich in Ordnung bringen können. King hat den Türken nie gemocht, übrigens wollte er ihn entlassen. Aber ich gehe Ihnen mit diesen Geschichten sicher auf die Nerven.«

Ja, der Kommissarin gingen diese Geschichten auf die Nerven, aber ihr Lieutenant war taktvoller.

»Gar nicht. Warum wollte er ihn loswerden?«

»Weil der arme Teufel uns eine Szene gemacht hat. Er war sich sicher, dass King Sixiz, seine Katze, aufgehängt hatte. Die Situation war lächerlich. Der Türke spricht nur Türkisch, und King verstand kein Wort. Ich kann mich verständigen, ich hatte im Libanon ein türkisches Kindermädchen. Also habe ich mit dem größten Vergnügen die Dolmetscherin gegeben und mich köstlich dabei amüsiert. Und da ich alles übersetzen musste, habe ich King gesagt, dass er ein Dreckskerl sei, ein

Feigling, dass er es verdiene zu verrecken – das war ein großes Vergnügen. Hinterher musste ich den Türken noch beruhigen, ich hatte Angst, er würde auf King losgehen. Der Alte hat sich dann zwar entschuldigt, aber zu spät: Seine Majestät war beleidigt worden.«

Das Auto hielt, Königin öffnete die Tür.

»Ich werde Ihnen Ihre Lodge zeigen, Commissaire. Wenn Sie erlauben, lassen wir Ihren Lieutenant auch dort warten. Eine Heyduda kommt ihn dann später abholen, um ihn in das Zimmer zu führen, das er sich mit einem anderen Chéri teilen wird.«

»Danke, Königin. Aber Vorsicht: kein ›Lieutenant‹ und kein ›Commissaire‹ mehr. Hier sind wir nur Willy und Viviane.«

Die Lodge befand sich am Eingang zum Bereich der Kokos, lag etwas abseits davon. Als sie eintraten, entdeckte Viviane einen Früchtekorb und eine Flasche griechischen Schaumwein mit einer Willkommenskarte. Das Zimmer war ideal für ein Pärchen.

»Gut, ich lasse Sie jetzt alleine«, sagte Königin. Sie war irgendwie verlegen: Das Empfangskomitee hatte es gut gemeint, als es zwei ineinander verschlungene Herzchen auf die Karte gemalt hatte.

Viviane drehte und wendete sie zwischen ihren Fingern. Da stand sie nun, wankend, während Willy breitbeinig im Korbsessel saß und sie arglos ansah. Sie stellte sich Monot in derselben Situation vor. Er hätte das auch getan, aber das wäre köstlich gewesen.

»Wir arbeiten jeder für sich«, befahl Viviane. »Da Sie

schnell Kontakte knüpfen, werden Sie überall ein bisschen schnüffeln, mit den Kikis, Kokos und Co. sprechen, an allen Aktivitäten teilnehmen, um sich mit so vielen wie möglich anzufreunden.«

»Und Sie?«

Und sie? Was antworten? Sie würde dasselbe tun, aber sie tat sich mit Kontakten schwer, sie würde sich mit niemandem anfreunden. Sie stammelte: »Ich werde nachdenken, die Ermittlungen leiten …«

Der Lieutenant warf ihr einen bewundernden Blick zu. Sie war wieder die Kommissarin geworden und er ihr Untergebener.

Schnell ergänzte sie: »Wir werden aber zusammen essen, von Zeit zu Zeit.«

Dann rief sie die Gerichtsmedizin an. Der Arzt bestätigte ihr die Ergebnisse der Autopsie. »Übrigens, noch ein Detail, Commissaire, machen Sie damit, was Sie wollen: Am rechten Knöchel ist eine Druckstelle auf der Haut, als hätte er eine zu enge Socke getragen.«

Viviane notierte das Detail und wollte weitere Ausführungen zum Dolchstoß haben. Der Arzt korrigierte sie: »Vorsicht, das mit dem Dolchstoß habe ich exemplarisch gemeint, es kann sich um irgendeinen anderen langen, dünnen, spitzen Gegenstand handeln. Mir ist etwas Merkwürdiges aufgefallen: Der Stoß wurde fast im rechten Winkel zum Körper ausgeführt. Im Allgemeinen gibt es aber einen Angriffswinkel, wenn man zusticht.«

»Was schließen Sie daraus?«

»Nichts, Commissaire. Jedem sein Beruf. Ich stelle nur fest. Die Schlüsse ziehen Sie.«

Da Viviane nicht wusste, welchen Schluss sie daraus ziehen sollte, beendete sie das Gespräch, außerdem war gerade eine kleine Blonde in einem grellgelben T-Shirt eingetreten.

»Ich bin fürs Schlafen zuständig. Fürs Schlafen, nicht fürs Beischlafen«, witzelte sie. »Das war ein Missverständnis, wir wussten nicht, dass Sie Single sind. Kommen Sie mit mir, ich suche Ihnen einen Mitbewohner.«

Die Heyduda nahm ihren Singlemann glucksend mit. Viviane sah ihnen nach, als sie sich entfernten. Zehn Meter weiter lachten sie noch immer schallend. Ihr wurde klar, dass sie es während acht Stunden Reise nicht ein Mal geschafft hatte, ihren Lieutenant zum Lächeln zu bringen. Das stimmte sie ein wenig traurig.

Kapitel 5

Das Restaurant befand sich im Freien, unter einem einfachen Schilfrohrdach. In der Mitte standen ein riesiges Buffet und ein Grill. Darum herum Tische, die die Kommissarin verzweifelt musterte: Sie wusste nicht, wo sie sich hinsetzen sollte. Viviane war noch nicht bereit, jemanden kennenzulernen. Diese Leute waren ihr zu fröhlich, fühlten sich zu wohl. Ihre Teller quollen über, ihre Wänste auch.

Die Kommissarin spürte die Blicke auf sich. War sie zu blass? Oder mit ihren schwarzen Shorts, ihrer weißen Bluse und den Sandalen zu chic angezogen, inmitten der vorherrschenden Nachlässigkeit? Hielt man sie für eine Nonne? Sie suchte nach ihrem Lieutenant und entdeckte ihn in fröhlicher Unterhaltung an einem großen, voll besetzten Zwölfer-Tisch. Alle Tischnachbarn trugen die gleichen grellgelben T-Shirts. War das die Uniform der Kokos und Kikis? Viviane trug keine Uniform, sie sah niemandem ähnlich, sie kam sich lächerlich vor und einsam. Sie stand beim Eingang herum, suchte immer noch nach einem Sitzplatz.

Eine näselnde Stimme half ihr aus der Verlegenheit:

»Sind Sie die Drehbauchautorin? Ich bin Animateur-Koko, setzen Sie sich zum Essen zu mir.«

Er war hager, von mittlerer Statur, und trug eine große Brille auf dem Kopf, die einen Teil seiner rot gelockten Haare verbarg. Sein Gesicht schien einzig aus einem breiten Lächeln und einer Himmelfahrtsnase zu bestehen. Sein Blick war wohlwollend und schalkhaft und erinnerte an den eines zu schnell gewachsenen Zwergs. Auf seinem grellgelben T-Shirt baumelten ein Medaillon mit einem ägyptischen Schriftzeichen, ein längliches Etui an einer Kette und ein Collier aus dicken Perlen.

Er nahm sie mit zum Buffet, bediente sich an den kalten Gemüseplatten und beobachtete Viviane amüsiert, die sich zwischen den Fleischplatten, den salzigen Quiches, den Gemüse- und Fischsalaten nicht entscheiden konnte.

»Die Chéris sind alle wie Sie. In den ersten Tagen wissen sie nicht, wo ihnen der Kopf steht. Nur zu, probieren Sie von allem. Das hier sind nur die Vorspeisen. Die Hauptgerichte sind auf der anderen Seite.«

Hatte er erraten, dass Viviane sich beim Essen manchmal nicht beherrschen konnte? Sie begnügte sich mit einem griechischen Salat. Dann kam sie zurück, bediente sich an den Wurstwaren und krönte den Teller mit einem Stück Gemüsequiche mit Speck und Pflaumen. »Das muss eine griechische Spezialität sein«, entschuldigte sie sich, »das muss ich doch probieren.«

»Der Pounti? Nein, der kommt aus der Auvergne.

Kommen Sie?« Er führte sie an einen Tisch für zwei. »Wollen Sie lieber griechischen oder italienischen Wein? Der griechische ist umsonst.«

Die Kommissarin zog den griechischen vor, bereute es aber schon nach dem ersten Schluck.

»Wahrscheinlich wissen Sie, dass ich der neue Chef des Dorfes bin.«

»Ah, Sie sind derjenige, der mit Königin arbeitet.«

»So kann man es auch sagen, jeder hat seinen Bereich. Sie kümmert sich um die Verwaltung und die Buchhaltung. Das ist anscheinend wichtig, aber nur für sie und den Hauptsitz. Abgesehen davon macht sie das aber sehr gut. Ich bin der Chef für alles andere. Aber erzählen Sie lieber von sich: Stimmt es, dass Sie Drehbuchautorin sind?«

Viviane fühlte sich unwohl. Sie mochte es, Leute weichzukochen, die in Polizeigewahrsam saßen – und nun wurde sie selbst befragt. Zitternd wie eine Verdächtige, erfand sie eine Geschichte von einer deutsch-französischen Filmreihe, einer Koproduktion von Arte, über die Entstehung der Gewerkschaftsbewegung in der Dritten Welt. In der Fernsehzeitschrift *Telerama* sei das sehr gut besprochen worden. Sie sah, dass Animateur-Koko höflich und anerkennend nickte. Jetzt würde man sie in Ruhe lassen, niemand würde mehr mit ihr über ihre Filmografie sprechen wollen. »Hier vor Ort bereite ich ein Thema für ein breites Publikum vor«, erklärte sie munter weiter. »Auch wenn der Moment unpassend ist, wie man mir sagte.«

»Ja, wir stehen noch unter Schock. King war ein großartiger Dorfchef.«

»Ich glaube verstanden zu haben, dass die Meinungen diesbezüglich auseinandergingen.«

Der Koko vergaß plötzlich sein Lächeln. Er sah Viviane in die Augen, knallhart, als wollte er sie warnen. »Lassen Sie die Geier gackern. King war ein guter Typ, ich war stolz darauf, sein Freund sein zu dürfen. Als ich hier angefangen habe, war ich eine Zeitarbeitskraft, ein kleines Nichts ohne Diplom. Er hat mich unter seine Fittiche genommen, er hat mir eine Chance gegeben. Er hat mir alles beigebracht, was man über die Verwaltung eines Clubdorfs wissen muss, über die Beziehung zu den Feriengästen, über die richtige Stimmung. Und noch eine sehr einfache, seltene Sache: Freundschaft. Vielleicht drücke ich mich schlecht aus, trotzdem stimmt es. Verstehen Sie?« Da Viviane nicht schnell genug antwortete, fuhr er fort: »Natürlich konnte er mit seiner dominanten Art auch nerven, aber das war nur ein Spiel. Er spielte den gutherzigen Tyrannen, mehr nicht.«

»Man sagt, er sei ein ziemlicher Schürzenjäger gewesen, oder nicht?«

Animateur-Koko zuckte mit den Schultern. »Das war seine mediterrane Seite, dieses Bedürfnis, sich an Leute zu hängen, sie anzufassen. Ich kann verstehen, dass das nicht gut ankommt, aber wir sind hier schließlich am Mittelmeer, nicht wahr?«

»Und diese letzte Geschichte mit der jungen Frau?«

Er schob seinen Teller zurück und kreuzte die Arme. »Sie werden doch nicht auch noch damit anfangen! Die Geschichte hat es nur in Königins Fantasie gegeben. King hat eine sehr schöne Muschelsammlung, die Kleine hat sich dafür interessiert, sie war bei ihm, um sie sich anzusehen. Im Bikini, okay, aber hier laufen alle halb nackt rum. King hatte ihr den Arm umgelegt, na und? Ist das jetzt Sex, oder was?«

»Aber er hatte doch ein paar Abenteuer, oder nicht?«

»Nichts Ernstes. Aber Königin gefällt sich in der Opferrolle, obwohl sie in erster Linie die Schuldige ist. Ein echter Kühlschrank, diese Frau. King hat mir das selbst erzählt, wir waren gut genug befreundet, um darüber zu reden. Der Arme, manchmal hat er sich eben woanders gesucht, was er zu Hause nicht fand. Er war ganz verrückt nach Königin, er hat alles für sie getan, er hat ihr alles gegeben. Das Ergebnis: ein Abschied ohne Tränen. Sie hat nicht einmal den Sarg zur Beerdigung nach Frankreich begleitet, sie wollte lieber hierbleiben, um sich bei den Besitzern anzubiedern.« Er holte Luft, als würde er zum letzten Stoß ausholen. »Ich werde mit ihr arbeiten, wir werden höflich miteinander umgehen, aber das, das verzeihe ich ihr nicht. Und Sie, schreiben Sie, was Sie wollen. Wenn Sie einen Film drehen wollen, in dem der Dorfchef eine Karikatur von King ist: nichts leichter als das. Aber Sie würden ihm Unrecht tun.« Animateur-Koko stand auf, um sich ein Hauptgericht zu holen. Er kam mit einigen aufgespießten Stückchen Rind und Paprika zurück, die dem Metallspieß auf dem Spaghetti-Nest eine hübsche Farbe gaben. »Ich habe Spaghetti genommen, bei den Pommes war eine Schlange.«

Pommes? Viviane hatte die Vorspeisen auf ihrem Teller vertilgt und fühlte einen mächtigen Hunger in sich erwachen. Man konnte zwischen acht Hauptgerichten wählen. Aber am verlockendsten waren diese Pommes. Wie lange hatte sie schon keine mehr gegessen? Sie hatte es geschafft im Frühling zuzunehmen, ohne der Pommes-Versuchung jemals nachgegeben zu haben. Das war eine Ungerechtigkeit, die sie schnell wiedergutmachen sollte. Sie würde nur eine probieren. Oder zwei. Egal, ob dort eine Schlange war. Sie musste fünf Minuten warten und genehmigte sich einen großen Teller voll – sie wollte nicht umsonst gewartet haben.

Die übriggebliebenen Spieße machten einen vertrockneten Eindruck. Bei den Fischen konnte man zwischen ganz verschiedenen wählen, und sie sahen verführerisch aus, aber das war ihr zu viel Diät, die hob sie sich für die nächsten Tage auf. Sie stürzte sich auf einen Eintopf, der als *Eintopf nach Art des Chefs* präsentiert wurde. Als sie an den Tisch zurückkam, entdeckte sie, dass Animateur-Koko ihrer überdrüssig geworden war. Alles, was von ihm zurückblieb, war etwas Sahne auf einem Dessertteller.

Der Eintopf war ungenießbar, zu salzig, zu stark gewürzt. Sie begnügte sich damit, ihre Pommes aufzuessen, zu denen sie einige Gläser Wein trank. Sie kehrte noch einmal zum Dessertbuffet zurück und konnte den *Baklavas* nicht widerstehen, so süß, wie sie vor Butter und Honig glänzten. Das *Galaktoboureko* war verlockend, vielleicht etwas schwer, aber eine Chérie, die sich eine ordentliche Portion davon servierte, beruhigte sie. Es sei doch einfach nur Blätterteig mit einer cremigen Füllung, das könne man essen, auch wenn man nicht mehr hungrig sei. Viviane erlag der Verlockung, aß es in der Tat, ohne Hunger zu verspüren, immer abwechselnd mit *Baklavas*.

Der Eintopf zwickte sie schon im Magen. Sie beschloss, sich beim Koch zu beschweren. Küchen-Koko war leicht zu erkennen: Er war ein großer, glatzköpfiger Mann mit einem hochmütigen Gesichtsausdruck, der seine Gerichte inspizierte wie ein Oberst vor der Schlacht. Viviane winkte ihn zu sich, woraufhin er sich argwöhnisch näherte.

Sie sagte ihm freundlich: »Chef, ich wollte Ihnen sagen, dass der Eintopf ein bisschen zu …«

Der argwöhnische Blick verfinsterte sich. »Ein bisschen zu sehr dies, zu wenig das, klar, das ist normal. Zum Glück gibt es welche, die ihn so mögen. Dann nehmen Sie doch die Spieße.«

»Ja also, was die Spieße betrifft …«

»Tja, wenn also ›was die Spieße betrifft‹ kommt, dann trösten Sie sich doch mit Fisch oder Fleisch. Hier ist für jeden Geschmack etwas dabei.« Er baute sich vor ihr auf, durchbohrte sie mit seinem Blick und flüsterte: »Der Letzte, der auf mein Fleisch gespuckt hat – wissen Sie, wie der geendet hat? Man hat ihn ein paar Stunden später gefunden, *erhängt.*« Er betrachtete die verdutzte Miene der Kommissarin, wie er eine Hochzeitstorte betrachtet hätte, und entfernte sich mit einem verschlagenen Lächeln. »He, war nur Spaß, ich hab von der Katze gesprochen! Sixiz, die Katze vom Türken!«

Wütend ging Viviane zurück in ihre Lodge, legte sich angezogen hin und wartete auf Willy. Es war sehr heiß, sie hatte wenig geschlafen, das Essen lag ihr schwer im Magen, und der griechische Wein machte sie träge.

Um 16 Uhr wachte sie auf. Auf dem Nachttisch fand sie eine Nachricht: »Ich bin vorbeigekommen, habe Sie schlafen lassen. Treffen am Pool.« Die Handschrift war energisch, fast quadratisch, aber ohne Finesse. Sie dachte an die von Monot, so fein. Dann wieder an Monot, er selbst so fein: Noch nostalgischer wurde sie, als sie sich vor dem Spiegel auszog, um ihren rosa Bikini anzuprobieren.

Viviane fand sich lächerlich. Der Shorty stand ihr, aber so, wie er geschnitten war, war es ganz offensichtlich, dass er ihre Hüfte schlanker wirken lassen sollte. Und statt das Problem zu kaschieren, zeigte er geradewegs mit dem Finger darauf. Sie wich auf ihren schwarz-weiß gestreiften Einteiler aus, der war sportlicher, fast wettkampftauglich. Sie hüllte sich in einen Pareo und machte sich auf die Suche nach ihrem Lieutenant.

Körper. Zuerst sah sie nur Körper. Körper und Haut in allen Nuancen, von totenbleich bis krebsrot. Entgeistert stand sie auf der Terrasse oberhalb der beiden

Pools, die von menschlicher Masse umzingelt waren. Was wollten die vielen Chéris hier? Nichts. Sie waren mit dem konkreten Ziel gekommen, nichts zu tun. Sie gingen nicht schwimmen, bewegten sich nicht. Sie waren nur da. Viviane musterte sie beunruhigt. Wie konnten die Menschen nur so hässlich werden, ihre Körper so schwabbelig, so unförmig seit ihrem letzten Urlaub? Natürlich waren auch schöne darunter, sie sah feste Brüste vorbeigehen, flache Bäuche, die aber nur umso erschreckender wirkten. *»So wart ihr auch mal, schämt euch«*, schienen sie den herunterhängenden, schlaffen zu sagen. Die Kommissarin spürte, wie sie eine seltsame Scham überkam, die Scham der Solidarität: Sie könnte ihren Pareo ohne Bedenken ablegen.

Lieutenant Cruyff schien sich diese Fragen nicht zu stellen. Ganz am hinteren Ende des größeren Pools schwamm er mit einer jungen Frau im grellgelben Badeanzug, eine dünne, lange Blondine mit einem Pagenschnitt. Er schwamm nicht wirklich, er machte ein paar elegante Schwimmzüge und kam dann wieder zu der Frau zurück, die ihn korrigierte, ihn die Bewegung der Arme wiederholen ließ, während sie ihm manchmal an den Bizeps griff, damit er den Arm richtig ausrichtete.

Die Kommissarin näherte sich und rief ihm vom Beckenrand zu: »He, Willy, ich bin da!«

»Hallo, wie geht's?«

Sogleich tauchte er wieder unter, um an seiner runden Schulterbewegung zu arbeiten. Viviane wartete beleidigt ab. Ob er vergessen hatte, dass sie seine Vorgesetzte war?

Als die Schwimmstunde vorbei war, kam er mit der Blonden zu ihr. »Darf ich vorstellen: Viviane, Drehbuchautorin, eine Freundin, mit der ich hierhergereist bin. Kiki-Platsch, die sich um die Aktivitäten im Wasser kümmert. Sie ist Wettkämpfe geschwommen und will mir helfen, mein Kraul zu verbessern.«

»Na, Willy, ich sehe, Sie haben eine Beschäftigung gefunden. Ich bin gekommen, um Sie auf ein Gläschen einzuladen. Begleiten Sie uns, Platsch?«

Die Blondine lehnte mit einem entzückenden Lächeln ab. Sie müsse gleich den Aquafitness-Kurs im anderen Pool leiten. Schwungvoll drückte sich der Lieutenant vom Rand nach oben, und Viviane erschauderte: So schön konnte also der Körper eines Mannes sein! Nicht das Gesicht, aber der tropfnasse Oberkörper; die Behaarung, die die muskulöse Brust betonte; die Schultermuskeln, die Glieder, die Knochen, die Eleganz der Bewegungen. Und eigentlich auch das Gesicht, das musste sie sich eingestehen. Viviane zog ihren Pareo enger um sich; sie hätte sich in einem Sack verstecken wollen.

Sie schleppte Willy zur Bar, dabei ließ sie ihn vorgehen, um das Spektakel genießen zu können und ihm das ihrer Cellulite zu ersparen. Er bewegte sich wie ein Tänzer, machte seine Schritte, ohne mit den Hüften zu wackeln. Seine himmelblauen Boxershorts lagen eng an, ohne dass es anzüglich wäre, was die Kommissarin nicht daran hinderte, ihn sich nackt vorzustellen. Einige Frauen folgten ihm mit Kennerblick, dann fiel ihr Blick auf Viviane und wurde grausam.

Vor der Meute, die sich an der Bar drängelte, blieb Willy stehen. »Oh, ich habe meine Uhr am Pool vergessen. Ich lasse Sie bestellen. Für mich bitte einen frisch gepressten Orangensaft.«

Würde er sich immer so ungeniert geben? Würde er sie jedes Mal im Stich lassen, sodass sie sich der Meute allein stellen musste? Der Typ war ein Naturbursche, sie musste ihm unbedingt Manieren beibringen.

Mühsam kämpfte sie sich bis ganz nach vorn durch. Die Kellner wirbelten unter der Anleitung eines gedrungenen Mannes herum, dessen Gesicht hinter einem dichten Bart und einer kleinen schwarzen Brille versteckt war; er musterte Viviane.

»Du bist neu hier, was?« Er hatte einen fremdländischen, undefinierbaren Akzent, herb und melodiös.

»Ich bin heute Morgen angekommen«, antwortete die Kommissarin.

»Alleine? Dann musst du in unseren Nachtclub kommen, da wird es dir gefallen.«

Sie hatte dieses *Du* noch nie ertragen können, am wenigsten so ein halb vernuscheltes. Bei der Arbeit siezte sie alle, und jetzt wollte ihr der erstbeste Bärtige einfach so das *Du* andrehen, nur weil er in einem grellgelben T-Shirt auf der richtigen Seite der Bar stand? Sie wusste, dass viele Feriengäste in den Clubs es sich zur Aufgabe machten, sich zu duzen. Aber auf sie durften sie bei diesen Vertraulichkeiten nicht zählen: So fing es an, und irgendwann duzte man dann auch seine Leute, wie in Kriminalfilmen. Sie ließ sich einen frisch gepressten Orangensaft und ein Zitronensorbet bringen, wobei sie das ›Ich danke *Ihnen*‹ besonders betonte.

Als sie zahlen wollte, hinderte der Bärtige sie mit einer Handbewegung daran. »Nein, nicht hier. Hast du noch keine Karte?«

Alle, die neben ihr standen, drehten sich spottend nach ihr um. Ah, wie konnte man nur bei Zecher-Koko bestellen, wenn man keine Karte hatte? Viviane stand gekränkt da und antwortete nicht. Es reichte ihr, sie wollte zurück in ihr gutes altes Kommissariat von Montparnasse, die Kokos und Kikis aus ihrem Wortschatz streichen, ihr Bier mit anständigen Euro im Bistro in der Rue Daguerre bezahlen und Kollegen treffen, die genug Anstand hatten, ihre körperlichen Unzulänglichkeiten unter einer ehrlichen Uniform zu verstecken. Sie würde niemals Clubgeist entwickeln.

Der Lieutenant kam wieder zurück, auf dem Kopf einen kleinen Sonnenhut, aus dem er eine Karte aus dickem Papier zog. »Ich dachte mir schon, dass Sie nicht würden bezahlen können. Kennen Sie das nicht aus den Clubs? Man lebt ohne Geld, um sich freier zu fühlen. Man kauft an der Rezeption für 100 Euro so eine Karte, auf der nach und nach alles notiert und abgezogen wird.«

Er lächelte. In wenigen Stunden hatte er die Bedienungsanweisung einer Gesellschaft verinnerlicht und sich dafür begeistern können. Er hatte ein fröhliches Gemüt. Sie brachte ihn zu einem abseits stehenden Tisch.

»Alles klar, Lieutenant, gefällt es Ihnen hier? Sie haben sich beim Essen mit den ersten Leuten angefreundet, Sie flirten mit der Schwimmlehrerin, Sie bezahlen Ihre Einkäufe mit Falschgeld, das ist wie im Paradies, was? Ob Sie nebenher wohl noch etwas Zeit für die Ermittlungen erübrigen könnten?«

Er antwortete etwas leiser, ohne sie anzusehen, den Blick starr auf das Glas Orangensaft geheftet: »Gewöhnen Sie sich ab, mich *Lieutenant* zu nennen. Einen solchen Fehler in der Öffentlichkeit sieht uns keiner nach. Ich war zehn Minuten in meinem Zimmer, gerade genug Zeit, um mich umzuziehen. Mein Mitbewohner hat noch geschlafen, wir haben uns noch nicht einmal kennengelernt. Dafür habe ich Platsch kurz vor dem Mittagessen kennengelernt. Ich habe nicht mit ihr geflirtet, ich habe sie gefragt, um wie viel Uhr hier gegessen wird, und wir sind ins Gespräch gekommen. Sie hat mich zu dem großen Tisch mitgenommen, an dem die Kokos und die Kikis sitzen. Ich habe mich in ein paar Unterhaltungen eingebracht, vor allem aber habe ich gut zugehört: Sie haben von der Nacht des 14. Juli gesprochen. Die haben sich in den vier Tagen noch immer nicht davon erholt. Ich habe sehr interessante Dinge von ihnen erfahren. Letzter Punkt: Sie sind Kommissarin, ich nur Lieutenant, aber wenn Sie einen konstruktiven Austausch mit mir wollen, dann müssen Sie anders mit mir sprechen. Ich habe Sie auch nicht gefragt, wie Ihre Siesta war.« Schließlich hob er den Blick und fragte: »Okay?«

Viviane hielt seinem Blick einige Sekunden stand, dann gestand sie ihm ein »Okay« zu. Niemals wäre einer ihrer Männer so ausfallend geworden. Aber Willy war keiner ihrer Männer. Eines wusste sie jetzt sicher: Sie musste den Typen in den Griff bekommen, auch wenn sie noch nicht wusste, wie. »Na dann, Willy, erzählen Sie mal vom 14. Juli«, bat sie sanft. »Erzählen Sie mal, was so Interessantes passiert ist.«

Kapitel 6

Willy holte Luft und tauchte ein: »Der Nachmittag war merkwürdig. King hatte im Amphitheater eine Unterredung mit allen Kikis und Kokos, mit jedem einzeln, wie bei einer feierlichen Prüfung, in einer festgelegten Reihenfolge. Um sich in Szene zu setzen, hat er die Kostümierung benutzt, die für die Aufführung am Abend dienen sollte. Der Abend des 14. Juli läuft hier normalerweise immer gleich ab. Am Anfang sitzt King alleine auf der Bühne, auf einem Thron, verkleidet als Monarch in einer goldenen Tunika, die ihm viel zu groß ist, mit einer Perücke und einer Krone. Die Kokos und Kikis mimen die Revoluzzer. Alle dürfen ihn beschuldigen und dumme Witze machen, wie in einer Posse. Für sie ist das auch eine Gelegenheit, ihren Frust abzulassen. Sogar die Chéris dürfen daran teilnehmen. Dann kommt ein Henker, es folgen Revolutionslieder, ein Donnerschlag, eine Rauchwolke vom bengalischen Feuer, und dann ist es so, wie der Brigadier erzählt hat: Man entdeckt King, aufgeknüpft am Galgen. Natürlich ist das nur eine Strohpuppe, der man die goldene Tunika angezogen und eine Maske aus Latex aufgesetzt hat, die halb von der Perücke und der Krone verdeckt wird. Es werden Bambusstöcke an die Chéris verteilt, damit sie auf den Gehängten einprügeln dürfen, wenn sie möchten. Meistens möchten sie. Verstehen Sie?«

Natürlich verstand Viviane. Sie malte sich aus, wie die Chéris das laut jubelnde Volk spielten, dafür mussten sie sich wohl nicht einmal anstrengen. Die Maulhelden und Fanatiker in der ersten Reihe, in der zweiten die Feigen und Frustrierten, danach kam die gehorsame Masse, die nach und nach in Rage geriet. Sie malte sich sogar die ganze Menschheit aus, sämtliche Revolutionen. Es stiegen altbekannte Gefühle von verdrängter Abscheu in ihr auf, sie wusste gar nicht wogegen. Sie musste diese schlechten Gedanken verscheuchen, sie war hier, um zu ermitteln. »Und dann?«

»Dann geht es aus, wie jede Revolution ausgeht: noch ein Donnerschlag, mehr bengalisches Feuer, die Masse weicht zurück, aus der Anlage ertönt ein Tedeum; und der auferstandene King taucht oben im Amphitheater auf, verkleidet als Napoleon, die Hand in der Weste und in weißen Beinkleidern. Die Revolutionäre stehen still, Napoleon mustert sie, kneift sie ins Ohr und alles endet mit einem großen Ball im Stile des Kaiserreichs.«

»Ein schönes Schauspiel mit einer starken, philosophischen Botschaft, nicht wahr, Willy?«

Der Lieutenant zog vorsichtig einen Flunsch und fuhr fort: »Nur, dass nichts so war wie sonst: Die Vorführung hatte am Abend direkt mit dem gehängten König begonnen, und es gab am Ende auch keinen Napoleon, und zwar aus gutem Grund.«

»Und was war den Nachmittag über los gewesen?«

»King saß schon auf seinem Thron, als Monarch verkleidet. Er hat die Kokos und Kikis nacheinander vor der Bühne antreten lassen. Die Unterredungen mit den Einzelnen waren kurz. Er hat bei jedem das Haar in der Suppe gesucht, aber nicht lange. Sein eigentliches Interesse galt Königin. Ihren Freundschaften. Ihren heimlichen Vorlieben. Er hat ihnen hinterlistige Fragen gestellt in der Art: ›Und wenn sie erneut heiraten sollte, mit wem würde sie das deiner Meinung nach tun?‹ Alle haben ihr Fett abbekommen; ich weiß nicht, in welcher Reihenfolge sie bei ihm waren, aber der Türke wird uns das sagen können. Er hat den ganzen Nachmittag entlang der großen Treppe, die zum Amphitheater führt, Blumen gepflanzt. Alle mussten an ihm vorbei. Wir sollten ihn befragen.«

»Gute Idee, Willy, aber wir werden eine Dolmetscherin brauchen. Königin könnte das machen, ich werde sie heute Abend fragen. Und die Kokos und Kikis, was halten die von der Geschichte?«

»Bedauert wird King von niemandem. Bei Königin ist man schon zurückhaltender. Was Animateur-Koko angeht: Den finden alle nett, witzig, aber karrieregeil.«

»Gut, Willy! Sie haben in der kurzen Zeit schon viel herausgefunden.«

»Danke. Darf ich noch etwas Unangenehmes sagen?« Ohne Vivianes Antwort abzuwarten, fuhr er fort: »Königin hatte Ihr Kommen angekündigt. Alle Kokos wissen, dass Sie Drehbuchautorin sind, auch einige Chéris. Animateur-Koko erzählt sogar schon herum, dass Sie fürs Fernsehen arbeiten; das ist zwar perfekt, aber man wird es merkwürdig finden, wenn Sie mit niemandem reden. Eine Drehbuchautorin, die Material sammelt, geht auf die anderen zu.«

Der Hieb saß. Das hatte sie davon, dass sie so nett war; nun meinte er, sich alles herausnehmen zu dürfen. Sie suchte nach einer fiesen Retourkutsche, aber ihr fiel nichts ein. Ihr Lieutenant hatte ja recht. Im Übrigen stimmte es, sie hatte noch niemals auch nur die geringste Lust verspürt, *auf andere zuzugehen.* Sie war es gewohnt, die anderen aufs Revier zu bestellen, mit einem Gerichtsbeschluss bei ihnen einzufallen, sie zu befragen. Nicht, auf sie zuzugehen. Jemandem auf Augenhöhe begegnen, das konnte sie nicht.

Willy entschuldigte sich und stand auf. Er hatte einen Termin mit Gegenwind-Koko, dem großen Schwarzen, um sich für einen Segelkurs einzuschreiben. Viviane blieb allein zurück, wieder einmal. Sie hing am Pool herum, nicht wissend, mit wem sie reden sollte. Gebrüll aus dem Megaphon befreite sie aus der Situation: Animateur-Koko ging durch die Reihen, um die Einträge für das Karaoke am Abend einzusammeln. Er kam zu Viviane.

»Bei Ihnen könnte ich mir gut vorstellen, dass Sie etwas von Zazie singen. Ich habe noch ›Les pieds nus‹, soll ich das für Sie reservieren? Sie könnten das passend zum Titel barfuß singen, das wäre lustig, kommt gut an.«

»Danke, aber ich bin nicht lustig, und ich will auch nicht gut ankommen. Rechnen Sie in jedem Fall nicht mit mir. Ich bin heute Morgen sehr früh aufgestanden, um den Flug zu bekommen, ich bin müde.«

»Ja, aber gerade die, die als Letzte angekommen sind, müssen da sein: Wir stellen den Chéris jeden Abend die Neuankömmlinge vor. Das findet im Amphitheater nach Einbruch der Dunkelheit, so gegen 21 Uhr statt. Vielleicht mögen Sie lieber Dalida? Wie wär's mit ›Gigi l'amoroso‹?«

Viviane lehnte eine Karriere als Karaoke-Sängerin fest entschlossen ab, versprach aber, am Abend zu kommen. Wenn sie schon auf die anderen zugehen sollte, dann war das ein ideales Sprungbrett. Sie stellte sich die Gesichter ihrer Männer vor, könnten sie sehen, wie sie eine auf Dalida machte. Und Monot, was würde Monot dazu sagen!

Nach einem kurzen Abstecher in ihr Zimmer, wo sie ihren Gedichtband holte, setzte sie sich in einen Liegestuhl etwas abseits vom Gewimmel an der Bar. Sie blätterte darin und war enttäuscht. Es war schwieriger zu lesen, als sie es sich vorgestellt hatte. Sie verstand nicht, wovon Apollinaire sprach. Und was sie verstand, fand sie langweilig. Baudelaire war doch besser. Ach, wenn Monot doch da sein könnte! Er hätte ihr von Apollinaire erzählt, er hätte ihr seine Gedichte vorgetragen. Mit Monot wäre alles einfacher gewesen. Einschließlich dieses Falls.

Am Ende des Gedichtbändchens war eine Zugabe,

ein Bestiarium, das zugänglicher schien: Die Gedichte hatten je nur vier Verse und waren mit Gravuren eines gewissen Dufy ausgestattet. Sie blieb bei der *Eule* hängen:

Mein armes Herz: der Eule gleich!
Genagelt, frei, nochmals ins Fleisch getrieben,
Die Nägel, blutvoll, glutenreich.
Ich lobe alle, die mich lieben.

Endlich ein Gedicht, das ihr gefiel, wie man es in der Grundschule las. Sie beschloss, es auswendig zu lernen, indem sie es mehrmals leise las:

Mein armes Herz: der Eule gleich!
Genagelt, frei …

»Müssen Sie einen Text auch laut sprechen, wenn Sie lesen? Meine Großmutter macht das auch so. Wie ist der Titel? *Alkohol?* Ein Buch über Alkoholismus? Mögen Sie keine Romane? Ich bin wie Sie, keine Romane, nur Bücher über aktuelle Themen, vor allem über Promis. Man lernt einen Haufen Dinge, über die man sich gut unterhalten kann.«

Eine Chérie in einem grünen Pareo und einem blauen Bikini-Oberteil sah sie wohlwollend an. Ihr Mann hielt sich im Hintergrund. Er trug ein oranges T-Shirt und die gleiche lila Schirmmütze wie seine Frau, schien aber gegenüber Intellektuellen größeres Misstrauen zu hegen.

Viviane beruhigte die Chérie, es seien Gedichte. Und nicht nur über Alkohol, sondern auch über Tiere. Sie hielt es für angebracht, ihr die Seite zu zeigen, die sie las, als müsste sie sich verteidigen.

»Hübsch, dieses Bild. Schade, dass es nicht farbig ist.«

In der folgenden halben Stunde kam die Kommissarin noch in den Genuss dreier ähnlicher Besucher. »Ich habe auch schon mal ein Buch von Anonymen Alkoholikern gelesen, ich weiß aber nicht mehr, von wem es war«; »In der Schule haben wir Gedichte von Maurice Carême gelernt, kennst du den?«; »Als Dichter mag ich Francis Cabrel lieber, außerdem gibt es da auch Musik zu.«

Sie brauchte nicht mehr auf die anderen zuzugehen, die anderen kamen auf sie zu. Im Club genügte es, sich zurückzuziehen, ein Buch aufzuschlagen, und schon paradierten die Neugierigen.

Nur, dass die Erwähnung ihrer jeweiligen Lektüren die Ermittlungen nicht voranbrachte.

Die nächste Neugierige war eine hübsche Brünette mit dem Körper einer Bodybuilderin. »Hallo, ich bin Muskel-Kiki. Wollen Sie nicht lieber zum Step kommen, anstatt sich hier beim Lesen alleine zu langweilen? Das wird Ihnen bestimmt guttun.«

Die Kommissarin lehnte lächelnd ab: Nein, lesen langweile sie nicht, und ein Step, es tue ihr leid, aber sie wisse nicht einmal, worum es sich dabei handle.

Muskel-Kiki verzog traurig das Gesicht. »Es wäre

wirklich schön, wenn Sie kommen würde, das würde mir helfen. King hatte mich schon vorgewarnt: Wenn nicht genügend Teilnehmerinnen kommen, wird der Kurs gestrichen. Und mit Königin und Animateur-Koko wird das bestimmt nicht besser werden, eher im Gegenteil …«

Viviane legte ihre Gedichte beiseite. »Wenn das so ist, komme ich mit, aber Sie erklären mir, warum Sie sagen, dass das *bestimmt nicht besser wird, eher im Gegenteil …*«

Muskel-Kiki schenkte ihr ein breites, athletisches Lächeln. »Wenn du zum Step kommst, darfst du mich duzen. Na ja, so unter uns: Königin hat nur den Umsatz im Sinn und legt Tabellen an, um zu vergleichen, wie stark besucht die Kurse sind. Sind zu wenige eingeschrieben, hopp!, wird der Kurs gestrichen. Und wenn der Koko plötzlich nicht mehr genügend Kurse anbietet, hopp!, wird der Koko gestrichen. King ist tot, aber das hat nichts geändert.«

»Warst du auch bei ihm vorgeladen, am 14. Juli?«

»Ja, da hat King mir gedroht, den Step zu streichen. Er hat mir einen Aufschub gewährt, unter einer Bedingung: Ich sollte ihm alles berichten, was ich über seine Frau höre. Als ob sie unser einziges Gesprächsthema wäre …«

Viviane stellte sich die Szene vor. Die gleißende Sonne, die grandiose Umgebung des Amphitheaters, die Einsamkeit von King, der erst den Monarchen und dann den Tyrannen spielte; die Vasallen, von denen er

Unterwürfigkeit und Verleumdungen erwartete. Er, der das Theater anscheinend so mochte, hatte er begriffen, dass er dabei war, seine eigene Tragödie zu inszenieren? »War King an dem Tag wie immer?«

»Er war nie wie immer, an diesem Nachmittag noch weniger. Er war wie von Sinnen, aufgeregt, von allen guten Geistern verlassen. Ich habe mich gefragt, ob er nicht betrunken war oder unter Drogen stand. Warum fragst du das alles?«

»Ich suche nach Ideen für mein Drehbuch.«

Muskel-Kiki kündigte an, dass es Zeit für den Step sei. Viviane folgte ihr auf dem Fuß, um mit Schrecken festzustellen, dass sie in den Genuss einer Einzelstunde kommen würde. Nie hatte sie sich so einsam gefühlt, wie in der halben Stunde Sport, zu der die junge Frau sie verdonnert hatte. Die Kommissarin stieg auf ihr Step-Brett, und wieder runter, und wieder rauf, eins, zwei, sehr gut, tap up, tap down, und zwei V-Steps, Seite, rechts, links, drei, vier, ja, so, zwei Basics, zwei, und dann knee up, fünf, sechs, turn, sieben, acht.

»Nie wieder Pommes«, versprach sie sich, »jedenfalls nicht vor morgen.« Sie beendete die Stunde taumelnd und hatte kaum noch Kraft zu lächeln, als Muskel-Kiki ihr ankündigte: »Morgen früh erwarte ich dich zum Bauch-Beine-Po-Kurs!«

Viviane war auf die anderen zugegangen, und jetzt tat ihr alles weh.

Kapitel 7

Da die Kommissarin ahnte, dass der Abend ein Desaster werden würde, genehmigte sie sich noch eine Ruhepause und legte sich mit Apollinaire aufs Bett. Um nicht einzuschlafen, versuchte sie ein Gedicht zu lernen, ihre Wahl fiel auf die *Rheinische Nacht:*

> *In meinem vollen Glas bebt flammengleich der Wein,*
> *Hört wie ein Schiffer sacht erzählt in seinem Sang,*
> *Wie er wohl sieben Fraun gesehn im Mondenschein …*

Viviane schlief ein und ließ die sieben Frauen sein. Am frühen Abend wachte sie wieder auf. Sie beeilte sich, ins Restaurant zu kommen, um zusammen mit dem ersten Schwung Gäste noch einen Platz zu bekommen. Lieutenant Cruyff machte ihr aus der Ferne ein schelmisches Zeichen. Er saß inmitten einer Gruppe von Chéris, die sich angeregt unterhielten. Sie waren alle treue Gäste des Esprit-Clubs und erzählten unbedarft glücklich von ihren Urlaubserinnerungen. Die klangen bei allen gleich – verbrachten die Chéris doch seit zehn Jahren ihre Ferien in den gleichen Dörfern. *Ah! Die Margaritas von Cancún; Ah! Die Witze von Mehdi auf*

Djerba; Ah! Die thailändischen Tanzabende auf Phuket … Sie tauschten sich voller Leidenschaft aus, denn sie waren sich in allem einig. Sie hatten die Welt der Esprit-Clubs umrundet, sie hatten die Welt umrundet, ohne den Esprit-Club zu verlassen.

Gerade wurde ein Tisch für zwei frei. Es war der geeignete Moment, sich etwas abzusondern, und Viviane machte Willy ein diskretes Zeichen. Aber der Lieutenant war zu beschäftigt. Er wirkte ganz gefesselt von den Erzählungen seiner Nachbarn.

»Wart ihr früher schon mal hier?«, fragte er sie.

»Oh ja«, antworteten sie im Chor, sie kannten Lindos bereits.

Aber der Club habe sich verändert. Zum einen sei da Kings Tod, zum anderen die Stimmung, sie sei nicht mehr so unbeschwert, weniger ausgelassen.

»Ganz zu schweigen von Clown-Koko, der weniger lustig ist«, fügte eine Blondine mit Lockenkopf hinzu. »Was konnte der uns früher zum Lachen bringen, mit seinem berühmten Trinkspruch!«

»Prost…!«, rief der Älteste am Tisch und erhob sein Glas.

»…tata!«, antworteten die Übrigen am Tisch.

»Prostata!«, wiederholte die mit dem Lockenkopf. »Clown-Koko machte den Witz jedes Mal, wenn er sich an einen Tisch setzte. Wir fanden es immer lustig.«

Sie schienen es tatsächlich noch immer lustig zu finden. Jeder wiederholte den unvergänglichen Toast noch einmal für sich.

Viviane warf Willy einen verstörten Blick zu, der ignorierte sie aber. Er war noch nicht fertig.

»Und abgesehen davon, was hat sich noch verändert?«

Seine Nachbarin antwortete im Namen der Gruppe. Sie hatte eine kräftige Stimme und wackelte mit ihren Schultern wie eine Promoterin in einem Supermarkt. »Da ist noch dieses Kleinverdiener-Gefühl bei den Kokos, man hat immer mehr den Eindruck, man ist in einer Ladenpassage. Weißt du, was ich meine?«

Lieutenant Cruyff wusste es nicht, aber das war ihnen egal: Die Unterhaltung war schon zum Esprit-Club auf den Kanaren abgedriftet. Viviane fasste ihn beim Arm, die Stunde der Flucht hatte geschlagen. Sie zogen sich zur Besprechung zurück, in die Ecke der Gesellschaftsspiele.

»In den Clubs ist das beim Essen häufig so«, meinte Willy. »Man wirft ein Stichwort in die Runde, und der ganze Tisch kaut das bis zum Dessert durch. Wichtig ist, dass man genügend Themen in petto hat, um bis zum Ende des Aufenthalts durchzuhalten.«

Viviane wurde nachdenklich. Sie beide, würden sie andere Gesprächsthemen finden als den Fall? Und den Fall, würden sie den durchkauen können? Sie erzählte ihm von der Unterhaltung mit Muskel-Kiki, wobei sie die mühselige Tortur auf dem Step verschwieg.

Er hörte zu und nickte dabei leicht mit dem Kopf, als sortiere er das Gehörte. »Das ist interessant«, sagte er schließlich. »Ich von meiner Seite habe auch Neues zu berichten. Königin fährt leidenschaftlich gerne Wasserski. Und weil Gegenwind-Koko sie gerne mag, hat er jeden Tag frühmorgens das Dingi rausgeholt, um sie eine Viertelstunde durch die Bucht zu ziehen. Im Mai hat sie ihm dann angekündigt, dass das jetzt vorbei sei, King habe es unter dem Vorwand verboten, es sei Benzinverschwendung und Gegenwind-Koko werde nicht dafür bezahlt.«

»Netter Ehemann! Was für ein Tyrann!«

»Gegenwind-Koko fragt sich, ob der echte Sparfuchs, der Zahlen-Besessene nicht viel mehr King war – und nicht Königin. Als Leiterin der Finanzen habe sie natürlich so tun müssen, als ob, aber sie habe wohl nur nach Kings Willen gehandelt. Die Arme, sie hat ihm anscheinend die Tabellen und Zahlen vorbereitet, die er haben wollte. Gut vorstellbar, dass King ihr das aufs Auge gedrückt hat, um den guten König zu spielen, den Gatten der bösen Hexe.«

Viviane dachte an Königin, versuchte, das mit den zweierlei Seiten von Königin zusammenzubringen, die man ihr beschrieben hatte. Welche Königin war die echte? »Gute Befragung, Willy, wirklich gut für den Anfang.«

»Gegenwind-Koko hat mir auch von seiner Unterredung mit King im Amphitheater erzählt, wenige Stunden vor seinem Tod. King wollte, dass das Segelteam sich mehr in den Nachtclub einbringt. Gegenwind-Koko hat das abgelehnt, das sei weder sein Job noch der seiner Heydudas. Der Ton ist wohl schärfer geworden, doch dann hat King sich wieder beruhigt. Er hat von Königin gesprochen, wirres Zeug gesagt, mal Gutes, mal Schlechtes, dann wieder Gutes, es ist unklar gewesen, was er eigentlich wollte. Gegen-den-Wind ist nicht sehr schwatzhaft und hat den Beginn der Regatta vorgeschoben, um sich davonzumachen.«

Ihre Unterhaltung wurde von dem schrillen Pfeifen einer Rückkoppelung unterbrochen, worauf über die Lautsprecher ein Aufruf folgte: Die Chéris würden im Amphitheater zum großen Karaoke-Abend erwartet.

Lieutenant Cruyff erhob sich rasch. »Wir müssen uns beeilen, wenn wir gute Plätze haben wollen.«

Wie konnte man nur *gute Plätze* für einen Karaoke-Abend haben wollen? Dieser Typ hatte das Talent, den angenehmen Eindruck, den er manchmal hinterlassen konnte, mit einem einzigen Satz zunichtezumachen. Viviane folgte ihm resigniert zu besagtem Amphitheater. Man erreichte es, indem man an der Wiese der *zona privada* entlanglief und dann eine breite Treppe nach oben ging, die auf einem hohen Berg aus trockener Erde angelegt war, den nur wenige, in Terrassen angeordnete Bepflanzungen begrünten. Oben traf man dann auf eine Wand aus großen Kakteen, die rechts und links von einem Holztor dicht an dicht gepflanzt waren. Als Viviane und Willy eintraten, entdeckten sie die in Felsen gehauenen Stufen, die die Hälfte des Amphitheaters einnahmen und zur Spielfläche und Bühne hinabführten. Das Ganze war von einer Mauer umgeben, die über vier Meter hoch war und die Zuschauer vermutlich vor dem Wind schützen sollte, der vom Meer kam. Die Bühne wurde von einem riesigen Glasdach bedeckt, rechts davon waren Toiletten, links ein Regiehäuschen.

Hinter der Bühne diente eine einfache Trennwand dazu, Schauspieler und Requisiten zu verbergen. Unter der Bühne war ein Raum von einem halben Meter Höhe, halb verdeckt durch einen Vorhang, hinter dem anscheinend Dekor und schweres Gerät verstaut wurden.

Mit geübt professionellem Blick hatten die Kommissarin und der Lieutenant die Mauer in Augenschein genommen. Es gab offensichtlich keinen anderen Eingang als das Tor. Viviane setzte sich oben auf die Stufen. Dieses Amphitheater war ihr Feind, sie wollte es genau taxieren. Sie hatte schon Krimis gelesen, wo Morde in abgeschlossenen Zimmern stattfanden, hier hatte es einen Mord unter freiem Himmel in der Sonne gegeben.

Die Stufen fielen sehr steil ab, aber um die Horde Chéris zu bremsen, die sich um die Plätze in der ersten Reihe stritten, bedurfte es schon mehr.

Der Blick der Kommissarin blieb weiter oben hängen. Sie betrachtete den Galgen, der mitten auf der Bühne stand. Mehr als ein Galgen: ein großer Klettermast, fünf Meter hoch, an dem ein großes Metallrad mit dicken Speichen hing, auf denen die Scheinwerfer befestigt waren. Da hatte man King also aufgehängt. Was hatte der Mörder gedacht, als er sah, wie sich die Horde an dem Leichnam ergötzte? Viviane hatte eine kurze, trügerische Gewissheit. Der Schlüssel zum Geheimnis, wenn es einen gab, lag hier.

Und der Mörder? Wo war er? Sicherlich hier auf den Stufen: Kokos und Kikis, Chéris und Heydudas – das ganze Dorf drängte hierher, um an dem großen Karaoke-Abend teilzunehmen.

Der weiß gekleidete Animateur-Koko griff nach dem Mikro und brüllte: »Guten Abend, meine Chéris, seid ihr alle da?«

»Jaahh …«

Die Meute war nicht in lautes Geschrei ausgebrochen, sie kannte die Regeln und beherrschte das Spiel. Animateur-Koko war nur ein Komparse.

»Wie, meine Chéris, ich habe nichts gehört. Ich will eine Antwort, die die Mauern erbeben und die Dachziegel bis an die Küsten der Türkei wegfliegen lässt! Seid ihr heute Abend alle da?«

»Jaaaaaahhhhh!«, brüllte das Publikum.

Viviane drehte sich zu Willy um. Er hatte aus vollem Halse *Jaaaaaahhhhh!* geschrien, wie ein wohlerzogener Chéri. Am liebsten hätte Viviane noch lauter gebrüllt. Gebrüllt, dass sie nicht wollte, nicht konnte, dass sie niemals diesen Clubgeist haben würde. Aber das war nicht weiter schlimm, Willy hatte Clubgeist für zwei.

Die Dunkelheit war hereingebrochen, der Abend konnte losgehen. Nur der Form halber stellte man Viviane und Willy vor. Sie mussten nicht auf die Bühne und auch nicht ihre Namen sagen. Man rief sie auf, sie hoben die Hand, eine Stablampe strahlte sie an, Animateur-Koko arbeitete sich durch die üblichen Fragen und Antworten; eine Minute später wusste das ganze Clubdorf, dass Viviane eine bekannte Drehbuchautorin war, eine Berühmtheit in Fernsehkreisen, »Ihr habt ihre Filme alle gesehen, einen großen Applaus für Viviane!« und »Willy, der sein Leben dem gewidmet hat, die Werte des Sports und der Brüderlichkeit bis ins Herz der schwierigsten Viertel zu tragen, einen großen Applaus!« Man genehmigte ihnen noch etwas sparsamen Applaus – den echten, den hob sich die Meute für das Karaoke auf.

Als Vorspeise wurden einige junge Talente serviert, aber nichts Ernsthaftes, man wartete auf die Schwergewichte.

Animateur-Koko wusste das, als er ankündigte: »Und jetzt: Zeit für Gefühl und Sinnlichkeit, Platz für Männer, die Frauen ins Herz treffen. Welche Romanze ist schöner als *Les Feuilles mortes*, *Die toten Blätter*, ein unsterbliches Liebeslied! Schon unsere Großmütter trällerten es. Für dieses Lied: Die schönste Stimme des ganzen Esprit-Clubs, die, die uns alle seit heute Morgen verzaubert. Ich bitte unseren neuen Freund auf die Bühne … Willy!«

Lieutenant Cruyff schritt langsam die Stufen hinab, ein Spot leuchtete ihm den Weg. Er fand also an allem Gefallen, sogar an Karaoke. Viviane wäre lieber woanders gewesen, hätte lieber an nichts gedacht. Oder besser gesagt, an nichts anderes als an Lieutenant Augustin Monot, der sich für solche Banalitäten niemals hergegeben hätte.

Willy hielt sich so verliebt am Mikrophon fest, wie er das Handgelenk eines Mädchens gehalten hätte. Er begann, die Augen halb geschlossen, warf kaum einen Blick auf den Text, der auf dem Bildschirm angezeigt wurde.

Wie wünsch ich mir, du würdest dich erinnern
der frohen Tage, da wir Freunde waren,
Das Leben war zu jener Zeit viel schöner …

Er konnte gut singen, der Knallkopf, Viviane lief ein Schauer über den Rücken. Er eiferte niemandem nach, er hatte seinen ganz eigenen Stil gefunden und hauchte:

Wir lebten beide miteinander,
du liebtest mich, ich liebte dich …

Der Kommissarin entfuhr ein langer Seufzer, als er wiederholte:

Doch das Leben trennt die Liebenden
ganz sanft, ganz ohne Lärm und Streit.
Dann kommt das Meer und tilgt im Sand
die Spur des Paars, das sich entzweit …

Es gab kein Karaoke mehr, nur noch eine warme Stimme, die einem die Tränen in die Augen trieb. Viviane schämte sich dessen nicht, sie war nicht die Einzige im Amphitheater, die gerührt war. Der Lieutenant beendete das Lied ohne ein Lächeln, ohne einen Blick in die Menge, ging zurück an seinen Platz, an die Seite der Kommissarin, ohne den Applaus zu beachten, der ausgebrochen war, immer höher stieg und sich mit dem Echo der Mauern verdichtete.

»Ihre Interpretation war umwerfend«, flüsterte sie ihm zu.

»Das war keine Interpretation, das war Erlebtes. Und jetzt entschuldigen Sie mich, ich gehe schlafen.«

Er ging ohne ein weiteres Wort. Zurück in ihrer Lodge, schlief die Kommissarin sogleich ein, erschöpft von diesem ersten Tag im Club. Wie viele solcher Tage musste sie ertragen, bevor der Fall zum Abschluss gebracht werden konnte? Im frühen Morgengrauen weckte sie ein Klopfen an der Tür.

Es war ihr Lieutenant, einzig mit seinen himmelblauen Boxershorts bekleidet. »Kommen Sie schnell, ich habe eine tote Frau im Pool gefunden.«

Er lief los, ohne auf Viviane zu warten. Sie hatte noch nie einen Mann so leichtfüßig rennen sehen. Seine nackten Füße berührten kaum den Boden. Sie folgte ihm tollpatschig, versuchte, ihr kurzes Nachthemdchen, so gut es ging, gegen ihre Schenkel zu pressen und war außer Atem, noch bevor sie am Ort des Geschehens ankam.

Die Leiche einer jungen, nackten Frau um die dreißig lag dort am Beckenrand. Auf einem Liegestuhl daneben befanden sich einige Bekleidungsstücke, gefaltet und gestapelt.

»Sie lag am Ende der Stufen des kleinen Beckens und war gar nicht ganz unter Wasser. Sie lag noch nicht lange da, deswegen habe ich sie rausgeholt und versucht, sie zu reanimieren, aber es war zu spät.«

»Noch nicht lange da? Woher wissen Sie das?«

»Ich bin vor einer halben Stunde am Becken vorbeigekommen; es wurde zwar gerade erst hell, aber wenn sie schon da gewesen wäre, hätte ich sie gesehen.«

»Sind Sie Schlafwandler? Was machen Sie um diese Zeit draußen?«

»Ich bin wegen der Zeitverschiebung so früh aufgewacht, also habe ich eine Runde durch den Club gedreht. Am Ende meines Spaziergangs war ich kurz in meinem Zimmer, um meine Badehose zu holen und schwimmen zu gehen, und da hab ich sie gefunden.«

Die Ertrunkene hatte ein gewöhnliches Gesicht, das stark geschminkt war, ihr Körper hatte keinerlei Anmut. Viviane berührte sie. Die junge Frau war schon kalt. Konnte man in einem Pool so schnell abkühlen? Sie war sich unsicher. Sie hob die Arme der Frau an, was bereits etwas schwierig war. Die Beine ließen sich auch nicht leichter anheben.

»Sie war ein wenig steif, als ich sie rausgeholt habe, Commissaire. Aber das will nichts heißen, ich glaube, dass die Leichenstarre schneller eintritt, wenn der Tod von Krämpfen begleitet wird.«

»Sehr gut, Willy, da lernt man ja tolle Sachen auf der Polizeischule! Abgesehen davon habe ich noch nie eine Leichenstarre gesehen, die nach so kurzer Zeit so ausgeprägt gewesen wäre«, antwortete sie, während sie die Füße der Frau befühlte. Sie drehte die Leiche um, kniete sich neben sie, um sie genauer zu untersuchen, an ihr zu schnuppern. Es war nur der Körper einer Touristin, mit unbedarften weißen Streifen an Po und Brüsten, wie man Hunderte von ihnen am Strand sah. Aber dieser Körper hatte ihr etwas zu sagen. Warum war dieses Mädchen nackt schwimmen gegangen, obwohl es noch gar nicht wirklich hell war? War das nur ein Mitternachtsbad, das eine böse Wendung genommen hatte? Aber warum hätte man sie einfach so liegen lassen sollen?

Vivianes Blick fiel auf den kleinen Stapel Anziehsachen auf dem Liegestuhl. »Falten Ihre Freundinnen auch erst ihre Sachen, bevor sie sich zu einem Mitternachtsbad zu Ihnen gesellen, Willy?«

Der Lieutenant wurde rot. Er war zu niedlich.

»Vielleicht war das so eine Macke von dem Mädchen, Commissaire.«

»Die Macke, sich verkehrt herum auszuziehen, kannte ich noch nicht. Finden Sie es normal, dass die Unterwäsche unter der Hose oder dem T-Shirt liegt?« Ja, dieser Körper hatte ihr etwas zu sagen. Sie hätte dem Mädchen gerne in die Augen gesehen, aber die Lider waren geschlossen. »Haben Sie ihr die Augen zugemacht, Willy?«

»Ja, ich fand das respektvoller.«

Die Kommissarin zog an einem Lid, dann am anderen, sah sich noch einmal die Arme an, zog einen

Nasenflügel hoch und lächelte: Der Körper hatte gesprochen. »Sie sind zu respektvoll, Willy. Sie haben ihr die Augen zugedrückt, ohne sie anzusehen. Die Pupillen sind extrem groß. Das Mädchen ist an einer Überdosis gestorben. Keine Spur von Einstichen, aber die Nasenschleimhaut ist gerötet. Kokain: eine *Line*, die ein schlechtes Ende genommen hat. Wahrscheinlich ist sie von einem Freund hier abgelegt worden, der keinen Ärger haben wollte. Ein klassischer Fall. Weniger klassisch war, das Ganze als Badeunfall tarnen zu wollen.«

»Kann man nach einer einfachen Line an einer Überdosis sterben?«

»Das ist selten, kommt aber vor. Vor allem, wenn man Herzprobleme hat. Oder Antidepressiva schluckt.« Viviane wurde nachdenklich. Die Situation war lächerlich: Sie, im Nachthemdchen kniend, ihr Lieutenant halb nackt stehend, das Mädchen ganz nackt, zwischen ihnen liegend. Egal, sie musste jetzt nachdenken. Sie erhob sich schließlich. »Ich weiß nicht, wer diesen Tod zu verschleiern versucht hat, aber eigentlich ist es gut so. Es gibt nur einen Fehler: der Ort. Man wird sie viel zu früh entdecken. ›Keinen Verstoß gegen die öffentliche Ordnung‹, Sie erinnern sich? Tragen Sie sie ans Ende vom Strand, zum Felsen unterhalb des Nachtclubs. Legen Sie sie dorthin, wo die Wellen auslaufen, und lassen Sie die Klamotten im Sand liegen. Sie werden erzählen, dass Sie sie bei Ihrer morgendlichen Jogging-Runde entdeckt haben.«

»Mir ist unwohl dabei. Ich fände es besser, wenn Sie mir helfen würden, Commissaire.«

»Kommt gar nicht infrage. Soll ich im Nachthemdchen joggen gehen? Ich werde mich umziehen und Königin die Lage schildern.« Sie sah ihm hinterher, wie er die Verstorbene auf seinen Armen wegtrug. Kurz stellte sie sich vor, selbst anstelle der jungen Toten dort zu sein, und ihr liefen Freudenschauer über den Rücken.

Um Königin aus der Fassung zu bringen, bedurfte es schon mehr. Die junge Frau hörte sich Vivianes Bericht unerschütterlich an, während sie mit der Hand über den Kragen ihres seidenen Pyjamas strich. »Sie haben sehr gut reagiert«, folgerte sie. »Ich werde einen Arzt aus Lindos kommen lassen, einen Freund des Clubs. Er wird kein Aufsehen um die Diagnose machen, denn er verdient mit unseren Chéris gutes Geld, und wir planen, ihm ein medizinisches Versorgungszentrum am Eingang einzurichten. Wir werden die Leiche zu ihrer Familie überführen, als ob nichts gewesen wäre. Sie haben uns großen Ärger erspart, danke.«

Die Kommissarin erhob sich und ging zur Tür, Königin bedeutete ihr, noch zu warten.

»Abgesehen davon: Diese Geschichte sollte mir eine Warnung sein. Ich glaube nicht, dass dieses Mädchen sich hier im Club Drogen besorgt hat, aber ich würde gerne sicher sein, denn das wäre schlimm. Und wer weiß, ob nicht sie diejenige war, die die Chéris damit versorgt hat? Wir werden ihre Sachen durchsuchen, wenn die Mitbewohnerin beim Mittagessen ist.« Sie begleitete Viviane zur Tür. »Sie wollten mit meiner Hilfe den Türken befragen, ich treffe Sie also um 9 Uhr wieder hier, mit Ihrem Lieutenant.«

Mürrisch ging Viviane ins Restaurant. Sie wusste nicht, was sie mit der Kokserin anfangen sollte. Diese Überdosis würde ihren Fall noch komplizierter machen, es verdarb ihr bereits das Frühstück. Sie begnügte sich mit einem Blümchenkaffee, in den sie ihr Graubrot tunkte, was sie wieder an die junge Tote erinnerte. Warum wollte man die Leiche ertränken?

Kapitel 8

Um 9 Uhr traf sich die Kommissarin mit Königin an der Tür der Royal-Lodge. Königin unterhielt sich in einer fremden Sprache mit einem Mann, dessen sanfter Blick von einem großen grauen Schnurrbart unterstrichen wurde. Der Türke schien über sechzig zu sein. Sein Körper, massig und muskulös, war aber noch der eines Jahrmarktringers.

»Ist Ihr Lieutenant nicht da?«, fragte Königin.

Sie war irritiert, wirkte angespannter als am Morgen nach dem Aufstehen. Viviane beruhigte sie, Willy würde bald kommen.

»Eben hat der Arzt die junge Frau wegbringen lassen«, verkündete Königin. »Er hat den Badetod diagnostiziert. Zecher-Koko hat geholfen, das Mädchen wegzubringen, dabei hat er sie erkannt: Sie hat anscheinend gestern im Nachtclub viel getrunken und ist ziemlich betrunken von dort weggegangen. Gut möglich, dass sie wirklich baden gegangen ist und so betrunken war, dass ihr Herz Probleme gemacht hat, ob mit oder ohne Überdosis.«

Die Kommissarin war eine begeisterte Rechtsmedizinerin und mochte es gar nicht, wenn man ihre Diagnose infrage stellte, vor allem, wenn sie unsicher war. Um das Thema zu wechseln, kam sie auf den Zwischenfall mit King und dem jungen Mädchen zurück. »Manche meinen, es sei nichts passiert«, wagte sie sich vor.

Königin stürzte sich in einen Monolog, der vor erkalteter Wut nur so bebte. Sie war ganz außer sich über den Versuch, King rehabilitieren zu wollen. Nichts passiert? Weil sie zu früh dort gewesen sei. Es sei nicht dieses vermeintliche Techtelmechtel, das das Fass zum Überlaufen gebracht habe – es habe schon so viele davon gegeben sogar echte –, sondern die Art, wie ihr Mann darüber gelacht habe. Seiner Meinung nach habe die Kleine nur das Eine gewollt, und das könne er ihr doch nicht verwehren.

»Und das hat Sie so gekränkt, dass Sie nicht einmal seinen Leichnam zur Bestattung nach Frankreich begleiten wollten?«

»Um seine Eltern zu treffen? Das wäre der Gipfel gewesen. Ich bin Maronitin, er war sephardischer Jude. Unsere Familien waren gegen unsere Heirat. Meine Eltern haben ihn nie bei sich empfangen wollen, deshalb existiere ich auch nicht für seine Eltern.«

Ängstlich beobachtete der Türke die aufgekratzte Königin, Viviane wusste nicht, wie sie die Situation entspannen könnte. Lieutenant Cruyff nahm das schließlich in die Hand. Er kam in Sportkleidung, mit zerzausten Haaren und schweißgebadet angerannt und warf ein fröhliches »Huhu!« in die Runde.

»Steht Ihre Lodge unter Wasser, Willy? Wo kommen Sie denn her?«

»Vom Training am Strand. Als ich gesehen habe, wie spät es ist, war keine Zeit mehr, im Zimmer vorbeizugehen, also bin ich so gekommen, das war einfacher.«

Viviane antwortete nicht. Immer war alles einfach für Lieutenant Cruyff, sie sollte sich wohl daran gewöhnen.

»Nun«, meinte Königin genervt, »können wir loslegen? Was wollen Sie wissen?«

»Wenn der Türke für gewöhnlich nachmittags am Eingang steht, warum hat King ihn dann nicht am Morgen befragt?«, fragte Willy. »Dann hätte er sich auf seinem Posten nicht von seinem Sohn vertreten lassen müssen. In jedem Fall hätte er ihn als Ersten vorladen können, oder nicht?«

»Es hat meinem Mann Spaß gemacht, ihn schmoren zu lassen.«

Willy rieb sich das Kinn und machte ein Gesicht wie ein Ermittler. Er übertrieb. Viviane hielt ihm ihren Notizblock und einen Kugelschreiber hin. Wenn er hier war, dann um mitzuschreiben. Entgeistert sah sie, wie das Papier ihres Notizblocks auf den nassen Schenkeln ihres neuen Sekretärs aufweichte und der Stift sich geifernd hineinbohrte. Dann fragte sie den Türken, wann und wo er am Nachmittag an die Arbeit gegangen war. Königin übersetzte die Fragen, aber Viviane brauchte sie kaum, um die Antworten zu verstehen. Der Türke unterstrich seine Worte mit ausdrucksstarker Mimik und Gestik, er dolmetschte sich selbst: Er hatte damit begonnen, Blumen entlang der Treppe zum Amphitheater zu pflanzen, bis er an der Reihe war.

»Könnten Sie ihm sagen, dass er aufhören soll, zu untertiteln, das ist verwirrend«, schlug Willy Königin vor.

»Unmöglich, er spricht immer so, wegen seines taubstummen Sohnes. Für uns im Club ist das außerdem praktisch.«

Viviane wollte wissen, wer zu welcher Zeit im Amphitheater gewesen war. Der Türke mimte einen schweren, majestätischen Gang, zeigte auf seine Uhr, »King gegen 14.15 Uhr«, flüsterte Königin. Dann zeigte er Brüste und Bizeps, »Muskel-Kiki um 14.30 Uhr«; zwei kraulende Arme, »Platsch-Kiki um 14.45 Uhr«; einen dicken Bauch und eine Spritze, »Spritzen-Kiki 15 Uhr«; drei Tanzschritte, »Walzer-Kiki um 15.15 Uhr«; einen großen Schritt und ein Gesicht mit hervorstehenden Augen, »Gegenwind-Koko um 15.30 Uhr«; ein dichter Bart und eine Hand, die etwas einschenkte, »Zecher-Koko um 15.45 Uhr«; gut geführte Hammerschläge, »Schraubenzieher-Koko um 16 Uhr«; eine Hand, die durch einen imaginären Topf rührte, »Küchen-Koko um 16.15 Uhr«; ein Gang wie ein lustiger Bär, »Clown-Koko um 16.30 Uhr«; einen Pfeifenraucher mit einem servilen Lächeln, »Animateur-Koko um 16.45 Uhr« …

»Animateur-Koko raucht Pfeife?«, erkundigte sich Willy.

»Ja, eine sehr lange Pfeife, die er in einer Tasche um den Hals trägt«, antwortete Königin. »Haben Sie die nicht bemerkt?«

Viviane zählte anhand ihrer Finger die Namen und Zeiten noch einmal durch. »Ist es normal, dass er erst die Frauen befragt hat?«

»Es geht nicht um Männer oder Frauen«, korrigierte Königin. »Er hat mit den einfachen Unterredungen begonnen. Je später es wurde, desto mehr kam auf den Tisch und desto zäher wurde der Austausch.«

»Zäher Austausch? Sogar mit Animateur-Koko?«

»Nein, er sollte Bilanz ziehen. Und ich sollte gleich danach dem Türken dolmetschen, dass er entlassen würde. Letztlich hat King aber seine Meinung geändert und davon abgesehen.«

»Haben Sie eine Vorstellung, worum es in dieser Art des zähen Austauschs ging?«

»Natürlich, das hatte nämlich mit der Verwaltung zu tun. Laut King brachte Zecher-Koko mit seinem Nachtclub nicht genug ein, Schraubenzieher-Koko gab zu viel für Instandhaltung aus, und Küchen-Koko wirtschaftete nicht gut mit seinen Vorräten. Jedenfalls bekämen die Kunden nicht, was ihnen für ihr Geld zustünde. Was Clown angeht, so war er sein Geld nicht mehr wert und King hatte beschlossen, ihn zu entlassen. Machen wir weiter?«

Sie nickte dem Türken zu, damit er fortfuhr, und der Pantomime legte wieder los.

»Animateur-Koko ist kurz vor 17.30 Uhr gegangen … Er und ich sind etwas später wieder ins Amphitheater zurückgekommen, gleich darauf aber wieder gegangen … Und dann kam der Brigadier.«

Viviane unterbrach den Gärtner, ohne ihn aus den Augen zu lassen: »Ich spreche auch schon Türkisch wie der Türke. Ich dolmetsche weiter, korrigieren Sie mich, wenn ich falschliege. Sie sind kurz vor 18 Uhr zurückgekommen, Sie und Animateur-Koko, in Begleitung von Clown-Koko. Sie sind mit dem Bullen im Amphitheater geblieben und als Letzte gegangen. Der Türke hat dann seine Arbeit liegen lassen. Stimmt meine Übersetzung?«

»Das ist richtig«, bestätigte Königin. »Er hatte es eilig, seinen Posten an der Schranke wieder zu übernehmen. Sein Sohn musste nach Lindos zu seinem Job als Tellerwäscher.«

»Also war King bei Ihrem ersten Besuch da. Aber beim zweiten Mal nicht mehr, war das so?«, schloss Viviane.

Königin nickte. »Ja, und zwischen beiden Besuchen bin ich Animateur-Koko keinen Zentimeter von der Seite gewichen, falls Ihnen das Sorgen macht.«

Der Lieutenant schien seinerseits auch nach einer schlauen Frage zu suchen, die er stellen konnte. Endlich fand er eine. »Fragen Sie ihn, ob er gesehen hat, was innerhalb des Amphitheaters vor sich gegangen ist. Ist er zwischendurch mal die Treppe ganz nach oben gestiegen?«

Der Türke hörte sich die Frage an, zuckte mit den Schultern, zeigte auf den Boden und tat, als ob er pflanzen würde.

»Nein, er hat seine Beete nicht verlassen.«

»Ich weiß, er hat ein gutes Gedächtnis, aber wie kann er die Uhrzeiten jedes Einzelnen so genau wissen?«

Der Türke schwang die Schultern, öffnete die Hand, tat, als ob er kratzen würde.

»Er braucht ungefähr fünf Minuten, um ein Alpenveilchen einzupflanzen. Deswegen weiß er ungefähr, wann die jeweiligen gekommen und gegangen sind. Zum Schluss hatte er keine Orientierung mehr, weil er mit dem Pflanzen fertig war, er hat noch gejätet, um die Bepflanzung für den nächsten Tag vorzubereiten.«

Willy hatte die Zettel fallen lassen, auf denen er die Zeiten der Gespräche mit King notiert hatte. Er hob sie auf und versuchte, sie unter den belustigten Blicken von Königin zu sortieren.

»Die Reihenfolge der Gespräche hätten Sie auch von mir haben können, wenn Sie mich gefragt hätten«, teilte sie mit. »King hatte die Liste am Vorabend erstellt und mir gezeigt. Der einzige Unvorhergesehene war der Polizist. Wollen Sie noch etwas anderes überprüfen? Ich werde ihn fragen, ob er seinerseits noch etwas anzumerken hat.«

Der Türke hörte sich Königins Frage überrascht an und zeigte dann, wobei er ganz langsam sprach, auf das rote indische Kleid, das sie trug, und auf ihren roten Schal. Danach ging er unbeholfen zur Tür, bevor er die Hand über den Türrahmen streckte und sich mit fragendem Blick umdrehte.

»Beim Gehen«, dolmetschte Königin, »hat er sich umgedreht und in der Ferne einen großgewachsenen

Typen gesehen, der Richtung Amphitheater ging, er trug eine Art weiße Soutane und eine lange rote Maske. Er war größer als die Tür hoch ist.« Sie runzelte die Brauen und wandte sich Viviane und Willy zu. »Ich weiß nicht, ob Sie verstehen, was er uns hier beschreibt: Das ist die Verkleidung des Henkers, wenn wir das Revolutions-Stück spielen.«

Der Türke schien erstaunt über das Schweigen, das seinen Ausführungen folgte. Schließlich klopfte er ungeduldig auf seine Uhr.

»Warten Sie«, warf Viviane ein, »wusste er von der Existenz dieser Verkleidung?«

»Ich glaube nicht«, antwortete Königin. »Er steht immer an seinem Posten an der Schranke, wenn wir dieses Stück ein Mal im Jahr aufführen. Die Proben sind nachmittags, aber nie im Kostüm. Aber vielleicht hat er Fotos davon gesehen.«

»Wer spielt normalerweise den Henker?«

»Oft ist es Gegenwind-Koko.«

»Er ist sehr groß«, bemerkte Viviane, »und der Türke hat auf den Türrahmen gezeigt …«

»Ja, aber der Henker, den er gesehen hat, kann jeder gewesen sein. Die Maske ist hoch und spitz, wie die der spanischen Büßer. Es genügt, sich so etwas aufzusetzen, um größer zu wirken, als man ist.«

Sie bedeutete dem Türken, dass er gehen konnte.

»Bevor der Lieutenant und ich ins Amphitheater zurückgehen, könnten Sie uns da das Kostüm zeigen?«, fragte sie Königin.

»Sie finden es leicht ohne mich. Es liegt bei den anderen im Lager, ganz am Ende der Personal-Lodges, neben dem Häuschen mit dem Gartenwerkzeug. Dorthin wird alles aufgeräumt, was wir für Animation, Spiele und Aufführungen brauchen.«

»Und wegen des Schlüssels …«

»Da ist immer geöffnet«, unterbrach Königin sie genervt, »abgesehen von den beiden hinteren Räumen, die mit den Getränken und dem Material zur Instandhaltung. Dort ist allen der Zutritt verboten, bis auf den betreffenden Koko und mich selbst. Was das Amphitheater betrifft, so brauchen Sie mich nicht. Der Eingang wird mit einem großen Zahlenschloss abgeschlossen, dessen Nummerncode jede Woche wechselt; aber alle Kokos kennen ihn, es ist der Tag und der Monat des Montags der laufenden Woche. Im Moment der 12. Juli, also 1207.«

»Den Chéris ist der Zutritt zu dem ganzen Bereich verboten«, wandte Willy ein, »die Kokos werden uns rauswerfen.«

»Wenn man Sie nicht hineinlässt, sagen Sie, dass Sie in Absprache mit mir dort Fotos machen dürfen.«

»Fotos? Ich habe meinen Apparat nicht dabei«, gab Willy zu bedenken.

Königin ging in ihre Lodge und kam mit einer kleinen Canon wieder. »Ich leihe Ihnen meinen Apparat. Geben Sie ihn mir einfach später zurück.«

Es war noch nicht 9 Uhr, trotzdem knallte die Sonne schon unerbittlich herunter. Die Kommissarin und der Lieutenant machten sich auf den Weg zum Lager, hielten sich dabei aber dicht bei den Lodges, dort war es schattig.

Ein Fenster öffnete sich, Animateur-Koko rief ihnen nach: »Hey, Chéris, hier ist *zona privada!*«

»Königin hat mir erlaubt, hier Fotos zur Orientierung zu machen.«

»Ihm auch?«, fragte Animateur-Koko und zeigte mit dem Kinn in Richtung Willy. »Ist er Fotograf?«

»Ich habe ihn gebeten, mich zu begleiten, er soll sich daneben stellen, als Maßstab für das Dekor.«

»Wenn Königin da schon mitmischt, hab ich wohl nichts mehr zu sagen«, knurrte Animateur-Koko und schloss sein Fenster.

Die Türen zum Lager waren geöffnet. Die Kommissarin und der Lieutenant trafen dort auf Zecher-Koko, der aus dem hintersten Raum kam und eine Sackkarre mit Bierkästen schob. Er wirkte noch kleiner und unsympathischer als hinter seiner Theke.

»Raus, ihr zwei, ihr habt hier nichts zu suchen!«

»Wir wollen Fotos von den Kostümen machen, Königin hat es genehmigt. In welcher Ecke liegen die denn?«

Zecher-Koko entfernte sich, ohne zu antworten. Sie gingen an den Regalen entlang: Pfeile und Bogen, Bälle, Boule-Spiele, Rollschuhe, Musikinstrumente, Stelzen, Trödel, Fallschirme, Strandspiele, Hüpfbälle, aufblasbare Gummiringe, Jonglierartikel, alles, was nötig war, um aus schlappen Touristen aufgedrehte Chéris zu machen.

Willy sah sich die Regale sehr konzentriert an. »Ich frage mich, ob das hier nicht interessante Fährten sind.«

»Sie machen den klassischen Anfängerfehler, Lieutenant, Sie sehen überall Indizien. Je mehr falschen Fährten Sie folgen, desto weniger können Sie die richtigen entdecken. Kommen Sie?«

Die Kostüme hingen hinten im Raum, auf Kleiderbügeln, die Willy rasch durchsah. Er fischte eine weiße Tunika und eine lange, rote und spitze Maske heraus. »Ich probier die mal an«, schlug er vor.

Viviane blieb keine Zeit, es ihm zu verbieten, der Lieutenant hatte die Tunika schon übergezogen. Er war wirklich wie ein großes Kind.

Er setzte die Maske auf und murmelte mit gedämpfter Stimme: »Haben Sie gesehen, Viviane? Das ist schlau. Anstatt nur kleine Löcher für Augen und Mund zu machen, hat man ein großes Loch mit roter Gaze davorgemacht. So kann jeder etwas sehen, egal ob groß oder klein.«

»Sehr gut, Willy, aber seien Sie brav und räumen Sie das weg. Wir spielen an einem anderen Tag Verkleiden. Gehen wir.«

So leer wirkte das Amphitheater riesengroß. Sie schritten alles sorgfältig ab, ohne etwas Besonderes zu entdecken. Das Regiehäuschen war durch die Glastür komplett einsehbar. Die Trennwand am hinteren Ende der Bühne bot keine Möglichkeit, etwas zu verstecken, und die Toiletten hatten halbhohe Schwingtüren. Blieb der Zwischenraum unter der Bühne, der von einem Vorhang verdeckt war: Dahinter war auf wenigen Metern ein Sammelsurium von Schienen, Stangen, Dekor und Requisiten ineinandergestopft.

»Werfen Sie mal einen Blick ganz nach hinten, Lieutenant«, wies Viviane ihn an.

Willy krabbelte erst auf allen vieren, dann robbte er. Eine dumpfe Stimme erklang von hinten: »Wir verlieren unsere Zeit, Commissaire. Hier ist es zu eng, um sich zu verstecken. Oh, Beine! Eine Leiche! Ach nein, das ist nur eine Strohpuppe.«

»Bringen Sie die her!«

Ihr Assistent brauchte einen Moment, um alle Hindernisse aus dem Weg zu räumen und auf die Bühne zurückzukommen.

»Ganz schön schwer, das Ding, wiegt bestimmt fünfzig Kilo.«

Die Strohpuppe war gut gemacht: ein Kopf, ein Rumpf, die Glieder aus Stoff in einer Hülle aus Sackleinen. Willy betrachtete die Puppe freundschaftlich. Er mochte wirklich jeden. »Das ist bestimmt die Puppe aus der Aufführung. Wenn man die ganz hinten verstecken kann, hätte man auch Kings Leiche hier verstecken können.«

»Unmöglich. Sie haben doch gesehen, wie schwer Sie sich damit getan haben. King war zwei- oder dreimal so schwer.«

Sie setzte sich an den Bühnenrand und dachte nach. Die Geschichten von Kokos und Kikis, die ein und aus gingen, entzogen sich ihrem Verständnis. Nichts passte zueinander. Willy hatte sich zu ihr gesetzt, einige Plätze weiter, und spielte mit der Canon von Königin.

»Tun Sie sich keinen Zwang an, Lieutenant. Was ist mit Diskretion?«

»Das sind ja nur Fotos, interessante Fotos.« Er hatte den digitalen Apparat auf Wiedergabe eingestellt und klickte sich durch die Aufnahmen. Man sah fast immer dieselbe Person: groß, übergewichtig und souverän thronte King mit seiner riesigen Hornbrille und bedachte das Objektiv mit einem munteren Lächeln. Er wirkte nicht so böse, wie er beschrieben wurde. Ein *gutherziger Tyrann*, hatte Animateur-Koko gesagt. Mehrere Fotos zeigten die beiden zusammen. Es war eindeutig, die beiden verband echte Freundschaft. Manchmal posierte King mit Königin. Hier war die Beziehung schon fragwürdiger. Das Lächeln war eingefroren, fast künstlich. Wer simulierte das Glück mit wem? Willy unterbrach seine Gedanken. »Commissaire, sehen Sie mal …« Er zeigte auf eine lange, schmale Metallleiter, die gegen die erste Reihe der Stufen gelehnt war.

Viviane betrachtete nachdenklich das obere Ende des Galgens und die Scheinwerfer, die dort angebracht waren. »Was denn, eine Leiter, ja und? Wahrscheinlich, um die Scheinwerfer zu montieren. Oder einen Dorfchef aufzuhängen.«

»Vielleicht hat man sie auch benutzt, um das Amphitheater zu verlassen und zu betreten.«

Er könnte recht haben, Viviane war beleidigt. Das

musste an der Sonne liegen, sie machte sie müde, sie konnte sich nicht konzentrieren. Willy schien in Bestform zu sein.

»Und wenn sie King ermöglicht hat hinauszugehen und dem Mörder, mit der Leiche wiederzukommen?«

Viviane zuckte die Schultern. Der Typ nervte sie mit seinen Einfachlösungen. Sie las die Sicherheitsvorschriften durch, die auf einem Aufkleber auf der letzten Sprosse vermerkt waren. »Können Sie rechnen, Lieutenant? Maximalbelastung: hundertfünfzig Kilo. Aber nur hundertzwanzig, wenn sie ausgezogen ist, bei mehr als vier Metern. Vier Meter, das entspricht der Höhe der Mauer. Ihr Mörder hätte also höchstens dreißig Kilo gewogen? Ein Miniaturherkules, der Junge, dreißig Kilo reine Muskeln, um hundertzwanzig Kilo auf die Leiter zu hieven.«

Willy schwieg. Er schmollte. Viviane hatte auch nicht wenig Lust zu schmollen. Eine Lösung mit der Leiter hätte ihr gefallen. Eine hübsche Lösung, so einfallsreich wie Logik-Spiele für Kinder. Diese Geschichten, wie man vier Liter mithilfe eines Fünf- und eines Drei-Liter-Eimers bestimmen kann, oder die Geschichte vom Boot, dem Wolf, der Ziege und dem Kohlkopf – sie hatte das immer geliebt.

Willy, der weniger theoretisch veranlagt war, war schon dabei, die Leiter an die Mauer des Amphitheaters zu lehnen.

»Wir werden einen Test machen, Commissaire. Ich wiege zweiundsiebzig Kilo, und Sie?«

Sie starrte ihn entgeistert an. Der Kerl wagte es, sie nach ihrem *Gewicht* zu fragen. Niemals hätte einer ihrer Männer es gewagt, eine so unsinnige Frage zu stellen. »Ich weiß nicht, ich habe mich lange nicht gewogen. Ich würde sagen, gute fünfzig.«

Der Lieutenant sah sie skeptisch an und justierte die Leiter. »So oder so, es wird gehen. Da wir die Verlängerung nicht brauchen, um bis nach oben zu kommen, können wir bis hundertfünfzig gehen. Klettern Sie mit mir hoch?«

»Machen Sie das mal alleine, ich bin nicht schwindelfrei.«

Er kletterte leichtfüßig hinauf. »Die Aussicht ist toll! Ah, das ist ja interessant. Direkt darunter ist es gar nicht steil, hier führt ein Pfad am Felsen und dann an der Mauer entlang, wie ein Zöllnerpfad.«

»Könnte man die Leiter dort abstellen, wenn man sie auf die andere Seite holen würde?«

»Unmöglich, der Pfad ist viel zu schmal, und danach kommt gleich der Abgrund.«

»Haben Sie den Weg heute Morgen gesehen, vom Strand aus?«

»Nein, er wird zu großen Teilen von Büschen verdeckt, die weiter unten angepflanzt sind, dann verliert er sich zwischen dem Geröll und den Brombeersträuchern, die den Strand säumen.«

»Und von der Seite des Nachtclubs aus? Von der großen Wiese oder von den Stufen aus müsste man ihn doch sehen können, oder?«

»Auch nicht, da verbergen ihn die Berberitzensträucher. Man muss über den Strand gehen, um ihn zu erreichen.«

»Führt Ihr Pfad entlang der Mauer des Amphitheaters?«

»Warten Sie, ich klettere etwas höher.« Er hievte sich auf die Mauer, setzte sich rittlings drauf und arbeitete sich nach vorne. »Das müssten Sie wirklich sehen, Commissaire.«

»Nein, ich vertraue Ihnen, Cruyff. Sagen Sie es mir.«

»Der Pfad wird sehr schmal, dann teilt er sich und wird wieder breiter und endet schließlich auf einem kleinen Hochplateau, das zum Meer hin liegt. Ein richtiges Belvedere, mit einer Orientierungstafel. Nur Erde, Geröll, Gestrüpp und Wind. Ah, und zwei Liegestühle, die hinter großen Büschen stehen. Weiter nichts.« Er vollführte eine kunstvolle halbe Drehung auf der Mauer und kehrte zur Leiter zurück. Er stieg hinab, glücklich wie ein kleiner Junge.

»Sehen Sie mit Ihrer Leiter mal auf der anderen Seite nach«, sagte Viviane und zeigte auf den Mauerabschnitt, der zu dem Bereich führte, der außerhalb des Clubgeländes lag.

Sie war der Boss, er der Befehlsempfänger, das sollte er nicht vergessen.

Der Lieutenant kletterte dort nach oben, beugte sich über die Mauer und schüttelte den Kopf. »Auf dieser Seite geht es hinter der Mauer steil bergab. Irgendwann wird sie an der Stelle zusammenstürzen.«

»Und wenn man auf dem Belvedere ist, könnte man von dort mit der Leiter rauf- oder runterklettern?«

»Nein, hier ist zwar genügend Platz, um die Leiter aufzustellen, aber man kommt nicht auf die Mauer, das ist der Teil des Amphitheaters, der von dem Glasdach bedeckt ist. Ich glaube, ich bin jetzt ein Mal rum, ich komme runter.« Leichten Fußes gesellte er sich wieder zur Kommissarin. »Das ist interessant, oder?«

»Interessant, ja, aber was machen wir damit? Mit der Leiter kommt man nicht rüber, weder in die eine noch in die andere Richtung. Da wo man raufkommt, kommt man nicht runter. Und wo man runterkommt, kommt man nicht rauf.«

»Einspruch! Man kann von innen hinauf, auf der Mauer entlanggehen, dabei die Leiter tragen, sie dann schräg am Rand des Glasdachs aufstellen und runterklettern.«

»Würden Sie sich das zutrauen?«

Er zögerte, verzog das Gesicht. »Ist schon sehr gewagt, aber wenn Sie mich fragen …«

»Ich verbiete Ihnen, das auszuprobieren, Willy.«

Die Hände auf den Hüften, betrachtete der Lieutenant die Mauer. »Mit einem Bambusstab, wie man ihn früher benutzt hat, müsste man diese vier Meter gut überwinden können. Man müsste nur schräg Anlauf nehmen …«

Viviane seufzte vor Überdruss. Warum nicht gleich ein Batmobil?

Kapitel 9

Der Lieutenant ließ sich neben der Kommissarin nieder, wie ein treuer Labrador. »Und was machen wir jetzt?«

Sie hatte keinen blassen Schimmer, wollte den Labrador aber nicht enttäuschen. »Sehen Sie noch mal unter der Bühne nach, ob etwas dazu gedient haben könnte, über die Mauer zu klettern.«

Willy zog los, Viviane nahm die Canon in die Hand und klickte sich durch die Fotos. Eingehend betrachtete sie die Blicke, die die Kokos auf das Objektiv gerichtet hatten, also auf Königin. Ob bei einigen eine besondere Vertrautheit durchschimmerte? Sie schaute noch einmal alle Bilder durch. Sie wusste nicht, wonach sie suchte. Das heißt, sie wusste es sehr gut, sie stellte sich dieselbe Frage wie King: Könnte eines dieser vergnügten Gesichter Königins Liebhaber gehören?

»Ich habe das hier gefunden, Viviane.« Willy streckte ihr ein gelbes Seil von ungefähr zwölf Metern Länge entgegen. »Ein Bergsteigerseil, das das Gewicht eines Mannes halten könnte, selbst eines sehr dicken.«

»Um ihn zu erhängen, gut. Aber wie wollen Sie damit über eine Mauer kommen?«

»Ich würde es auf der anderen Seite einem Komplizen zuwerfen. Er würde das Seil gespannt halten, während ich hochklettere. Oben angekommen, würde ich auf der Mauer entlanggehen bis zu der Stelle, wo der Pfad breiter wird, und hinunterspringen.«

»Mit dem toten oder lebendigen King auf dem Rücken?«

Der Lieutenant schaute skeptisch drein.

»Räumen Sie das Seil wieder weg, Willy, es reicht.«

»Und was machen wir jetzt?«

Er schien diese Frage zu mögen.

»Heute ist Sonntag, Sie haben frei.«

Er zog fröhlich los. Zu fröhlich, das war beleidigend. Als sie die Treppe hinabging, blieb sie mit dem Fuß an der Kante einer Stufe hängen und riss dabei ein Riemchen ab. Das hatte ihr noch gefehlt. Nun hinkten sie und ihre Ermittlungen gleichermaßen.

In der *zona privada* traf sie auf eine Heyduda, die sie humpeln sah und ihr deswegen gleich mitfühlend auf die Füße blickte. »Gehen Sie doch zu Clown-Koko, er wird das reparieren«, sagte sie und zeigte auf die nächste Lodge.

»Welches ist sein Zimmer?«

»*Seine* Zimmer. Die beiden vorderen, er ist nämlich mit Spritzen-Kiki verheiratet. Die beiden hinteren sind die von Schraubenzieher- und Küchen-Koko.«

Die Tür stand offen. Clown-Koko saß in einem Sessel und las einen Essay von Bernard-Henri Lévy.

»Sind Sie auch Schuster?«, fragte Viviane.

»Warum nicht? Man kann Clown sein und noch einen anderen Beruf haben. Er hier ist zum Beispiel Philosoph«, sagte er und zeigte auf sein Buch.

Viviane zeigte ihm ihre Sandale, die er mit Kennerblick untersuchte.

»Eine Niete wird nicht halten. Das muss genäht werden. Macht 15 Euro. Kommen Sie in zwei Tagen wieder.«

»Könnten Sie mir die nicht sofort reparieren? Ich habe sonst nur Pumps dabei.«

»Kein Problem. Aber dann kostet es dreißig Euro. Bei Notfällen oder am Sonntag kostet das extra. Wie beim Arzt.«

Viviane gab ihm zwei Scheine, Herr Dr. Schuster setzte seine Brille aus dünnem Metall ab und machte sich an die Arbeit. Er machte mit einer langen Ahle ein Loch ins Leder und bewies dabei erstaunliches Feingefühl für einen so schweren Mann.

»Ist das Ihr Zivilberuf?«

Clown-Koko sah sie empört an. Ohne Verkleidung, ohne rote Nase war er ein stattlicher Mann. Er war groß, imposant wie ein Bauer aus dem Südwesten, aber er war nicht fett.

»Machen Sie Witze? Ich hab Philosophie studiert. Ich habe sogar eine Arbeit über *Die Evolution des Habeas Corpus im kantischen System* geschrieben. Ich hätte Dozent werden können, aber durch Zufall bin ich Clown geworden, nach einem Praktikum hier. King fand mich sehr lustig, wenn ich von Philosophie erzählt habe. Im

Jahr darauf habe ich Spritzen-Kiki kennengelernt, die ihren Urlaub im Club verbracht hat. Wir haben uns gefallen. Und weil sie Krankenschwester war, hat King sie eingestellt. So sind wir Koko und Kiki geworden.«

»Man hat mir erzählt, Sie seien entlassen worden.«

»Oh nein, King hat mir nur angekündigt, dass ich gefeuert werden sollte, aber ich hatte Glück, er ist genau danach gestorben. Bleibt nur zu wissen, was Königin entscheiden wird, sie hat noch nichts bestätigt. Ich hoffe, dass ich mit ihr auch so viel Glück haben werde.«

Er hatte das sehr ruhig gesagt, ohne ein Lächeln. Das musste schwarzer Humor sein. An der Wand hingen einige Fotos. Auf einem erkannte Viviane Schraubenzieher- und Küchen-Koko, die neben Clown-Koko standen und Kerzen auf einem Kuchen ausbliesen.

»Sind Sie befreundet, Sie drei?«

»Ja, und das gefiel King nicht. Er mochte es nicht, wenn wir Kokos zu sehr unser eigenes Ding machten. Die einzigen Freunde, die wir aus seiner Sicht haben durften, waren die vierhundert Chéris.« Clown-Koko fluchte. Er hatte sich mit seiner großen Nadel gestochen. Ein Blutstropfen quoll an seinem Zeigefinger hervor, er lutschte daran und runzelte die Brauen. »Sehen Sie, was mir passiert, wenn ich nur von ihm rede? Sogar nach seinem Tod geht er mir noch auf den Senkel, der Kerl.«

»Warum wollte King Sie eigentlich feuern?«

»Er hat mir vorgeworfen, dass ich immer dieselben Witze mache. Ein blödsinniger Vorwurf. Das ist es ja genau, was das Publikum zum Totlachen findet. Der Chéri weiß, was jetzt kommen wird und erwartet den Witz umso aufgeregter. Sie kennen vielleicht die Theorie des Komischen von Bergson …« Er schaute zufrieden auf sein Werk. »So, das wär's. Soll ich Ihnen nicht den anderen auch noch annähen? Geht aufs Haus.«

Viviane bedankte sich und zog den anderen Schuh aus.

Clown-Koko fädelte einen neuen Faden durch das Nadelöhr der Ahle. »Das ist es, was für uns Kokos so lästig ist. Wir sollen für die Chéris die Helden spielen, aber es gibt bei Helden eine Transzendenz, die unsere menschliche Seite nicht erfüllen kann. *Menschliches, Allzumenschliches*, verstehen Sie, was ich meine?«

Viviane deutete ein bestätigendes Nicken an, Clown-Koko schien erfreut.

»Ach, das tut gut, eine Chérie kennenzulernen, die Nietzsche gelesen hat«, seufzte er, während er durch das Leder stach.

Viviane sah ihm bewundernd bei der Arbeit zu. Beinahe hätte sie darüber ihre Ermittlungen vergessen. Aber ihre berufliche Gewissenhaftigkeit gewann wieder Oberhand.

»Erinnern Sie noch daran, was Sie nach Ihrer Unterredung mit King gemacht haben?«

»Ein paar Chéris haben mich an die Bar geschleppt und mir Drinks spendiert. Nach einer Stunde sind Königin und Animateur-Koko mich holen gekommen. King hatte sie geschickt, aber als wir im Amphitheater ankamen, war es, als hätte er sich in Luft aufgelöst. Also habe ich mit Schraubenzieher-Koko und zwei Chéries Boule gespielt. Weil auf dem Boule-Feld gerade ein Wettkampf stattfand, haben wir auf der Wiese der *zona privada* gespielt, bei der Treppe. Später hat Animateur-Koko mich gebeten, Witze vorzubereiten, die wir am Abend unter dem gehängten König erzählen wollten. Mir ist nichts eingefallen, da bin ich zu Küchen-Koko gegangen. Der ist witzig, er hat Talent für Wortspiele.«

»Waren Sie die ganze Zeit zusammen?«

»Ja, bis auf zwei Minuten, in denen ich hierher zurückgekommen bin, um einen Notizblock zu holen, damit ich Ideen aufschreiben kann.«

»Und Ihr Boule-Spiel, um wie viel Uhr war das?«

»Kurz nach 18 Uhr. Um 19 Uhr bin ich zu Küchen-Koko in die Küche gegangen.« Er gab Viviane die Sandalen zurück und brachte sie zur Tür.

Sie unternahm einen letzten Versuch: »Als Sie gegangen sind, haben Sie da den Henker gesehen?«

»Nein, aber ich habe erst Carlo, dann Cristo hochgehen sehen.«

Da Viviane nicht zu begreifen schien, fügte er mit einem donnernden Lachen erklärend hinzu: *»Monte-Carlo* und *Montecristo.«*

Viviane lächelte höflich und ließ ihn dort stehen, während er noch hinterherrief: »Und Limar! Und Video!«

Diese Unterhaltung hatte die Kommissarin verwirrt. Clown-Koko war sympathisch, fast zu sympathisch. Er hatte auf Durchsichtigkeit gesetzt, aber sie misstraute durchsichtigen Verdächtigen. Jeder normale Mensch hatte etwas zu verbergen.

Ihrer eigenen Courage folgend, machte sich die Kommissarin auf zum Bauch-Beine-Po-Kurs. Ungefähr zehn Leute waren gekommen, um sich von Muskel-Kiki quälen zu lassen. Zehn Hintern und Bauchmuskeln, ausgestreckt auf einer Tatami-Matte: Die Bauchmuskeln sah man kaum, die Hintern dafür sehr deutlich. Viviane zog ihre Safari-Jacke aus und gesellte sich zu der jammernden Gruppe.

»Wir legen uns auf die Seite, machen mit den Beinen die Schere, langsam, zehn Mal, ja, sehr gut, Viviane …«

Alle Blicke richteten sich auf die Kommissarin, die sich als gute Schülerin hervortat, alle würden sie darum beneiden.

»Dann auf die andere Seite. Höher, die Schenkel weiter auseinander, Nathalie. Es muss ein bisschen weh tun. Jetzt legen wir uns auf den Rücken und entspannen uns, lasst euch gehen.«

Sich gehen zu lassen lag der Kommissarin nicht. Sie grübelte. Es war, als würde die körperliche Anstrengung das Grübeln begleiten, es stimulieren. Was sollte sie von der Aussage des Türken halten? Man müsste die Befragung noch einmal vertiefen. Sie würde Königin um einen richtigen Dolmetscher bitten. Mit Sicherheit gab es so jemanden auf der Insel.

»Jetzt legen wir die Hände in den Nacken, heeeben die Beine und lassen sie laaangsam absinken.«

Wie wichtig war der kleine Pfad, der entlang der Mauer führte? Die beiden Liegestühle auf dem Belvedere beschäftigten sie auch. Sie musste sich das ansehen. Aber der schmale Weg verhieß nichts Gutes für sie.

»Nicht vergessen, was ihr für euren Bauch tut, tut ihr für euren Rücken. Wir machen kleine Kreise mit gestreckten Beinen, so. Nein, Lola, nicht beugen, schau mal zu Viviane.«

Gegenwind-Koko, den müsste man befragen. Vielleicht hatte er einen guten Grund, als Henker verkleidet ins Amphitheater zu kommen.

»Wir setzen die Beine ab, entspannen uns und atmen langsam.«

Sie bedauerte, King nicht kennengelernt zu haben, er interessierte sie. Wer war er wirklich gewesen? Die ersten Aussagen zeichneten ein widersprüchliches Bild, sie hätte gerne noch andere gehört. Woher kam diese plötzliche Besessenheit, bei seiner Frau einen Liebhaber zu vermuten? Hatte Königin denn wirklich einen? Viviane stellte sie sich nackt in den Armen eines der Kokos vor, die sie getroffen hatte, aber nein, keiner passte. Ganz kurz sah sie sich anstelle von Königin, mit denselben Kokos. Nein, auch da war keiner der Richtige. Plötzlich drängte sich das Bild von Willy auf. Willy, wie er tropfend aus dem Pool stieg. Absurd.

»Und jetzt auf den Bauch, wir legen die Hände wieder in den Nacken und heben den Oberkörper.«

Nein, gar nicht mal so absurd, Königin hätte sich zwischen den Chéris einen Liebhaber suchen können, einen wie Willy, einen Toyboy für den Sommer. Diskreter, kurzlebiger als ein Koko. Ein Wegwerfliebhaber. Einer oder mehrere. Man muss sich hier nur bedienen, guten Tag, danke, auf Wiedersehen. So hätte sie das jedenfalls gemacht. Aber die arme Königin wirkte so verkrampft! Da war es wieder, Willys Bild, flüchtig, wie ein schlüpfriges Foto, das unter den Bänken einer Oberschule von Hand zu Hand geht. Warum hatte King die Kokos und Kikis derart beharrlich ausgefragt? Wer hatte ihn aufgescheucht? Ein anonymer Brief? Eine Unachtsamkeit seiner Frau?

»Zum Schluss setzt ihr euch auf eure Sitzbeinhöcker, die Beine angezogen, die Fersen weg vom Boden, und wir kreisen mit den Knien. Nutzt eure Arme, um das Gleichgewicht zu halten.«

Und Clown-Koko? Er wäre ein guter Verdächtiger, hätte er nicht eine so glatte Aussage gemacht, ohne die geringste Ungereimtheit. Überprüfen?

»Das war's für heute. Bravo, meine Chéries!«

Und dieser letzte Nachmittag im Amphitheater, so lächerlich theatralisch, war das wirklich nur eine Laune von King gewesen?

»Für alle, die es interessiert: Ich biete sehr gute pflanzliche Kosmetik an, hundert Prozent bio. Ich habe die Sachen für euch zum Großhändlerpreis bekommen. Heute habe ich eine Straffungscreme dabei, ein Schlankheitsgel und eines, das das Gewebe eurer kleinen Hintern festigt …«

Viviane ignorierte das Köfferchen, das Muskel-Kiki

vor den Chéries darbot, und ging duschen. Sie würde nach dem Frühstück mit Lieutenant Cruyff über alles sprechen. Bis dahin würde sie Apollinaire lesen.

Sie befand sich gerade mitten auf dem *Pont Mirabeau*, als sich ihr eine junge Heyduda näherte.

Klein, blond, gelockt, mit einer großen Brille, stand sie eingeschüchtert da. »Kann ich Sie sprechen? Es ist ein wenig heikel.«

Es war sogar sehr heikel. Die Heyduda war Praktikantin. Sie kam von einer Wirtschaftsschule und kümmerte sich um die Verwaltung der Reservelager. Sie hatte Auffälligkeiten im Lager von Schraubenzieher-Koko bemerkt. Kurz vor der halbjährlichen Inventur Anfang Juli hätten die Regale sich plötzlich wieder gefüllt, ohne dass es Einkäufe gegeben habe. Die Inventur sei einwandfrei gewesen. Danach hätten sich die Regale wieder geleert, sehr viel schneller als dies bei normalem Gebrauch möglich gewesen sei. Die Heyduda warf ihr einen schmerzlichen Blick zu. »Es gibt eingekaufte Ware, die nicht da ist, und nicht eingekaufte Ware, die da ist. Verstehen Sie?«

Die Kommissarin nickte. Sie war schon einmal auf Probleme mit manipulierten Inventurlisten in zweifelhaften Geschäften gestoßen, hatte mit Lagerbeständen zu tun gehabt, die von einem Laden zum nächsten zirkulierten. Es war offensichtlich, dass Schraubenzieher-Koko seinen eigenen kleinen Handel betrieb. Sie erinnerte sich an Königins Bemerkung *»er gab zu viel für Instandhaltung aus«*. Wahrscheinlich kaufte er zum Schein Dinge ein, die er dann rückvergütet bekam. »Warum erzählen Sie mir das?«, fragte Viviane die Heyduda.

»Schraubenzieher-Koko hat mich dabei ertappt, wie ich wenige Tage nach der echten Inventur meine eigene machen wollte. Er hat mich nicht bedroht, hat mir aber zu verstehen gegeben, dass er wisse, wie ich heiße, dass er meine Adresse in Marseille kenne und dort viele sizilianische Freunde habe. Freunde, die wie er der Meinung seien, dass die beste Eigenschaft einer Praktikantin ihre Verschwiegenheit sein sollte.«

»Und, was werden Sie jetzt tun?«

»Ich bin mutig, aber nicht verwegen. Ich habe gekündigt, ohne Königin etwas davon zu erzählen, ich reise übermorgen ab. Ich habe mir gedacht, es wäre gut, wenn Sie das in Ihrem Film erwähnen könnten. Das ist alles.«

Viviane sah, wie sie in Richtung der Büros abrauschte. Sie hatte ein schlechtes Gewissen. Sie hätte die Sache gern in die Hand genommen, der Studentin einen Rat gegeben. Aber das war nicht ihre Aufgabe. Hier war sie noch nicht einmal Polizistin.

Am Mittag kam Königin sie abholen. »Wir können uns Zeit lassen, die Mitbewohnerin der jungen Toten ist mit dem Mittagsflug nach Frankreich abgereist. Wir können in Ruhe alles durchsuchen«, sagte sie, während sie die Zimmertür öffnete.

Der Raum war fast leer, der Besuch fiel sehr kurz aus. Viviane öffnete das Portemonnaie, das auf dem Nachttisch lag. Sie zog einen Personalausweis und eine Gehaltsabrechnung heraus. »Liliane Gadret, wohnhaft in Niort. Einunddreißig Jahre, ledig. Gestern hatte sie Geburtstag. Arbeitet als Aushilfe im Callcenter. Die Arme, bei dem Gehalt hat sie sicher nicht mit Champagner gefeiert.«

Viviane durchsuchte die wenigen Kleidungsstücke. Schlechteste Qualität, made in China. Sie rochen nach Sonnencreme und nach viel zu blumigem Deo. Ein dürftiges Leben. Der Koffer war fast leer, alt und aus miserablem Material. Das Innenfutter war zerrissen und mit Klebestreifen repariert.

Viviane tastete die Oberfläche ab und ließ ein fröhliches: »Bingo!« ertönen. Sie entfernte den Klebestreifen, schob die Hand unter das Futter und zog einen Plan von Lindos und zehn Portionen eines weißen Puders in kleinen durchsichtigen Tütchen hervor. Sie öffnete eines davon, ließ einige Körnchen auf ihre angefeuchtete Fingerspitze fallen und leckte sie mit der Zungenspitze ab. Sie erkannte den bitteren Geschmack und fühlte eine leichte Betäubung aufkommen. »Das ist Koks, Königin. Das muss es sein, womit sie tatsächlich ihren Lebensunterhalt verdient hat. Sie hat wahrscheinlich gedealt und einen Teil zum eigenen Verbrauch behalten.«

»Gedealt? Wo denn? Sicher nicht im Club. Hier bleibt nichts verborgen. Das wäre mir schon zu Ohren gekommen. Sie hat ihren Stoff wohl in Lindos verkauft.«

Viviane betrachtete den Plan, nichts war darauf markiert worden. Sie setzte sich auf das Bett, um sich das Passbild von Liliane Gadret anzusehen. Sie versuchte, sich in die junge Frau hineinzuversetzen. Sie stellte sich vor, wie sie im Club eintraf, wie sie in die unbekannte Nachbarstadt fuhr, um dort Kunden aufzutun. Nein, das passte nicht, zu gefährlich. »Sicher hat sie mit einem Mittelsmann gemeinsame Sache gemacht. Gibt es unter Ihren Kokos und Heydudas welche, die häufig in Lindos sind?«

»Häufig, nein. Spritzen-Kiki geht dort von Zeit zu Zeit Medikamente einkaufen, und Zecher-Koko geht dort manchmal was trinken. Sonst niemand. Ach doch, da ist noch Kerim, der Sohn des Türken, der Taubstumme. Er fährt jeden Tag zur Arbeit in die Stadt. Aber ehrlich, wie ein Dealer sieht der nicht aus.«

»Die besten Dealer sind die, die nicht danach aussehen. In welchem Restaurant arbeitet er?«

»In dem am Eingang des Dorfes, neben der Straße, wir sind gestern daran vorbeigefahren. Was wollen Sie tun?«

»Ich werde mich ihm als Konsumentin vorstellen. Mal sehen, wie er reagiert.«

Viviane aß alleine zu Mittag. Genervt stopfte sie sich voll: Diese Geschichte verwirrte sie. Was hatte sie damit zu schaffen? Ein Mädchen war an einer Überdosis gestorben, traurig für das Mädchen. Aber was hatte das mit dem Tod von King zu tun? Man hatte sie nicht damit beauftragt, einen Drogenring auszuheben, sie würde einen Fehler begehen. Aber egal. Sie würde den Fehler mit Willy begehen, um sich weniger schuldig zu fühlen, entschied sie, und nahm sich noch von dem Feigengratin mit Pinienkernen.

Während sie auf Willy wartete, vertiefte sie sich in Apollinaire. Sie las den ganzen Nachmittag. Überall: bei sich im Zimmer, am Pool, in den Liegestühlen bei der Bar, am Strand.

Kein Willy. Er war verschwunden.

Kurz vor dem Abendessen klopfte er bei ihr an, das Gesicht sonnengebräunt, die Haare strähnig vom Salz. Sein Gesicht strahlte wie das eines neufundländischen Fischers, der seine Frau im Hafen wiedertrifft.

»Segeln ist toll, Viviane! Wir sind zu sechst losgefahren, in einem Walfangboot, damit Gegenwind-Koko uns einweisen konnte. Eine tolle Gruppe, Mädchen und coole Typen, alles junge Leute, aber Sie hätten auch mitkommen können. Ich habe gelernt, wie man eine Wende gegen den Wind macht, und wie man halst. Wir haben auf der kleinen Insel da hinten ein Picknick gemacht …« Als sein Blick auf den von Viviane traf, verstand er, dass er zu viel Zufriedenheit versprühte, und beeilte sich abschließend zu sagen: »Sie meinten doch, jeder macht, was er will.«

»Na, dann schreiben Sie mal eine hübsche Postkarte, Willy. Und die schicken Sie dann dem Allmächtigen. Ah, und malen Sie doch noch ein Boot dazu! Und als Postskriptum erwähnen Sie bitte, dass ich währenddessen gearbeitet und nachgedacht habe. Das wird ihn beruhigen.«

Sie berichtete von ihrem Tag und ihren Entdeckungen.

Willys Gesichtsausdruck hatte sich verändert, er war wieder der aufmerksame Assistent geworden, alles hatte wieder seine Ordnung. »Ich gehe duschen und komme dann zu Ihnen«, schloss er höflich.

»Nein, kommen Sie, wie Sie sind, so wirken Sie glaubwürdiger als Interessent für Koks.«

Denn den Kunden sollte er mimen, das war nicht die Arbeit einer Kommissarin. Sie erklärte es ihm im Taxi.

Das Restaurant war noch leer, nur auf der Terrasse saßen einige Touristen bei einem Getränk. Kerim wischte gerade den Fliesenboden. Er erkannte Viviane und Willy und sah sie besorgt an.

Die Kommissarin ließ ihren Lieutenant machen. Es spielte wohl die Rolle seines Lebens, näherte sich Kerim zitternd, wie ein Kokser auf Entzug, drückte sich ein Nasenloch zu, atmete durch das andere ein, während der Taubstumme ihn wohlwollend beobachtete. Die Vorstellung war noch nicht zu Ende: Willy rollte mit den Augen, stürzte sich in euphorische Trance, bevor er beseelt in einem Stuhl zusammenbrach. Er übertrieb es, aber das Bild war gelungen.

Mitfühlend fasste Kerim den Lieutenant an der Schulter und führte ihn vor die untergehende Sonne, auf die er mit dem Finger zeigte.

Viviane brach in Gelächter aus. »Er hat nichts begriffen, er glaubt, Sie hätten Schnupfen und Fieber. Er rät Ihnen, an die Sonne zu gehen. Machen Sie es noch mal.«

Das Ergebnis war nicht besser, Kerim holte an einem Tisch zwei Bierdeckel, mit denen er herumfuchtelte und auf die Sonne im Südwesten zeigte. Er lächelte sie wissend an, mit unschuldigem Blick, und schien glücklich, dass man ihn gefragt hatte.

»Er ist ein bisschen schlicht, der Arme, er will uns mitteilen, dass die Brauereien, die diese Bierdeckel liefern, auch Sonnenschirme anbieten, wenn die Sonne zu heiß ist«, übersetzte Viviane. »Wir haben genug Zeit verloren. Gehen wir zurück in den Club, Zeit zum Abendessen.«

Im Taxi, das sie zurückbrachte, verkündete Viviane, dass der Fall mit der Kokserin abgeschlossen sei. Der Mord an King sei komplex, sie würden ihn jetzt nicht noch mit kleinen parasitären Morden komplizierter gestalten.

»Man könnte trotzdem in Frankreich überprüfen lassen, ob sie schon in einen ähnlichen Vorfall verwickelt war«, schlug Willy vor.

»Gute Idee, ich werde einen meiner Männer damit beauftragen.«

Die Idee war sogar besser als gut; endlich hatte sie einen Vorwand, Monot anzurufen. Viviane war den Rest der Fahrt über voller Vorfreude.

Kapitel 10

Sie setzten sich an einen kleinen Zweiertisch genau neben dem großen Tisch der Kokos und Kikis, an dem Königin den Vorsitz innehatte.

Viviane beobachtete sie perplex: Da saßen die Getreuen, die langjährigen Gefährten, die Leibgarde des Königs. Der Mörder war aller Wahrscheinlichkeit nach einer von ihnen, schließlich waren sie die Einzigen, die am Nachmittag der Hinrichtung über die Wiese hatten gehen können. In dem Bild fehlten einzig der Türke, Brigadier Vermeulen und der Henker. Sie teilte Willy ihre Beobachtung mit, den etwas zu beschäftigen schien.

»Ich habe das auch schon gedacht, aber ich frage mich etwas«, sagte er zögerlich. »Gestern, als ich die einen und die anderen beim Mittagessen zum Reden gebracht habe, war mein Eindruck, dass alle diese Leute King gehasst haben. Sie wurden schlecht behandelt, schlecht bezahlt. Warum also blieben sie alle? Warum ließen sie sich nicht versetzen? Sobald wir die Antwort kennen, werden wir den Anfang einer Spur gefunden haben, nicht?«

Viviane dachte an das Köfferchen von Muskel-Kiki,

an das Lager von Schraubenzieher-Koko, an die Ahle von Clown-Koko. Hatten noch andere Kokos einen Zuverdienst? War das eine heiße Spur? Sie zögerte, dem Lieutenant davon zu erzählen. Er verzettelte sich so schnell, und sie wollte seine Energie nicht vergeuden. »Überstürzen wir mal besser nichts«, sagte sie. »Der Mörder könnte auch ein Heyduda sein. Davon gibt es im Club ungefähr fünfzehn. Sie schlafen zu dritt in einem Zimmer, in den vordersten Lodges, genau hinter meiner, am Eingang: Sie hätten in aller Ruhe über die Wiese gehen können, ohne aufzufallen.«

»Die Heydudas zählen nicht. Sie wurden im Amphitheater nicht ausgefragt, sie waren nicht einmal in der Nähe davon. Der Türke hätte sie bemerkt.«

Viviane überließ ihn seinen Überzeugungen und holte sich am Buffet einen Teller Couscous mit Fisch, den Willy eindringlich ansah, als sie ihn auf den Tisch stellte.

»Nehmen Sie nicht zu, bei allem, was Sie so essen?«

Sie erstarrte, die Gabel auf halbem Wege zwischen Teller und Mund. Einzig ihre Mutter pflegte solch intime Dinge anzusprechen. Dieser Typ, der es heute Morgen gewagt hatte, sie nach ihrem Gewicht zu fragen, sorgte sich nun um ihre Ernährung. Dieser Fall musste so schnell wie möglich gelöst werden. »Stellen Sie sich vor: nein. Jedem seinen Stoffwechsel.«

»Sie haben Glück. Wenn ich so wenig grünes Gemüse und Obst und stattdessen so viel tierische Fette und süße Speisen zu mir nehmen würde, dann hätte ich schnell acht oder zehn Kilo zugelegt und wäre ganz unbrauchbar für den Hochsprung.«

Sie schenkte sich ein großes Glas griechischen Wein ein. Ruhig. Sie musste ruhig bleiben.

»Mit dem Wein ist das so ähnlich, Viviane. Beim Wein ist es nicht nur eine Frage der Kalorien, Alkohol enthält auch Enzyme, die …«

Die Kommissarin drehte wütend das Glas in ihren Händen.

Willy witterte die Gefahr und fuhr fort: »Um zum Fall zurückzukommen, es gibt schon einen Koko, den wir entlasten können, das ist Gegenwind-Koko. Ich habe die Gelegenheit genutzt, ihn beim Picknick zum Reden zu bringen. Er kann nicht der Henker gewesen sein. An diesem Tag ist er nach dem Segelkurs nicht zu den Feierlichkeiten des Nationalfeiertags gegangen, sondern bei einer Chérie geblieben. Er hat den Abend, und sogar die Nacht, mit ihr verbracht. Ist die große Liebe, bis jetzt.«

»Man muss sein Alibi trotzdem überprüfen.«

»Kein Problem, ich habe die Kontaktdaten seiner Geliebten. Er wollte ihr eine Kette schicken, aber er misstraut der griechischen Post. Ich habe ihm angeboten, mich nach meiner Rückkehr darum zu kümmern.«

»Geben Sie mir die Adresse, ich werde das bestätigen lassen.«

Ihre Unterhaltung wurde von einer Heyduda unterbrochen, die sich dem großen Tisch näherte und Königin zurief: »Die Zeitarbeitsagentur hat angerufen, wegen des französisch-türkischen Dolmetschers: Er kann erst morgen Abend kommen, nach der Arbeit. Er hat in einem großen Hotel zu tun.«

Es folgte Schweigen, dann erhob sich die dünne Stimme von Clown-Koko: »Was ist das für eine Geschichte mit dem Dolmetscher, Königin?«

Die Unterhaltungen wurden wieder aufgenommen, leiser als vorher. Vom Nachbartisch war nur ein Murmeln zu hören.

»Von wegen Diskretion, wir sollten noch mal mit ihr sprechen«, murrte Viviane. »Aber so schlimm ist es gar nicht, morgen Abend hätte man es sowieso erfahren. Haben Sie auf Ihrem Ausflug noch andere Informationen sammeln können, Willy?«

»Ich habe auch nachgedacht. Ich glaube, wir sollten die Sache mit der Katze nicht außer Acht lassen.«

»Perfekt. Ich ernenne Sie zum Chefermittler im Fall Katze. Das wird der Fall Ihres Lebens.«

Willy biss sich auf die Lippen und holte sich einen Nachtisch. Er kam zurück und schälte seine Orange, ohne den Kopf zu heben. Viviane war verlegen. Sie hatte ihren Lieutenant ganz dumm beleidigt und wusste nicht, wie sie es wieder geraderücken sollte.

Eine näselnde Stimme aus den Lautsprechern half ihr aus der Klemme, und die Stimme von Animateur-Koko rief alle Chéris zum Themenabend auf: »Und das Thema, meine lieben Freunde, ist das Paar!«

»Da gehen wir hin, ja, das wird lustig!« Der Lieutenant hatte genug geschmollt, er war wieder er selbst geworden und sagte diese Worte freudig, ohne eine Spur von Ironie, ohne unterschwelligen Ton. Da die Kommissarin schwieg, ergänzte er: »Sie können Ihre Zeit doch nicht damit verbringen, einen Flunsch zu ziehen. Das wird Ihnen guttun. Das bringt Sie auf andere Gedanken.«

»Ich werde hingehen, Willy, aber nur im Rahmen der Ermittlungen.«

Vielleicht könnte sie Blicke erhaschen, Annäherungsversuche ausmachen. Ihr drängte sich wieder das Bild von Königin und den nackten Kokos auf. Um es endlich aus ihrem Kopf zu vertreiben, drehte sie eine Runde am Nachtisch-Buffet und entschied sich nach langem Zögern für eine schöne Portion Erdbeerkuchen. Er hatte doch gesagt, man solle Obst essen, oder?

Später kam Cruyff, um Viviane abzuholen, und schleppte sie mit derselben Begeisterung ins Amphitheater, wie ein Kind, das auf die Kirmes geht.

»Trennen wir uns«, befahl sie ihm, als sie das Amphitheater betraten. »Dann sind wir unauffälliger.« Die Kommissarin wollte nicht öffentlich mit ihm gesehen werden, ganz abgesehen davon, dass bei einem solchen Thema alle möglichen Vertraulichkeiten seinerseits zu befürchten waren.

Der Lieutenant setzte sich auf eine der vordersten Stufen, sie blieb auf der letzten sitzen, dort, wo niemand hinkommen würde. Man würde »das Paar« ohne sie feiern.

Animateur-Koko trat ganz in Weiß gekleidet auf der

Bühne nach vorn – es fehlten nur noch die Pailletten. Je eleganter er sich gab, desto vulgärer würde er wohl werden. »Gibt es etwas Schöneres als ein Paar?«, rief er aus, alleine mitten auf der Bühne. »Gibt es etwas Magischeres als zwei Blicke, die sich treffen, zwei Seelen, die im Einklang erzittern, zwei Körper, die sich entdecken?« Nach einem suggestiven Beckenschwung fuhr er fort: »Herzlich willkommen allen Paaren, die heute Abend da sind. Fasst euch bei der Hand und stellt euch hinter mich!«

Ein Großteil der Menge kam seiner Aufforderung fröhlich nach. Viviane war niedergeschlagen und machte sich auf ihrer Bank ganz klein. Unter solchen Individuen sollte sie die Urlauberin mimen!

Animateur-Koko sprach weiter: »Oh, da sehe ich auf den Stufen welche, die dieses Glück noch nicht kennen. Vergessene Herzen, gebrochene Herzen – der Esprit-Club wird dort helfen, wo Hilfe am nötigsten ist. Ihr, die Verschreckten, ihr, die ihr euch dort oben versteckt, zeigt euch! Ich will zehn Männer, zehn Frauen, alle, auf die ich zeige, inklusive Viviane, die sich beim Ausgang versteckt, los, wir warten auf euch. Wenn euch auf dem Weg hierher jemand gefällt, dann wählt ihn für den Abend aus. Sonst tue ich es für euch.«

Der Albtraum begann. Von missgünstigen Blicken begleitet, stieg sie die Stufen hinab, und wurde dabei von einer großen Dunkelhaarigen mit aggressiven Brüsten angerempelt und überholt, die sich Willy schnappen wollte, ehe jemand anders ihr zuvorkäme. Als Viviane auf die Bühne trat, war sie noch immer solo, genau wie zwei Männer und eine weitere Frau.

Animateur-Koko jubelte, das war seine glorreiche Viertelstunde. »Ah, vier Unbelehrbare! Dann werde ich den Amor spielen müssen. In diesem Beutel habe ich vier Pfeile. Zwei mit rosa Federn, zwei mit roten Federn, nehmt euch einen, ohne zu schauen. Dann geht jeder zu seinem Zwillingspfeil.«

Viviane hielt einen rosa Pfeil in die Höhe. Sie fühlte alle spöttischen Blicke auf sich ruhen. Selbst den von Willy, der seine Dunkelhaarige an der Hand hielt. Er würde ihr versprechen müssen, niemals jemandem davon zu erzählen, besonders Monot nicht.

Amor hatte danebengetroffen. Ein dicker Glatzkopf um die sechzig watschelte in seiner Sporthose gemütlich auf die Kommissarin zu. Sein weißes Unterhemd war unter den Achseln weit ausgeleiert und umspannte seine runde Wampe. »Ich bin der Fred, aber du kannst Fredo zu mir sagen«, säuselte er jovial. Er nahm Vivianes Hand in seine, die ganz feucht war, und hielt sie fest. Das schien ihn schon glücklich zu machen.

Leider war Animateur-Koko aber noch nicht fertig. Das Volk wollte ein Spektakel, also würde er ihm ein Spektakel bieten. »Und jetzt eine Überraschung für unsere zehn neuen Paare. Es gibt zwei Tage Gratisurlaub zu gewinnen, zwei Tage als Paar, alles geht so schnell, wenn man Clubgeist hat, hahaha!«

Das Publikum bestätigte, hahaha, Viviane war Fredo gefolgt. Verängstigt sah sie auf die Masse von Chéris vor ihr. Sie hatte ihnen nichts getan, warum diese ausgelassene Boshaftigkeit? Eine ganz ähnliche Meute hatte einen Abend damit verbracht, auf King einzuprügeln. Hatten sie sich in dieser Leichtigkeit zusammengetan, um ihn aufzuhängen? Ja, zusammengetan, das war möglich. Sie musste Willy davon erzählen. Er kapierte nichts, lachte mit den anderen.

Animateur-Koko brachte einen Korb mit Äpfeln und gab den Paaren jeweils einen. Das Spiel war einfach: Sie sollten tanzen, die Hände hinter dem Rücken, den Apfel zwischen die Stirnen geklemmt, und ihn hinuntergleiten lassen, ohne dass er auf den Boden fiel. Die Ersten, die den Apfel zwischen ihren Bauchnabeln eingeklemmt hätten, wären die Sieger.

Es wurde ein triefender Blues eingespielt, und der Tanz begann. Nur wenige Meter neben ihr wand sich Willy eifrig. Sein Apfel war schon auf Höhe des Mundes. Die Dunkelhaarige schien glücklich zu sein, Viviane verspürte eine seltsame Eifersucht. Fredo ihr gegenüber erging sich in Verrenkungen. Sie roch seinen Atem, in den sich Knoblauch, Pastis und seine aufdringlichen Körpergerüche mengten. Er versuchte, den Apfel auf Vivianes Wange zu rollen, indem er ihn mit der Zunge festhielt. Der Kommissarin kam es so vor, als tanzte sie mit allen Männern des Esprit-Clubs, als rieben sich alle Wampen an ihrem Bauch, um sich zu wärmen, es war die reinste Hölle. Sie dachte an Königin in ihrem Ehebett und an Kings hundertzwanzig Kilo, die sich an ihr abmühten. Wie konnte eine Frau so etwas ertragen, nicht nur einen Abend, sondern jahrelang?

Fredos Zunge streifte ihre Wange. Sie konnte es nicht unterdrücken, vor Ekel aufzuspringen. Entschlossen rückte sie von ihm ab, ließ den Apfel vor ihre Füße rollen. Sie nahm vier Stufen auf einmal, sie musste diesen Ort unbedingt verlassen, bevor man sie weinen sah.

Tränenüberströmt legte sie sich hin. Morgen würde sie Monot anrufen. Morgen würde alles besser sein.

Viviane stand früh auf. Sie musste ihren Frust loswerden, ihre noch ungestillte Wut vom Vorabend, ihr war nach einem langen Lauf, um ihr Unwohlsein auszuschwitzen und den dritten Tag im Club gut zu beginnen. Sie durchquerte das stille Clubdorf. Keine Meute, keine Lautsprecher, keine Lachsalven. Nur ein leichter Wind aus der Ferne, der ihr die Versprechungen eines schönen Tages ins Ohr säuselte. Sie kam an den Strand, wählte auf ihrem Player eine Fuge von Bach aus, setzte ihre Kopfhörer auf und lief los, langsam, um sich aufzuwärmen. Der Sand war zart, ebenso ihre Einsamkeit. Ein perfekter Augenblick.

»Hey, hallo Viviane! Na, alles in Form?«

Hinter ihr lief der unvermeidliche Willy Cruyff. Resigniert setzte sie die Kopfhörer wieder ab. »Sind Sie gerade gekommen, Lieutenant?«

»Nein, ich trainiere schon seit einer Stunde. Ich war auf der anderen Seite, beim Segel-Bungalow, und habe Hochsprung trainiert. Als ich Sie gesehen habe, dachte ich, Sie würden es vielleicht vorziehen, mit mir zu laufen.«

In Vivianes Vorstellung war Joggen immer eine einsame Übung, beinahe intim, aber sie wollte ihn nicht beleidigen. Sie stoppte und tat, als humpele sie. »Ich kann nicht lange laufen, ich habe ein empfindliches Fußgelenk. Aber das macht nichts, ich werde Ihnen beim Springen zusehen.«

Sie gingen gleichen und ruhigen Schrittes nebeneinander her, ohne zu sprechen. Viviane hätte es nicht gestört, wenn Willy ihr den Arm um die Schultern gelegt hätte.

»Schade, dass Sie gestern Abend gegangen sind. Animateur-Koko hat echt super Einfälle, er kann wirklich gut Stimmung machen. Das Spiel mit dem Apfel hab ich verloren. Aber das Mumienspiel danach habe ich gewonnen. Dafür musste man seine Partnerin in Toilettenpapier einwickeln. Wir hatten viel Spaß dabei.«

Sie stellte sich vor, wie Fredo sie mit meterweise rosa Papier umhüllte und zuckte zusammen. Sie kamen an der Segelstelle an, unterhalb eines Felsens, der noch etwas imposanter war als der des Amphitheaters.

»Gestern, nach den Spielen, bin ich da oben gewesen«, sagte Willy und zeigte auf den Gipfel.

»Sie sind da hochgeklettert? Sind Sie wahnsinnig?«

»Nein, ich meine, ich war dort oben im Nachtclub, das muss ich Ihnen erzählen …« Er schwieg, trat einige Meter zurück, um die Felswand zu betrachten. »Übrigens haben Sie recht, diesen Felsen kann man beklettern. Ich frage mich, ob der andere schwieriger oder leichter ist. Stellen Sie sich vor, Sie wären der Mörder – mit dem gelben Seil, das ich gestern unter der Bühne gefunden habe, ich meine …«

»Warum sollte der Mörder für alle sichtbar den Felsen hochklettern, wo es doch den Pfad gibt?« Viviane zuckte die Schultern, Willy schwieg. Dann betrat sie den Segel-Bungalow, um sich umzusehen, schnupperte und runzelte die Brauen, ging wieder hinaus.

Willy wartete vor seiner improvisierten Sprunganlage auf sie: ein Holzbrett für den Absprung, zwei in den Sand gesteckte Ruder, ein Bambusstab obenauf. Er zog sein T-Shirt aus, stellte sich unter die Latte und Viviane begriff, dass die Latte höher lag, als er selbst groß war. Das Hindernis war über zwei Meter hoch.

»Los, lassen Sie sich nicht von mir stören«, forderte sie ihn auf.

Er ignorierte ihre Aufforderung. Er stand mit verschränkten Armen da und schien nach Worten zu suchen. »Ich bin nicht ideal als Assistent, was? Es macht Ihnen keinen großen Spaß mit mir zu arbeiten. Meine Einfälle sind unnütz.«

Sie murmelte ein: »Glauben Sie das nicht, ich finde, dass …« Aber was sollte sie sagen? Dass sie ihn, wie er so vor ihr stand, unglaublich anziehend fand? Dass sein athletischer, nur mit Shorts bedeckter Körper sie das schlaffe Fleisch der Chéris vergessen ließ? Sie senkte den Blick und ließ ihn weiterreden.

»Sie müssen verstehen, Commissaire, für mich ist das

eine schwierige Situation. Ich bin Anfänger, und hier ist nichts so, wie man es in der Polizeischule beigebracht bekommt. Kein Labor, keine Befragungen, ich tue, was ich kann.«

Sie deutete eine versöhnliche Geste an, die er übersah.

»Wissen Sie«, fuhr er fort, »ich bin leidenschaftlicher Sportler. Ich bin purer Amateur, was auf meinem Niveau selten vorkommt. Als meine ehemalige Freundin, die mit den *Toten Blättern*, mich vor die Wahl gestellt hat – entweder sie oder das Training –, habe ich mich fürs Training entschieden. Aber noch leidenschaftlicher als Sportler bin ich Polizist. Wenn ich mich dazu bereit erklärt habe, mit Ihnen hierherzufahren, dann um den Job zu lernen.«

Plötzlich sah sie ihn, wie er war. Fast nackt, sensibel. Kraftvoll und verzweifelt. Erfüllt von einer Verunsicherung, die er so ungeschickt und zugleich so gut auszudrücken vermochte. Eine Verunsicherung, die ihn noch schöner machte, noch begehrenswerter. Sie hatte Lust, ihn in die Arme zu nehmen, ihn zu beruhigen, indem sie ihn fest an sich drückte. Sie ging auf ihn zu, hielt dann inne und murmelte: »Ich verstehe das alles, Willy. Sie irren sich, ich brauche Ihre Einfälle. Ohne Sie würde ich es hier nicht aushalten. Und jetzt tun Sie mir einen Gefallen: Springen Sie.«

Er tat es ohne Widerrede. Es war anders, als sie es sich vorgestellt hatte. Er hüpfte, vermaß den Abstand zur Latte von nah und fern, simulierte die Bewegungen, zerlegte sie. Er streckte sich ein wenig, lief langsam auf das Hindernis zu, wurde dann schneller, stieß sich kraftvoll ab und drehte sich, erhob sich über die Latte, als wollte er sie abpflücken, bevor er in den weichen, trockenen Sand fiel. Viviane beobachtete ihn fasziniert. Es war schön und langsam wie ein Hochzeitstanz.

Nach einem halben Dutzend Sprünge zog er sein T-Shirt wieder an und lächelte ihr zu. »Gehen wir«, sagte er. »Ich muss Ihnen vom Nachtclub erzählen. Ich bin alleine hingegangen, nach dem Abend im Amphitheater. Es waren viele Leute da, auch solche, die man tagsüber nicht antrifft. Da geht es ziemlich heiß her, lauter junge Leute, abgesehen von den Leuten Ihres Alters, die sich da etwas in einer Ecke absondern.«

Die Kommissarin verspürte einen leichten Stich im Herzen, aber ihr Lieutenant fuhr fort: »Zecher-Koko ist der Boss. Kerim hilft ihm und serviert die Getränke an den Tischen, dann sind da noch zwei Typen und zwei Mädels, Heydudas aus der Ukraine, wie es scheint. Die machen die Bar, machen Stimmung, tanzen mit denen, die alleine rumstehen und werden nicht müde.« Er hatte ein Leuchten in den Augen, als er sich der Kommissarin zuwandte. »Eine der Ukrainerinnen hat mit mir geflirtet, sehr süß übrigens. Der Anfang war vielversprechend, aber dann hat sie mir erzählt, dass sie große Geldsorgen hat. Ich hab kapiert, woher der Wind weht, und die Finger von ihr gelassen. Wollen Sie wissen, was ich denke? In dem Schuppen gehen unsaubere Dinge vor sich.«

»Gehen Sie häufig in Nachtclubs, Willy? Kennen Sie tatsächlich welche, die sauber sind?«

Sie waren im Poolbereich angekommen.

»Gut, Zeit für Aquafitness. Wann sehe ich Sie wieder?«, fragte Viviane.

»Am Nachmittag. Ich muss nach Rhodos.« Er sagte das zu beiläufig, als dass es unschuldig wirken konnte. Bevor sie nachfragen konnte, erklärte er: »Ich lasse eine Autopsie von der Katze des Türken machen. Es war nicht einfach, einen Gerichtsmediziner zu finden, aber ich konnte im Internet einen Tierpräparator ausfindig machen. Ich habe Sixiz letzte Nacht ausgebuddelt, sein Grab ist in der Nähe der Baracke des Türken.«

»Haben Sie den Verstand verloren?«

»Nein, wieso? Ich erinnere Sie daran, dass Sie mich zum Leiter der Ermittlungen im Fall ›Katze‹ ernannt haben.«

»Wie wollen Sie sie transportieren? Ganz zu schweigen davon, dass sie alles vollstinken wird …«

»Ich habe eine Kühlbox aus der Küche stibitzt. Eine tote Katze ist nicht schlimmer als deren Gammelfleisch hier.«

Er war, wie er war: wartete ungeduldig darauf, alle Spuren durcheinanderzubringen, war enthusiastisch bis zur Verzweiflung.

Kapitel 11

Viviane kehrte dem leitenden Ermittler den Rücken und gönnte sich zur Beruhigung ein höchst kalorienreiches Frühstück, das sie bei der Lektüre der *Lore Lay* von Apollinaire zu verdauen suchte. Das Gedicht rutschte so gut, dass sie es auswendig lernte. Die Eier mit Bacon lagen ihr hingegen schwer im Magen. Es war idiotisch, jetzt würde sie die Kalorien bei der Aquafitness verbrennen müssen. Sie begab sich mit bußfertigen Schritten dorthin.

»Die Arme vor euch ausstrecken, jetzt rennen, rennen, über die ganze Beckenbreite«, kommandierte Kiki-Platsch. »Versucht es in schlängelnden Bewegungen, um schneller zu werden. Mit den Schultern, mit den Hüften. Geht das Wasser in Schräglage an, um besser vorwärtszukommen.«

Die gelehrigen Chéris schlängelten sich und gingen das Wasser in Schräglage an. Es waren nur Frauen. Ausgebreitet auf den Liegestühlen, betrachteten die Männer das Spektakel aus der Expertensicht, die Hände über den faltigen Wampen gekreuzt. Viviane hüpfte und verdrehte sich nun schon seit zwanzig Minuten, breitete die Arme aus, nach rechts, nach links und rundherum mit gestreckten Beinen. Zehn Minuten musste sie noch durchhalten: Sie wollte mit Platsch-Kiki sprechen.

»Hände auf den Beckenrand, Arme strecken, mit den Beinen schlagen, zweihundert Mal, zweihundert, ich zähle mit, eins, zwei, aber nein, meine Chéries! War nur ein Spaß, die Stunde ist vorbei«, schloss die junge Blonde schließlich. Etwas leiser ergänzte sie: »Wenn jemand von euch an Einzeltraining interessiert ist, dann sprecht mich an!«

Während die moppeligen Undinen sich zu ihren Liegestühlen begaben, ging Viviane zu Platsch-Kiki.

»Oh Viviane, das ist aber nett. Ich nehme 30 Euro die Stunde, an welchem Schwimmstil möchten Sie arbeiten?«

»Ich möchte nur an meinem Drehbuch arbeiten.« Sie erklärte ihr, dass sie in ihre Geschichte eine Episode einbauen wolle, die der letzten Begegnung mit King im Amphitheater glich. Platsch-Kiki erzählte ihr ohne große Begeisterung von dieser Episode. King sei auf einige notwendigen Verbesserungen ihrer Aktivitäten zu sprechen gekommen und habe ihr dann Fragen zu seiner Frau gestellt. Eine Aussage, die nichts Neues brachte. Als Antwort auf eine Frage von Viviane ergänzte die junge Frau, dass King lange weiße Handschuhe getragen habe und unter seiner goldenen Tunika eine Rheingrafenhose derselben Farbe.

»Eine Rheingrafenhose?«

»Ein Kostümbildner-Begriff – mein eigentlicher Beruf. Hier mache ich das nur abends, für die Aufführungen, sonst wäre ich nicht tragbar. Die Rheingrafenhose ist eine Art Kniehose mit Bändern. Man könnte sagen, eine Art Strumpfhose. Die Puppe hatte auch so eine an. Man hat die Beine zwar nicht gesehen, weil die goldene Tunika so lang war, aber ich habe darauf bestanden, von Berufs wegen, und für den Fall, dass Wind aufgekommen wäre.«

»Das Band an der Rheingrafenhose, schnürt man das am Knöchel?«

»Nein, das wird auf halber Wade angebracht. Außerdem schnürt man es nicht, es hat nur dekorativen Charakter.«

»Gut, Platsch-Kiki, ich werde Sie nicht länger nerven. Ach doch, noch eine Frage: Mein Freund Willy, muss der eigentlich auch 30 Euro zahlen?«

»Der? Nein, der ist zu süß.«

Viviane bedankte sich und ging zufrieden davon. Sie hatte gelernt, schlängelnd durch das Wasser zu rennen, sie hatte ihrem Wortschatz einen Begriff hinzugefügt, aber vor allem hatte sie begriffen, wie alle Welt hatte tanzen können, ohne zu erahnen, dass sich in der gehängten Puppe eine Leiche verbarg. Blieb nur diese Sache mit der Druckstelle am Knöchel, die sie umtrieb.

Viviane rief im Kommissariat an und verlangte Lieutenant Monot. Sie zeigte sich warmherzig, erkundigte sich nach seiner Gesundheit, seiner Stimmung, seinem Dienstbeginn. Er blieb einsilbig. Sie bat ihn, Informationen zu der verstorbenen Kokserin einzuholen. Ohne weiteren Kommentar notierte er sich die Adresse der

Frau. Sie erzählte von dem Koks, das sie im Koffer gefunden hatten, er fragte schroff nach der Menge, lakonisch, schrecklich professionell. Und plötzlich wurde ihr klar: Augustin Monot war eifersüchtig.

»Die Ermittlungen gehen voran. Mit Ihnen wären sie wahrscheinlich schon abgeschlossen. Sie fehlen mir, Augustin. Sehr.«

»Kommen Sie, Commissaire, Willy Cruyff ist ein bemerkenswerter Lieutenant. Ich habe nur Gutes von ihm gehört. Entschuldigen Sie mich bitte, man erwartet mich.«

Er hatte aufgelegt, dieser Muffel. Begriff er nicht, wie sehr sie sich danach sehnte, ihn am anderen Ende der Leitung zu wissen, ihn zu hören – mehr noch als ihm etwas zu erzählen?

Sie dachte an die Geschichten dieser Frauen, die Urlaub in Deauville machten und noch das Bedürfnis hatten, ihren Gatten im Büro anzurufen, bevor sie der Versuchung nachgaben und sich in die Arme ihrer Tennislehrer flüchteten. Die Parallele war absurd, weder hatte sie einen Gatten, noch einen Liebhaber, auch kein Deauville. Und keine Versuchung. Sie hatte nur das Telefon und wusste nicht, wen sie anrufen sollte.

Sie ging in Richtung Bar, um dort Bekanntschaften zu machen, als ein Aufruf aus den Lautsprechern sie innehalten ließ: »Viviane, die Drehbuchautorin, wird am Empfang erwartet.«

Besorgt ging sie dorthin. War es Monot? Oder das Hauptkommissariat?

Eine Heyduda reichte ihr den Hörer, Viviane zog sich in eine Ecke zurück, um ungestört zu sein. Es war nur Willy. Im Hintergrund hörte man Geräusche von Gläsern, Flaschen, Unterhaltungsfetzen. Er rief aus einem Bistro an.

»Warum rufen Sie nicht auf meinem Handy an?«

»Weil ich Ihre Nummer nur in meinem gespeichert habe, und das habe ich im Zimmer vergessen.«

»Was gibt es denn so Dringendes?«

»Auf der Fahrt nach Rhodos hatte ich Zeit nachzudenken. Mit etwas Abstand wird alles viel klarer. Ich glaube, ich habe die Lösung. Der Mörder – das kann nur der Türke sein. Er ist der Einzige, der stark genug war, um die Leiche von King zu transportieren. Er hat ihn erstochen, während Animateur-Koko Königin holen gegangen ist, dann hat er ihn in seiner Schubkarre aus dem Amphitheater gebracht und unter den Berberitzensträuchern versteckt. Als die anderen zurückgekommen sind, konnten sie ihn natürlich nicht finden. Später, als alle weg waren, hat der Türke auf seinen als Henker verkleideten Komplizen gewartet – wahrscheinlich sein Sohn. Sie haben das zu zweit gemacht, anders wäre es nicht gegangen, die Leiche war zu schwer, sie haben ihn zu zweit oben am Galgen aufgeknüpft, mit dem gelben Seil, das ich unter der Bühne gefunden habe. Einer von beiden ist auf die Leiter gestiegen, um das Seil zu fixieren. Dann haben sie sich davongeschlichen, und hopp!«

»Bravo, Lieutenant, die Ermittlungen machen Fortschritte. Neulich war es ›bamm, bumm‹, und jetzt ist es ›und hopp!‹ Sagen Sie mir mal, wie heißt das in Ihrem Manga, wenn man mit einer Leiche, die über den Schubkarrenrand hängt, unbemerkt irgendwo vorbeiwill? Steht dann da *psst?* Und um die Verkleidung des Henkers zu holen und zurückzubringen? Und woher konnte der Türke wissen, dass Animateur-Koko lange genug weg sein würde, damit er King abmurksen und verstecken konnte? Wenn Sie weiter Ermittler spielen wollen, kommen Sie zurück zu Ihrer Kommissarin, anstatt in der Stadt herumzulungern.«

Sie legte auf, wütend auf Willy, aber vor allem auf sich selbst. Sie hatte keine Geduld, kein Verständnis. Sie war keine Pädagogin. Wie konnte sie ihrem Lieutenant etwas beibringen, wo sie doch selbst nicht wusste, wie sie die Sache anpacken sollte? Ein gutes Essen würde sie beruhigen.

Sobald das Restaurant zur Mittagszeit öffnete, begab sich Viviane dorthin, und setzte sich alleine an einen Zweiertisch. Die Gruppe der Kokos und Kikis stürmte von der Bar herbei. Königin war ganz aufgeregt und redete schon wieder vom Vertrag des Wachmanns. »Zecher-Koko, bring mir zwei Flaschen Samos-Muscat aus dem Lager, ich will sie dem Türken zur Feier des Tages schenken.«

Animateur-Koko kam als Letzter, mit finsterer Miene. Als er die Kommissarin sah, ging er freundlich auf sie zu.

»Ich habe einiges wiedergutzumachen, ich wäre

glücklich, mit Ihnen essen zu dürfen.« Er kaufte eine halbe Flasche italienischen Weißwein, bot Viviane an, den Hauptgang für sie am Buffet zu holen – gegrillten Fisch mit Rohkostsalat, sehr empfehlenswert – und setzte sich schließlich ihr gegenüber. »Ich möchte mich bei Ihnen entschuldigen, wegen gestern Abend. Es war nur ein Spiel, ich wollte Sie nicht verletzen. Normalerweise finden das alle lustig und nehmen es gut auf, einschließlich der zehn improvisierten Paare.«

»Vergessen wir das. Aber deswegen müssen Sie sich nicht verpflichtet fühlen, mit mir zu essen.«

Animateur-Koko wurde leise und deutete mit einem Blick auf den Nachbartisch. »Ich tue das gerne. Und, um Ihnen alles zu gestehen, ich wollte mich außerdem davor drücken. Ich spiele gerne den Höfling, aber nicht wenn Ihre Majestät einen in der Krone hat. Ich weiß nicht, wer die Idee hatte, sie auf einen Aperitif einzuladen, das ist bescheuert, sie verträgt keinen Alkohol. Jetzt liegt sie uns schon seit fünf Minuten mit dieser Vertragsgeschichte in den Ohren. Ah, da ist er ja …«

Der Türke war wieder auf dem Weg in sein Häuschen und trug dabei in einem metallenen Korb das Essen, das er am Buffet ausgewählt hatte. Königin rief ihn zu sich, und er trottete zu ihr. Sie wedelte mit zwei Seiten Papier, sagte ihm ein paar Worte in seiner Sprache, holte die beiden Flaschen vorsichtig aus ihrer Strandtasche und überreichte sie ihm. Der Gärtner küsste ihr die Hand und ging.

»Schauen Sie sich das an, Viviane, man könnte meinen, man wäre im Mittelalter. Bald muss man sich auch noch vor ihr verbeugen.«

Der Rohkostsalat war zu sauer, die Kommissarin hatte nicht übel Lust, sich am Buffet etwas anderes zu holen. Aber sie wollte die vertrauensvolle Atmosphäre, die sich ergeben hatte, nicht zerstören, und ebenso wenig die Unterhaltung unterbrechen. Stoisch würgte sie die sauren Paprikastreifen hinunter und schob die Unterhaltung wieder an. »Merkwürdig, sie hat ihm den Vertrag gar nicht gegeben.«

»Es fehlt noch eine Klausel. Nach dem, was sie uns beim Aperitif erzählt hat, muss die Fläche der Baracke, die dem Türken zur Verfügung gestellt wird, noch eingetragen werden. Sie will das nach dem Essen ausmessen. Spannend, nicht?«

Viviane versuchte, sich die Zusammenarbeit von Königin und Animateur-Koko vorzustellen. Sie schien ihr so grotesk wie der Apfeltanz gestern Abend.

»Anscheinend interessieren Sie die Audienzen der Kokos mit King am 14. Juli im Amphitheater. Sollen wir darüber sprechen?« Animateur-Koko zeigte sich unglaublich zuvorkommend. Er beantwortete alle Fragen langsam, betonte jedes Wort, machte lange Pausen, um sich alles besser in Erinnerung zu rufen und kein Detail auszulassen. Er erinnerte Viviane an jene Verdächtigen, die sehr zögerlich gestehen, bruchstückhaft, um Zeit zu gewinnen und die Fristen des Polizeigewahrsams auszuschöpfen.

Aber Animateur-Koko hatte nichts zu gestehen. Er

sei für 16.45 Uhr dorthin zitiert worden und zu früh dort gewesen. Da habe er den Türken getroffen, der ihm bedeutet habe, dass King noch im Gespräch sei. Also habe er gewartet. Als er gesehen habe, dass Clown-Koko ging, sei er in das Amphitheater eingetreten, wo er King in seinem Kostüm vorgefunden habe. Er bestätigte alles, was Viviane wusste, den Thron, die Strumpfhose und die Handschuhe, ja, King habe Eindruck schinden wollen.

Animateur-Koko hatte sich in Fahrt geredet. King, erklärte er, finde die Aufführungen zu prätentiös. Er habe zuvor Clown-Koko gekündigt, weil der ihn nicht mehr zum Lachen bringe und, als hätte das nicht gereicht, habe er ihm dann vorgeworfen – ihm, seinem besten Freund – dass es ihm nicht gelinge, die Kokos und Heydudas zu motivieren und eine gute, ausgelassene und beschwingte Stimmung zu schaffen. Animateur-Koko habe versucht, sich zu verteidigen, doch das habe King nur noch mehr gereizt: Die Aufführung am Abend sei ja wohl das beste Beispiel für *überintellektualisierte* Animation. Diesen ganzen ersten Teil, während dem die Kokos King den Prozess machten, finde niemand lustig, der sorge eher für schlechte Stimmung. Man müsse ihn streichen und gleich mit dem bengalischen Feuer beginnen, mit dem Tanz um die gehängte Puppe, und dann mit der Rückkehr Napoleons enden.

»Und Sie haben ihn Ihr Programm umkrempeln lassen, ohne es zu verteidigen?«

»Pah, was hätte mir das genützt, wo er doch so dagegen war?«

Animateur-Koko seufzte und verfiel in Schweigen. Er sah auf seine Uhr, dann auf den Nachbartisch, den die anderen Kokos verlassen hatten. Königin war allein zurückgeblieben. Sie las noch einmal den Vertrag und trank dabei einen Kaffee.

»Nun reden wir schon seit über einer halben Stunde, Viviane, vielleicht belassen wir es dabei.«

»Gibt es etwas, das Sie stört?«, fragte die Kommissarin und zeigte unauffällig auf Königin. Der Koko nickte.

»Dann lassen Sie uns an der Bar weiterreden«, schlug sie vor. »Ich lade Sie auf einen Kaffee ein.«

Sie setzten sich an einen Tisch etwas abseits, in den Schatten eines Sonnenschirms.

Animateur-Koko nahm die Tasche, die er an einer Kette um den Hals trug, und zog eine lange, dünne Pfeife heraus.

»Stört es Sie, wenn ich rauche?«

Natürlich störte es sie. Nirgends war ein Lufthauch. Aber wenn er sich jetzt eine Pfeife ansteckte, brauchte er eine Weile, um sie zu rauchen. Sie würde ihn nach Lust und Laune befragen können. »Machen Sie nur. Sehr hübsch übrigens, so …«

Sie fand kein anderes Beiwort, um das Ding zu beschreiben, das gleich die Luft verpesten würde, aber Animateur-Koko half ihr aus der Klemme. »Sehr feminin, wollten Sie sagen? Sie haben recht, das ist ein Modell für Ladys.«

Er entfernte den langen Filter, den er mit seiner Serviette abwischte, stopfte dann griechischen Tabak mit einer Weihrauchnote in den Pfeifenkopf, und da wusste Viviane, dass sie mutig sein müsste.

»Sind Sie sicher, dass …«

»Nein, nein, ich mag das, machen Sie nur. Sie wollten mir von King und seiner Frau erzählen?«

Animateur-Koko nickte und stopfte seine Pfeife weiter. Bevor er mit seinen Ausführungen fortfuhr, zündete er sich erst die Pfeife an. Weil er besonders gut antworten wollte, kam er von einem aufs andere, alles war viel zu lang, sinnlos und ohne Interesse.

Viviane sah ihm angewidert beim Rauchen zu, der Weihrauch stieg ihr in die Nase, ihr wurde übel, sie hörte ihm enttäuscht zu. Was sie hörte, bestätigte nur, was sie schon wusste: die endlose Fragerei von King über die Beziehungen von Königin mit den Kokos, seine Sorgen. »Und Sie, was halten Sie davon?«

»Ich denke, er hat sich einen Kopf um nichts gemacht. Er hat das erst eingesehen, nachdem er alle Kokos befragt hatte. Niemand hat sich für sein Unschuldslamm interessiert. Wenn Sie meine Meinung hören wollen: Königin hat sich einen Spaß daraus gemacht, ihn das glauben zu lassen, um sich interessant zu machen. Oder aus Grausamkeit, um ihn eifersüchtig zu machen. Sehen Sie sie sich doch nur an, finden Sie sie etwa sexy?«

Die Chefin des Dorfes räumte an ihrem Tisch gerade den Vertrag in eine Mappe und erhob sich.

Die Kommissarin zog es vor, nicht darauf zu antworten.

»Also, an diesem besagten Tag …«

»King wartete auf Königin, die nicht kam. Ich bin auf den Mast geklettert, um den Scheinwerfer für den Abend zu montieren. Das mache ich lieber bei Tageslicht.«

»Sie müssen die Scheinwerfer an jedem Veranstaltungsabend montieren? Diese Dinger wiegen doch Tonnen, oder?«

»Über fünfzig Kilo. Aber wir müssen sie nur ein Mal zu Beginn der Saison richtig anbringen. Dann bleiben sie dort oben unter Planen hängen. Ich muss sie nur noch abdecken, sie an die richtige Stelle rücken und festschrauben. An diesem Abend brauchten wir einen Scheinwerfer von senkrecht oben, über dem Gehängten. Ich habe King um Hilfe gebeten, um eine Schraube zu lockern, die zu fest saß.«

»Sie waren zu zweit auf der Leiter?«

»Oh Gott, nein, natürlich nicht. King alleine, mehr Gewicht wäre nicht gegangen. Ich habe mich oben aufs Rad gesetzt, er ist auf der Leiter geblieben. Er war stärker als ich und hat die Schraube gleich beim ersten Versuch losbekommen, dann ist er wieder runtergeklettert. Warum fragen Sie das? Ist das normal, dass man als Drehbuchautor so viele Fragen stellt? Diese Details könnten Sie sich doch ausdenken.«

»Das Gelebte hat immer mehr Kraft. Und wie ist das ausgegangen?«

»King wurde ungeduldig und hat mich losgeschickt, um Königin zu suchen. Ich habe sie auf dem Weg zum Strand gefunden. Als wir bei ihm ankamen, hat er uns erklärt, dass die Unterredung mit dem Türken nun doch warten könne – so war er eben, etwas sprunghaft. Was seiner Meinung nach nicht warten konnte, war die Aufführung. Er wollte, dass Clown-Koko unter dem Gehängten Witze riss, und dass man einen Totenkranz am Fuß des Galgens deponierte. Er hat uns gebeten, Clown-Koko kommen zu lassen, um die Gags mit ihm vorzubereiten, und einen Kranz aus falschen Blumen aufzutreiben. Er meinte, noch einen im Lager gesehen zu haben. Königin und ich, wir hatten unsere liebe Not, Clown-Koko zu motivieren. Er wollte nichts mehr davon hören, schließlich war er gerade gefeuert worden. Und im Lager war keine Spur von einem Kranz. Als wir dann zu dritt wieder ins Amphitheater kamen, war King nicht mehr da. Da waren nur ein Chéri und ein Bulle in Zivil, der angeblich einen Termin mit ihm hatte. Zusammen haben wir alles abgesucht, ohne Erfolg. Wir haben das als eine von Kings Launen abgetan, das Tor geschlossen und tschüss.« Animateur-Koko saugte schmatzend an seiner erloschenen Pfeife.

Viviane nippte weiter an ihrer leeren Tasse. Sie stellte sich vor, wie sich die Geschichte weiterentwickelt hatte, töricht und tödlich. »Wer war eigentlich der Erste, der die gehängte Pseudopuppe gesehen hat?«

»Ich, eine Stunde vor allen anderen. Ich hatte mich etwas früher mit zwei Heydudas verabredet, die mir helfen sollten, die Puppe aufzuhängen. Gleich nach dem Essen bin ich zusammen mit Spritzen-Kiki zum Amphitheater gelaufen, weil sie mit mir reden wollte. Sie war ziemlich aufgebracht wegen Kings Entscheidungen. Nicht nur, weil er Clown-Koko vor die Tür setzen wollte, sondern auch, weil ihr Posten als Krankenschwester sinnlos würde, wenn ein medizinisches Versorgungszentrum mit einem Arzt jeden Morgen am Empfang eingerichtet werden sollte. Spritzen-Kiki wollte, dass ich bei King ein Wort einlege, aber ich habe mich lieber bedeckt gehalten.«

Viviane mochte keine Abschweifungen, da konnte sie nicht richtig folgen. »Wir sprachen von der gehängten Puppe …«

»Ach ja. Ich habe Spritzen-Kiki angeboten, mit mir ins Amphitheater zu gehen, aber mit ihren hundert Kilo wollte sie lieber unten an der Treppe stehen bleiben. Es hat nicht lange gedauert. Ich erinnere mich, dass aus den Boxen des Restaurants ›Alexis Sorbas‹ zu hören war, als ich sie allein ließ. Kaum dass ich durchs Tor gegangen war, habe ich auch schon die Puppe an einem gelben Seil hängen sehen und bin davon ausgegangen, dass meine Heydudas den Job schon allein erledigt hatten. Ich war zwei Minuten im Regiehäuschen, um die Beleuchtung zu überprüfen. Als ich dann wieder bei Spritzen-Kiki und ihrem Gejammer ankam, waren wir erst bei der Busuki aus dem Sorbas-Finale.«

Viviane seufzte verdrossen. Er war freundlich, Animateur-Koko, aber er überflutete sie mit Details. Sie kam aufs Eigentliche zurück: »Wer hat ihn am Ende des Abends abgehängt?«

»Der Heyduda, der auf der Leiter stand, hat sich gewundert, dass die Puppe so schwer war. Er hat mich gebeten zu helfen. Da haben wir es kapiert. Wir haben die Kokos gerufen, der Bulle ist runtergekommen, die Krankenschwester auch, aber es war zu spät. Natürlich.«

»Was haben Sie mit dem Seil gemacht?«

»Das muss dort geblieben sein. Wahrscheinlich hat man es unter die Bühne geräumt, das machen wir mit allem, was herumliegt.«

So, das war's. Die Kommissarin hatte die gesamte Tragödie mitverfolgt. »Königin hat mir erzählt, dass King sie gebeten habe zu dolmetschen, wenn er dem Türken die Kündigung aussprechen würde. Wozu – wo er seine Meinung doch geändert hatte?«

»Was weiß ich?«, sagte Animateur-Koko und zuckte mit seinen schmalen Schultern. »Vielleicht hat er es in letzter Sekunde entschieden.«

»Er hätte sich überlegen können, Clown-Koko *anstelle* des Türken zu entlassen. Was meinen Sie: War einer von beiden Königins Geliebter?«

Animateur-Koko hob den Blick gen Himmel und zuckte wieder mit den Schultern. »Sicher nicht. Haben Sie die gesehen, alle beide? Und sie?« Er sah Viviane mit einem ernsten Lächeln an, während er seine Pfeife wegräumte. »Sie wollten Details, jetzt haben Sie welche. Ich werde Ihnen noch eines verraten, sehr vage, subjektiv, machen Sie damit, was Sie wollen: King hat an diesem Tag den Eindruck vermittelt, seinen Tod vorzubereiten. Er schien gewusst zu haben, dass er sterben *muss.* Ein angekündigter Tod, wie man so sagt. Aber in einem Drehbuch läuft das wohl anders …«

Ein Aufruf aus den Lautsprechern unterbrach sie: »Viviane wird dringend am Empfang erwartet.«

Die Kommissarin begab sich gelassen dorthin. Willy hatte wohl nachgedacht und einen neuen Mörder gefunden. Man reichte ihr das Telefon, es war Königin, sie war sehr aufgebracht.

»Viviane? Ich bin beim Türken. Man hat ihn ermordet, das ist entsetzlich. Kommen Sie schnell.«

Kapitel 12

Königin hatte recht. Es war entsetzlich. Der Türke saß vornübergekippt vor dem Fenster seines Wachpostens an seinem kleinen Tisch. Sein Nacken war mit zwei Axthieben durchtrennt worden und nur mehr ein Loch von Fleisch und Knochen, aus dem noch Blut floss. Die blutige Axt lag neben seinem Kopf auf dem Tisch, der Griff war in einen verschmierten Lappen eingewickelt. Königin stand einen Meter dahinter, rang panisch die Hände.

»Fassen Sie nichts an«, befahl ihr Viviane. »Vielleicht findet man Fingerabdrücke.«

»Wie die Fleischer haben sie ihn hingerichtet. Meinen Türken, meinen armen alten Türken. Ihn, die Unschuld in Person ...«

Viviane suchte nach einem idiotischen Trost, nach passenden Worten. Sie fand nur Bullenwörter. »Er hat nicht gelitten. Der erste Schlag hat schon gut gesessen. Er hatte augenscheinlich auch keine Möglichkeit auszuweichen. Erlauben Sie, dass ich mich umsehe?«

Der Raum war kärglich eingerichtet: einige eingerahmte Fotos an den vergilbten Gipswänden, der blutbedeckte Tisch, zwei Stühle, ein Bett, unter das noch eine zweite Matratze geschoben war.

»Die ist von Kerim, seinem Sohn«, erklärte Königin.

Die Kommissarin sah sich weiter um: ein Schrank, eine Glastür, die in einen Hof führte, ein Spülbecken. Auf einer Arbeitsplatte sauberes, nicht abgetrocknetes Geschirr, das zum Abtropfen umgedreht dalag: ein Blechnapf, ein Glas, Besteck. Der Türke hatte sogar die leere Samos-Muscat-Flasche ausgewaschen. »Hat er den Ihrer Meinung nach alleine getrunken oder mit seinem Sohn?«

»Alleine. Kerim ist gläubiger Moslem, er trinkt nie Alkohol. Aber der Vater trank für zwei, er hat locker eine Flasche zum Essen geschafft. Entschuldigen Sie mich, mir ist schlecht.«

Sie ging hinaus und ließ die Tür weit offen stehen. Viviane hörte, wie sie sich übergab. Würggeräusche, die mitleiderregend waren. Als Königin aus dem Toilettenhäuschen hinaustrat, ging sie sich am Wasserhahn im Hof erfrischen, wobei sie auf ihrem Weg Flaschen umrannte, die in der Sonne trockneten.

»Was ist das hier, diese ganzen Flaschen?«, fragte Viviane. »Hat er die gesammelt?«

»Er hat sie eingesammelt, um sie zu verkaufen. Bei dem, was er verdiente, der Arme, war alles nützlich.«

Viviane warf ihr einen mitfühlenden Blick zu. Diese Frau wollte stark wirken, aber ihr ganzer Körper schrie um Hilfe.

»Können wir die griechische Polizei da raushalten, Commissaire? Das würde mir großen Ärger ersparen.«

»Unmöglich, Königin.« Blut, Mord, all das machte

Viviane ganz heiß darauf, wieder zur Kommissarin zu werden, den eintreffenden Kollegen zuvorzukommen. »Wer ist Ihrer Meinung nach der Letzte, der den Türken lebend gesehen hat?«

»Wir alle, am Tisch, als er mit seinen Flaschen abgezogen ist. Danach weiß ich nicht. Auf jeden Fall hat er noch seinen Sohn Kerim getroffen, um ihn an der Schranke abzulösen.«

»Demnach wäre Kerim der Letzte gewesen.«

»Natürlich, aber Sie werden ja wohl nicht seinen Sohn verdächtigen? Er ist ein guter Junge, behindert.«

»Welche Gründe hätten sie, sich zu streiten?«

Königin zuckte mit den Schultern. »Wer suchet, der findet. Früher gab es hier diese schwarze Katze, Sixiz, die Kerim gehasst hat. Hier, auf der Insel, sind alle Katzen rot. Eine schwarze Katze ist wie ein Dämon, und Moslems haben Horror vor allem, was Schaitan, den Teufel, heraufbeschwören könnte. Aber Sixiz ist tot, das kann es also nicht sein.«

»Und die Anwesenheit von Wein im Haus?«

»Für so wenig hätte Kerim seinen Vater nicht getötet. Der Türke trank viel, sein Sohn lehnte das gemäß dem Islam ab, mehr nicht.«

»Hätte er ein Interesse daran haben können, seinen Vater zu töten?«

»Es ist weit hergeholt, aber Kerim hätte vielleicht gerne seinen Job gehabt, jetzt wo der Vater einen guten Vertrag bekommen sollte, während der Sohn von einem Job zum nächsten tingelte, morgens Schrankenwärter, nachmittags Tellerwäscher, nachts Kellner. Aber Kerim war es nicht, unmöglich.«

»Tja, wenn es unmöglich ist und Sie keinen Ärger wollen, stellen Sie den Bullen das doch als Raubmord dar …«

»Was soll man denn hier rauben?«

Viviane sah zu den leeren Flaschen, kam wieder in den Raum, öffnete den Schrank, schaute unter dem Spülbecken nach und antwortete: »Eine Flasche Muscat. Sie haben ihm zwei geschenkt.«

Sie stöberte weiter, inspizierte die Schubladen; Königin folgte ihr wie ein kleines Mädchen, besah sich dieselben Möbel, dieselben Wäschestapel.

»Wonach suchen Sie, Viviane?«

In Viviane stieg Unmut auf. Sie ertrug es nicht, wenn man ihr bei der Arbeit über die Schulter sah. »Ich versuche zu verstehen. Kümmern Sie sich nicht um mich, rufen Sie lieber die Polizei und sehen Sie sich im Hof und im angrenzenden Wald ein wenig um, für den Fall, dass die Flasche in der Nähe herumliegt.«

Königin konnte einen Seufzer der Erleichterung nicht unterdrücken und ging hinaus. Viviane beendete in Ruhe ihre Durchsuchung. Sie hatte ihre routinierten, flinken Handgriffe wiedergefunden, ihren gewissenhaften Blick. Aber Königins Frage beschäftigte sie: Sie wusste nicht, wonach sie suchte. Sie musste schnell machen, bald würden die griechischen Kollegen kommen.

Ein Schrei des Entsetzens ließ sie auffahren. Schon

wieder Königin, sie stand etwas weiter weg, vor einem kleinen Grab, am Fuße eines Baumes.

»Kommen Sie, der Mörder ist ein Wahnsinniger! Oder ein Spinner! Sehen Sie, er hat das Grab der Katze verwüstet!«

Oh ja, ein Wahnsinniger, Viviane war ganz ihrer Meinung. Sie ging zu Königin und lächelte sie verlegen an.

»Liegt sie hier begraben? Äh, sieht doch alles normal aus.«

»Ja aber, bemerken Sie denn nicht? Die Grabplatte wurde bewegt und falsch herum wieder aufgelegt, mit dem Kopf nach unten. Die Katze hieß SIXIZ, nicht ZIXIS. Im Hof liegt ein Spaten, ich hole ihn.«

Viviane folgte ihr, peinlich berührt. War noch Zeit, ihr alles zu sagen? Zu spät, Königin hatte schon mit dem Graben begonnen.

Dann hielt sie schließlich inne, zeigte auf das leere Grab. »Jetzt gibt es keinen Zweifel mehr, man hat den Leichnam gestohlen.«

Sie setzte sich auf den Boden, legte den Kopf in die Hände. Viviane beobachtete sie mitleidig. Königins Schultern wurden von Schluchzern geschüttelt. Der Diebstahl der Katze schien sie noch mehr in Panik zu versetzen als der Tod des Türken.

»Haben Sie gehört?«, sagte sie und hob den Kopf. »Da war ein Geräusch wie von einer Tür, die zuschlägt. Wollen Sie nicht nachsehen, Viviane?«

Genervt leistet Viviane ihrer Bitte Folge. In ihrer Angst wurde Königin wieder ganz die Königin und behandelte sie wie eine Dienstbotin. Viviane fand niemanden, natürlich nicht, und kam zurück, um die junge Frau zu beruhigen, die soeben damit fertig wurde, die Grube wieder zuzuschütten.

»Nehmen Sie es mir nicht übel, Viviane, ich hatte immer Angst vor allem Übernatürlichen, Hexengeschichten, Zauberei. Ich hatte auch Angst vor dieser Katze. Vielleicht ist sie wiederauferstanden oder ein Vampir geworden.« Sie hob den Kopf. Sie sah mitgenommen aus.

Da ertönte eine Hupe, die Polizei traf ein.

»Vermeiden Sie Komplikationen, erzählen Sie ihnen nichts von der Katze«, empfahl Viviane. »Jetzt die Version vom Raubmord. Sie können die Kokos und Kikis informieren, aber bitten Sie sie um Verschwiegenheit.«

»Sie gehen? Wollen Sie nicht bei mir bleiben, um der Polizei die Sache zu erklären?«

»Warum sollte ich? Es betrifft mich nicht, ich kann nichts bezeugen. Hier bin ich nur Drehbuchautorin. Ich gehe jetzt.«

Viviane zog sich erleichtert in Richtung Wäldchen zurück. Es war das erste Mal, dass sie die Verantwortung für einen Fall abgeben konnte. Auch wenn sie das ein wenig bekümmerte: Sie wäre gerne noch kurz in der Baracke geblieben. Irgendetwas stimmte nicht, sie war sich sicher, sie hatte es gefühlt, ohne es zu sehen. Und sie hatte noch anderen Kummer, der schwerer wog, und zwar den, dass es ihr nicht gelang, ihren blödsinnigen Assistenten in den Griff zu bekommen. Sie erinnerte sich an Monots Dummheiten zu Anfang: der weggeschleppte Leichnam, das hinuntergeschluckte Beweisstück, der falsche Scoop an die Medien, das erschien ihr jetzt alles verzeihlich, beinahe süß. Warum musste sie sich mit so einem katastrophalen Lieutenant herumplagen?

Die Kommissarin fühlte eine derartige Wut in sich hochkochen, die sie unbedingt loswerden wollte. Sie musste jetzt eine Gemeinheit von sich geben, aber Willy war noch immer nicht zurück. Sie ging zum Empfang, las an der Tafel die Angebote des Tages durch und beschloss, nur zu sich selbst gemein zu sein. Gerade fing der Kurs »Standardtänze« an.

Walzer-Kiki war eine kleine, alternde Frau, mit grauen, kurzen Haaren, die Lippen so schmal wie ihr Körper, ohne Fettpölsterchen und kantig, eine Frau, die nur aus Knochen bestand. Sie sah den beiden zierlichen Heydudas ähnlich, die sie vorstellte, während sie ihren sechs anwesenden Schülern, ausschließlich weibliche Chéries, einen konsternierten Blick zuwarf. »Heute wenden wir uns dem Tango zu, dem sinnlichsten der Paartänze. Aber ich habe heute nur Manolo und Robert, ein oder zwei Damen müssen also den männlichen Part übernehmen. Wer macht das?«

Viviane besah sich die anderen ohne Begeisterung: zu mollig, zu naiv. Sie hatte keine Lust, mit ihnen zu tanzen, abgesehen von Manolo und Robert.

»Jede kommt der Reihe nach dran«, bestimmte Walzer-Kiki. »Also, wer macht den Anfang?«

Ein fröhliches »Warten Sie, ich komme!«, antwortete ihr. Es war Fredo, der Apfelverführer, der Viviane den Blick eines Eroberers zuwarf.

»Ich mache den Mann!«, kündigte Viviane an und schnappte sich eine Blonde mit wippenden Brüsten.

Die anderen Paare fanden zusammen, das Bandoneon hauchte die ersten Töne.

Während sie die acht Basisschritte lernten, die *salida*, hatte Viviane erfahren, dass ihre Partnerin Mireille hieß, den Club für alleinstehende Frauen sehr toll fand, seit ihrer Ankunft keinen Tanzkurs verpasst hatte und schon kubanische Salsa, Mambo und Polka tanzen gelernt hatte: sehr nützlich, um sich im Nachtclub weniger steif zu fühlen, man könne dort leicht Bekanntschaften machen …

»Ich sage Ihnen das nur für den Fall. Der Playboy, den man manchmal an Ihrer Seite sieht – mit dem sind Sie nicht wirklich zusammen, oder?«, fragte sie Viviane.

»Nein, nicht wirklich, ist nur ein Freund.«

»Das dachte ich mir schon …«

Die Kommissarin steckte den Schlag ein. Wie konnte sie, diese fette Qualle, sich erlauben zu sagen *das dachte ich mir schon?*

Sorglos plapperte Mireille weiter: »Dem ist nicht langweilig im Nachtclub. Der ist ein heißer Feger. Wenn Sie wüssten!«

Viviane wollte nichts mehr von Willy hören, nicht wie er tanzte, und auch nicht, wie er seine Nächte zubrachte.

»Es ist Zeit zu tauschen, oder nicht?«, fragte sie Walzer-Kiki.

Die Paare strebten auseinander. Fredo stürzte sich auf die Kommissarin, aber Robert kam ihm zuvor.

Walzer-Kiki legte *La Cumparsita* auf, und Viviane spürte, wie ihr Partner sich an sie drückte. Es war nicht unangenehm, aber Roberts Oberkörper war kalt, flach, professionell. Er führte sie entschlossen, hielt manchmal an, um ihr die Schritte zu erläutern. »Das ist wie im Leben, der Mann schreitet voran, die Frau weicht zurück«, kommentierte er mit einem eindringlichen Lächeln. Wie oft hatte er dieses schwerfällige Scherzchen schon gemacht? Der Kommissarin stiegen beinahe die Tränen in die Augen. Ja, so war es in ihrem Leben, die Männer schritten auf sie zu, und sie wich zurück.

Im Laufe der Stunde wechselte sie mehrmals den Partner, die Partnerin, sie kam sogar in den Genuss von Fredo, sie entdeckte die Varianten der *salida*, die *hesitacio corte*, die *ocho para atrás*, die *firulete*. Vor allem fand sie Gefallen daran. Ihr schien, als stellte sie sich gar nicht schlecht an.

Manolo, der zuletzt zu ihr gewechselt war, ließ die Sequenz mit ihr andauern. Sie ließ sich tragen von den Akkorden der Geigen, von den Bewegungen der Schultern ihres Kavaliers. »Hast du schon mal Tango getanzt? Nein? Hey, dann bist du wirklich talentiert. Hast du einen Trick, oder wie merkst du dir die Schrittfolgen so gut?«

Ja, sie hatte einen Trick. Einen wunderbaren Trick.

Sie stellte sich vor, sie würde mit Augustin Monot tanzen. Die warme Hand, die sie zärtlich festhielt, den Oberkörper gegen den ihren gepresst, die Beine, die lasziv ineinanderglitten, das alles war Monot.

Außerdem war der Tango der einzige Fortschritt, auf den sie seit Beginn dieser Ermittlungen stolz sein konnte: Sie hatte einen Tanz entdeckt, der für sie erfunden worden war. Viviane war müde, sie fühlte ein Brennen im Magen – sicher das essigsaure Gemüse –, ihre Füße schmerzten, ihr war speiübel, aber für nichts in der Welt hätte sie aufgehört.

Am Ende der Stunde versammelte Walzer-Kiki ihre Schüler. »Jetzt, wo ihr alle diesen Tanz beherrscht, gibt es für euch die Möglichkeit, eine Erinnerungs-DVD machen zu lassen: Jede kann sich von Robert filmen lassen, wie sie einen langen Tango mit Manolo tanzt. Das kostet 30 Euro, in bar.«

Ein extravaganter Preis, den die Kommissarin leichten Herzens bezahlte, bevor sie sich an Manolo schmiegte. Sie brauchte diese Erinnerung, diese Bilder des Glücks, die sie in den nächsten Monaten in Paris vielleicht die entsetzlichen Bilder des in seinem Blut badenden Türken mit dem gespaltenen Nacken vergessen ließen. Niemals aber würde der Tango das viel schlimmere Bild verscheuchen können, das noch deprimierender war: das Bild von Sixiz' Grab, dem leeren Grab, in dem nur die Dummheit ihres Assistenten ruhte.

Es gab da natürlich keinen Zusammenhang, aber je länger die Kommissarin auf Willy wartete, desto mehr quälte sie ihr brennender Magen. Sie ging zur Krankenstation.

Spritzen-Kiki hatte das Gesicht einer Madonna von Raphael, das fälschlicherweise auf einen beleibten Botero-Körper aufgeklebt worden war. Sie begrüßte Viviane mit einem sanften Lächeln, hörte sich ihre Leiden an und holte eine Kiste mit Tütchen aus ihrer Schublade. »Hier ist etwas in der Art von Omeprazol, nur wirksamer. Das macht dann 18 Euro.«

»Sodbrennen ist aber teuer bei Ihnen«, wunderte sich Viviane.

»Na hören Sie mal, ich fahre in die Stadt, um Medikamente zu kaufen, ich verwalte die Bestände, ich stehe für alles gerade, was ich nicht verkaufen kann, ist doch normal, dass ich eine Marge einkalkulieren muss. Wenn Sie lieber nach Lindos in die Apotheke fahren möchten, halte ich Sie nicht davon ab. Aber dafür bräuchten Sie dann ein Rezept.«

Resigniert bezahlte Viviane. Bei dem Preis wollte sie aber noch ein Interview als Zulage haben. »Animateur-Koko hat mir von Ihrer Diskussion an dem Abend erzählt, als King gehängt wurde, als er zum Amphitheater ging. Schade. Wenn Sie mit ihm gegangen wären, hätten Sie, als Krankenschwester, sicher bald bemerkt, dass die erhängte Puppe eine echte Leiche ist.«

»Animateur-Koko war nur auf einen Sprung dort, er war keine drei Minuten weg, ich erinnere mich, es hat gerade für einen ›Sorbas‹ gereicht.«

»Eben, Sie hätten ihn begleiten können.«

»Nein, meine Kilos und ich, wir klettern die Stufen nur hoch, wenn es nicht anders geht.« Spritzen-Kiki sah Viviane an, als wäre ihre Bemerkung abwegig gewesen, dann ergänzte sie: »Sie können das sicher nachvollziehen, denke ich.« Sie sah sie noch durchdringender an, als suche sie eine Lösung für ein geheimnisvolles Problem. »Wenn es Sie übrigens interessiert, ich habe Appetitzügler auf Algenbasis. Die kosten 32 Euro, aber Ihnen gebe ich sie für 30.«

Viviane seufzte stoisch. Sie hatte schon viele Befragungen in ihrer Karriere durchgeführt, hatte Geständnisse erhalten oder durch Überraschungseffekte, Drohungen, Schmerzen oder Kumpelei neue Erkenntnisse gewonnen. Aber mit Geld hatte sie es noch nicht versucht. Sie kaufte die Pillen.

Spritzen-Kiki war einem Plausch nicht mehr abgeneigt. Sie bestätigte die Aussage von Animateur-Koko. Kings Entscheidungen seien für sie eine Katastrophe gewesen. Nicht nur weil ihrem Mann, Clown-Koko, gekündigt worden sei, sondern weil diese Schnapsidee, ein medizinisches Versorgungszentrum im Club zu eröffnen, ihr Einkommen halbieren würde.

»Hätten Sie nicht Königin bitten können einzugreifen?«

»Mit ihr hätte ich nicht den Schimmer einer Chance gehabt, sie ist schlimmer als King.«

»Ihre Tischrunde am Abend des 14. Juli war wohl nicht sehr feierfreudig.«

»Wir waren alle aufgebracht, nicht nur Clown-Koko und ich, auch die anderen Kokos und Kikis. Wissen Sie, wir haben alle unsere kleinen Arrangements, um das Monatsende aufzurunden, aber King hatte entschieden, alles in den Clubumsatz einfließen zu lassen. Wir waren ziemlich sauer, haben viel getrunken, und dabei kam dann eine merkwürdige Stimmung auf.«

Eine vorrevolutionäre Stimmung, lag Viviane auf der Zunge. Sie stellte sich vor, wie die Gruppe sich in Stimmung brachte … »Wer war an dem Abend eigentlich noch mit am Tisch?«

Spritzen-Kiki zählte an den Fingern auf. »Clown-Koko und ich, natürlich, Walzer-Kiki mit ihren Heydudas Manolo und Robert, Muskel-Kiki, Platsch-Kiki, Küchen-Koko, der ständig draußen war, um das Essen zu überwachen, Gegenwind-Koko und einer seiner Heydudas, Zecher-Koko und Schraubenzieher-Koko. Eigentlich alle Kokos und Kikis, nur Königin und Animateur-Koko nicht.«

Bei jedem Namen rief sich Viviane die Nebentätigkeiten desjenigen auf: die Medikamente von Spritzen-Kiki, die Schusterei von Clown-Koko, die DVDs von Walzer-Kiki, Platsch-Kikis Schwimmkurse, das Geister-Lager von Schraubenzieher-Koko. Es fehlten nur noch die Nebenverdienste von Küchen-Koko, Gegenwind-Koko und Zecher-Koko. King hatte ihnen das alles abknöpfen wollen und es teuer bezahlt.

»An so einem geschichtsträchtigen 14. Juli kann man schon mal ein Todesurteil für einen König in Betracht ziehen. Vielleicht sogar das für King. Wenn Sie hätten abstimmen können, hätte es dafür eine Mehrheit gegeben?«

»Sogar eine einstimmige.«

»Eine einstimmige, sind Sie sicher?«

»Ob Sie es glauben oder nicht, die Abstimmung *hat* stattgefunden. Clown-Koko hat das aus Spaß in die Runde geworfen. Alle waren betrunken, nur ich nicht, ich trinke nicht.«

Es gibt bei Ermittlungen immer einen Moment, in dem man ein Puzzleteil richtig legen kann, wodurch auch die anderen leichter an ihren Platz finden. Auch hier fanden die Teile nach und nach ihren Platz, aber es fehlten noch die beiden in der Mitte. Wer unter den Tischnachbarn hatte abgestimmt und gewusst, dass das Urteil schon *vollstreckt* worden war? Und wie hatte er es gemacht? Ein drittes noch fehlendes Teil brachte nun alles durcheinander, der Tod des Türken. Animateur-Koko konnte Viviane entlasten, er hatte an diesem Tag mit ihr gegessen, und Königin hatte den Tisch erst lange nach allen anderen verlassen. Wie sollte sie aber unter den anderen den oder die Schuldigen ausfindig machen? Sie konnten es alle gewesen sein. *Alle*, oder *alle zusammen?* Man konnte nichts ausschließen.

»Brauchen Sie noch etwas?«

Die Kommissarin war so in Gedanken, dass sie Spritzen-Kiki vergessen hatte, die gerade dabei war, ihren Schrank wieder zu schließen. »Und Zecher-Koko, was für ein Arrangement hat der?«, fragte sie.

Spritzen-Kiki brach in Lachen aus. »Waren Sie noch

nie im Nachtclub? Gehen Sie mal hin und bestellen Sie einen Papagallo!«

Diese Frau plapperte alles so schnell aus, wie ihr ein Lachen über die Lippen kam. Sie schuf eine vertrauensvolle Atmosphäre der guten Verständigung, und die Kommissarin begriff plötzlich, weshalb. Im Gegensatz zu den anderen Kokos und Kikis trachtete sie nicht danach, nett zu wirken, sie hatte das nicht nötig.

Viviane hätte die Unterhaltung gerne fortgesetzt, ohne recht zu wissen, welche Fragen sie noch stellen sollte – aber in dem Moment klopfte es. Ein Chéri hatte sich an einem Felsen ein Knie aufgeschlagen. Für die Kommissarin war es Zeit, ihren Platz den echten Patienten zu überlassen.

Kapitel 13

Willy kam wenig später von Rhodos zurück. Viviane berichtete von ihrem Tag, langsam, frostig, unterdrückte dabei ihre ganze Wut. Die Scham ihres Lieutenants, wie er den Kopf senkte und sein Körper in sich zusammensackte, genügte, um ihre Wut zu dämpfen. Zum Schluss teilte sie ihm noch ihre Gedanken und Fragen mit.

Er hörte alles ohne ein Wort an. »Glauben Sie wirklich, dass man für ein paar Euros mehr einen Mann ersticht und aufhängt?«, fragte er endlich.

»Wir kennen noch nicht die Nebenverdienste aller. Der ein oder andere hatte vielleicht mehr zu verlieren.«

»Was Gegenwind-Koko betrifft, so weiß ich die Antwort: Er organisiert Sitzungen pantheistischer Meditation nachts am Strand.«

»Pantheistische Meditation? Waren Sie dort? Warum haben Sie mir nie davon erzählt?«

»Ich war nie dort, mich spricht das nicht an, und wenn ich Ihnen davon nicht erzählt habe, dann, weil Sie sich nur für Ihren Fall interessieren. Ich habe das Gefühl, Sie mit jeder Anekdote zu belasten, die ich Ihnen im Zusammenhang mit dem Club erzähle. Also zum Beispiel ›Das Meer unter dem Mond‹ von Zecher-Koko …«

»Na los, erzählen Sie schon; los, belasten Sie mich, machen Sie schon!«

»Das ist ein Ausflug aufs Meer, den er mit dem Dingi anbietet, gleich nach der Schließung des Nachtclubs. Der Ausflug ist kostenlos, aber es gibt nur sehr wenige Interessenten, weil es so öde ist. Er fährt manchmal alleine raus, zum Spaß. Ich bin gestern mitgefahren, das hat mir gereicht: Er fährt raus, macht den Motor aus und gibt dann eine Stunde lang Plattitüden von sich wie ›Hör mal, wie schön still das Meer ist. Schau, wie groß die Nacht ist.‹ Dann fährt er zurück. Besser gesagt, er versucht es. Der Motor säuft immer ab. Ist uns gestern passiert.« Er zögerte, dann fragte er: »Und was machen wir jetzt?«

»Was Sie betrifft, nichts, Lieutenant Cruyff. Ich kann Sie nicht festnehmen lassen, aber ich verbiete Ihnen ab sofort, etwas ohne meine Erlaubnis zu unternehmen. Ich lasse Sie nicht mehr aus den Augen. Und jetzt begleiten Sie mich zu dem kleinen Pfad, der zum Belvedere führt.«

Er nickte und führte Viviane zum Strand.

»Wir hätten die Abkürzung über die Wiese nehmen können«, merkte sie an. »Wir hätten Zeit gespart.«

»Da kommt man schwer durch: Und selbst wenn man durch die stacheligen Berberitzensträucher kommt – der Pfad liegt einige Meter unterhalb davon. Ich habe neulich Abend nachgesehen, nach der Paar-Veranstaltung.«

Sie liefen den Strand entlang nach links, kamen von dort in den steinigen, buschigen Bereich, ignorierten einige Chéries, die sich dort versteckten, um sich ganz ungeniert zu bräunen, begegneten einer Heyduda, die sie wissend anlächelte, und entdeckten den Anfang eines steinigen Pfades. Er war einen Meter breit, schlängelte sich zwischen den Dornen entlang und stieg dann schnell an. Sie ließ Willy vorgehen. Die Steine rollten unter Vivianes Füßen weg. Rechter Hand wurde der Abhang immer steiler. Sie sagte sich wie ein Mantra das Gedicht von der *Lore Lay* auf, das sie gerade gelernt hatte:

O Ritter, lasst mich gehen/Auf diesen Felsen groß,
Ich will noch einmal sehen/Nach meines Liebsten Schloss.

Ihre Beine zitterten, sie heftete den Blick auf Willys Sandalen. Sie wollte nichts anderes mehr sehen.

Ich will noch einmal sehen/Wohl in den tiefen Rhein,
Und dann ins Kloster gehen/Und Gottes Jungfrau sein.

»Der Pfad wird schmaler, wir nähern uns dem Amphitheater«, verkündete der Lieutenant. »Oh, sehen Sie, da unten, wie schön!«

Viviane sah nichts, sie konzentrierte sich weiter.

Es binden die drei Ritter/Die Rosse unten an,
Und klettern immer weiter/Zum Felsen auch hinan.

»Haben Sie gesehen, da, auf dem Boden?«

Auf einem Sockel stand eine kleine Venus. Dahinter war der Weg nur noch ein Trampelpfad, der immer schmaler wurde und im rechten Winkel abbog.

Die Jungfrau sprach: »Da gehet/Ein Schifflein auf
dem Rhein,
Der in dem Schifflein stehet,/Der soll mein Liebster
sein.

Die Venus war ihr schnuppe. Was sie beschäftigte, waren die nächsten Strophen.

Mein Herz wird mir so munter,/Er muss mein
Liebster sein!
Da lehnt sie sich hinunter/Und stürzet in den Rhein.

»Gehen Sie ohne mich weiter, Willy, ich fühle mich nicht gut.«

»Kommt nicht infrage. Sie wollten mich nicht mehr aus den Augen lassen, so lautete Ihre Anweisung. Nehmen Sie meine Hand.«

Er hatte das mit einem netten Lächeln gesagt, ganz ohne Hintergedanken. Sie tat einen Schritt auf ihn zu, nahm seine Hand. Sie war warm und weich.

»Geben Sie sich einen Ruck, gleich hinter der Kurve ist ein Holzgeländer am Felsen angebracht. Da können Sie sich festhalten, und dann sind wir schon bald da. Sehen Sie mich an.«

Er drehte sich ständig zu ihr um, um sie zu ermutigen. Sie kam voran, sah dem Lieutenant tief in die Augen. Das war noch besser als die Lore Lay. Sie waren haselnussbraun, das hatte sie nie bemerkt. Haselnussbraun und beruhigend. Etwas weiter wurde aus dem Trampelpfad wieder ein Weg, fast schon ein Boulevard, einen Meter breit. Sie waren auf dem Plateau angekommen.

Vivianes Puls raste. Sie erinnerte sich an die Ferien, die sie in ihrer Jugend einmal in Perros-Guirec verbracht hatte. Sie war eines Tages mit einem Jungen zu einem Schiff geschwommen, das weit draußen vor Anker lag, und sie hatten sich dort an Bord gezogen. Diese plötzliche Einsamkeit nach der Anspannung war erregend gewesen. Sie bemerkte, dass sie noch immer Willys Hand festhielt und ließ sie errötend los.

»Hier war jemand«, sagte er, »die beiden Liegestühle lagen vorher anders da. Neulich waren sie fast von dem Gestrüpp verdeckt.«

»Sind Sie sicher?«

»Man sieht sogar die Spuren in der Erde.«

Er trug die Liegestühle wieder zurück und stellte sie auf die Markierungen. Sie ließ ihn machen, fühlte ein wohlbekanntes Herzklopfen aufkommen. Ein Puzzleteil würde gleich seinen Platz finden. Sie wusste nicht welches, sie konnte sich nicht konzentrieren. Ihr Scharfsinn war von der Erinnerung an Willys warme Hand noch betäubt, die Erregung über die besiegte Angst, die Merkwürdigkeit der Umstände, die sanfte, fast romantische Brise, die wehte. Sie beugte sich über die Orientierungstafel, wo in Ocker eine türkische Küste auftauchte, die man nicht sehen konnte. Auf der anderen Seite ragte die Spitze des unheilvollen Galgens über die Mauer.

Unter den Blicken des Lieutenant, der wie versteinert dastand, legte Viviane sich auf den ersten Stuhl, den geschützteren, und nahm alle möglichen Positionen darauf ein: Der Galgen war nicht zu sehen. Dann legte sie sich auf den anderen Stuhl, wiederholte den Test und bemerkte zuerst das Metallrad, das oben auf dem Galgen angebracht war.

Willy beobachtete sie, ohne zu verstehen. »Ist schön, dieses Panorama, nicht, Viviane?«

»Das Schönste ist ein ganz kleines Puzzleteil. Haben Sie es nicht gesehen?«

Er suchte den Boden ab. Er war süß, so einfältig. Sie zog ihn zum Abhang, und diesmal nahm sie ihn gleich bei der Hand.

»Was wir gerade gesehen haben, bleibt unter uns«, wies die Kommissarin ihren Lieutenant an, als sie wieder an den Strand kamen.

»Aber … wir haben ja nicht viel gesehen.«

»Na, hätten Sie mal die Augen aufgemacht. Essen Sie heute Abend mit mir?«

»Nein, ich treffe mich mit der Volleyballgruppe, die vom Sportturnier am Mittwoch.«

Sie zuckte mit den Schultern und ließ ihn stehen. Es war unsäglich schwül an diesem späten Nachmittag, sie wollte sich erst erfrischen, bevor sie sich an den Pool legte. In dem Moment, als sie unter die Dusche trat, klingelte ihr Handy. Es war der Allmächtige.

»Störe ich Sie auch nicht, meine kleine Viviane?«

Doch. Es war ihr sogar unangenehm, so nackt mit ihrem Vorgesetzten zu sprechen. Hätte sie die Wahl gehabt, wäre ihr ein Anruf von Augustin Monot lieber gewesen, aber wie sollte sie ihm das sagen?

»Was gibt es Neues? Unser Minister wird ungeduldig.«

Viviane erzählte von der ertrunkenen Kokserin und verdiente sich damit ein zufriedenes Gemurmel.

»Gut, meine kleine Viviane. Fall zu den Akten gelegt, ohne für Aufregung zu sorgen, das ist das Wichtigste. Und wie läuft es mit Lieutenant Cruyff?«

Sollte sie erzählen, dass Willy der Star des Karaoke-Abends gewesen war, dass er sich nachts damit vergnügte, Katzenleichen auszugraben? Sie berichtete von der Ermordung des Türken, die sie einem Raubmörder zuschrieb.

»Das ist nebensächlich. Verheddern Sie sich nicht. Unser Fall ist der Tote. Haben Sie einen Verdächtigen?«

Viviane gab zu, dass sie mehrere hatte, eine ganze Tischgesellschaft. Da das den Allmächtigen nicht zufriedenzustellen schien, ergänzte sie, dass es womöglich eine Spur gäbe, ein möglicher Liebhaber der Frau. Das war ein wenig improvisiert, aber besser als nichts.

»Ah, das klingt schon besser. ›Cherchez la femme – Folgen Sie der Frau‹, das kann man nicht oft genug sagen. Dann mal los, forschen Sie nach und rufen mich Samstagmorgen an, aber früh: Danach gehe ich mit dem Minister auf die Jagd, ich brauche etwas, das ich ihm erzählen kann.«

Sie bedankte sich bei ihm, ohne zu wissen, wofür, und ging zum Pool, sie wollte eintauchen und alles vergessen.

Die meisten Badegäste waren schon auf ihre Zimmer gegangen, um sich umzuziehen. Im Becken gab Platsch-Kiki einem dicken blauen Schwimmreifen, der sich aus der Nähe betrachtet als Chérie entpuppte, gerade Unterricht in Brustschwimmen.

Zwei junge Frauen, die auf dem Bauch lagen, plauderten miteinander und beäugten die Szene. Sie hatten Viviane nicht bemerkt.

»Die arme Platsch-Kiki, das macht nicht so viel Spaß wie mit ihrem Latin Lover.«

»Willy? Wenn der aus dem Pool steigt, würde ich ihn am liebsten mit zu mir nehmen und ihn überall abtrocknen, überall, mit dem Fön.«

Sie sprachen nun leiser, Viviane hörte nur noch ein Flüstern, das von anzüglichem Gelächter unterbrochen wurde.

»Und mit wem ist er hier, sagst Du? Mit dem Olivenölfass?«

»Ja, mit der kleinen Dicken. Ich frage mich, was er an ihr findet.«

Es gab ein langes, vielsagendes Schweigen, dann ergänzte die zweite: »Für den Fall, dass es dich interessiert, abends, im Nachtclub, lässt sie ihn an der langen Leine. Ich kann dir sagen, da holt er nach.«

Viviane machte kehrt. Ihr war nicht mehr nach baden, sie hatte ihre kalte Dusche bekommen. Sie ging beim Lieutenant vorbei und klopfte an seine Tür. Willy erschien, lächelnd, ein Handtuch um die Hüften. Wie in einer Deo-Werbung.

»Ich hatte vergessen, Ihnen Bescheid zu sagen. Heute Abend gehe ich mit Ihnen in den Nachtclub.«

Er zog ein Gesicht wie ein bestraftes Kind. »Aber ich bin dort schon mit jemand anderem verabredet!«

»Das ist mir egal. Erklären Sie der anderen, dass es zwischen Ihnen beiden an einem anderen Tag heiß hergehen wird.«

Jetzt zog er ein Gesicht wie ein *zu Unrecht* bestraftes Kind. Die Kommissarin machte auf dem Absatz kehrt, bevor sie noch Mitleid mit ihm bekäme.

Sie aß mit ein paar frisch aus Lyon eingetroffenen Leuten, die sich über ihre mittelmäßigen Spieße beschwerten, während sie Erinnerungen an Brüche und Verstauchungen austauschten. Als das Thema ausgeschöpft war, stürzten sie sich in eine Diskussion über die Krankenhäuser der Region. Viviane blieb stumm, die Tischnachbarn gaben sich Mühe, versuchten es mit einem »Und Sie?«, aber vergebens, sie war mit den Gedanken woanders.

Sie erhob sich, ging vor dem Tisch der Kokos hin und wieder her, beäugte aufmerksam deren Teller, dann ging sie zum Grill. »Ich soll Spritzen-Kiki ein paar Spieße mitbringen.«

Der Heyduda am Grill blickte zum Tisch der Kokos,

suchte Blickkontakt zu Spritzen-Kiki, aber sie drehte ihm den Rücken zu. Er zuckte mit den Schultern, bückte sich hinunter zum Reservebratrost und holte zwei Metallspieße hervor.

Viviane ging zurück zu ihrem Tisch. Das hatte nichts zu tun mit dem, was man den Chéris auftischte. Gewürzt, saftig, köstlich. Noch köstlicher war, dass sie das kleine Nebengeschäft von Küchen-Koko erschnüffelt hatte.

Sie hätte zufrieden sein können, stattdessen dachte sie an diesen verrückten Tag, an den ermordeten Türken, an die Grabschändung von Sixiz, die Entdeckungen, die sie gemacht hatte, an den schwindelerregenden Aufstieg zum Pfad, an das erste Puzzleteil, das dabei war, seinen Platz zu finden, und die stets wiederkehrende, quälende Frage: »Was zieht man an so einem Ort zum Ausgehen an?«

Kapitel 14

Das fragte sich Viviane auch zwei Stunden später vor ihrem Spiegel noch. Die Reisetasche war ganz ausgepackt, und sie musste sich damit abfinden: Bei der Vorbereitung zu diesem Fall hatte sie nicht ein einziges Mal an einen Ausflug ins Nachtleben gedacht. Das Klingeln ihres Handys unterbrach ihre Gedanken. Es war Augustin Monot.

»Entschuldigen Sie wegen neulich, Commissaire, ich muss Ihnen am Telefon wortkarg vorgekommen sein, aber vor mir saß Priscilla Smet. Wir waren dabei, die Sendung für M6 vorzubereiten.«

Viviane beeilte sich, ihn zu beruhigen: Aber nicht doch, sie habe nichts Besonderes bemerkt und sich schon gedacht, dass er, ganz wie sie, viel *wirkliche* Arbeit habe. Es sei ja nicht erstaunlich, dass er Entspannungspausen brauche, mit dieser Frau aus dem Ministerium, deren Namen sie immer vergaß, äh, Patricia Spot, nicht wahr?

Monot tat, als hätte er nichts gehört. »Ich habe Recherchen zu Ihrer Drogenabhängigen aus Niort angestellt. Ich habe mit zwei Mitbewohnerinnen telefoniert und mit einer ihrer Freundinnen bei der Zeitarbeitsfirma. Es passt und passt auch nicht. Sie war eine von diesen wunderlichen Singles. Sie nahm Antidepressiva und ließ sich von Zeit zu Zeit regelrecht volllaufen, aber weder hat sie geraucht noch Drogen genommen, da sind sich die drei Mädchen einig. Eine Linie Koks in den Ferien, an einem verrückten Abend, warum nicht? Aber mehrere Dosen als Reserve im Koffer – dafür hatte sie gar nicht die Mittel. Und um Dealerin zu spielen, dazu wäre sie nicht in der Lage gewesen: zu schüchtern, zu ängstlich.«

Aha! Nicht nur, dass er mit ihr über Arbeit sprechen wollte, er machte ihre auch noch schlecht. Sie würde den Fall nicht wieder aufnehmen – wo der Allmächtige ihr doch gerade zum Abschluss desselben gratuliert hatte.

Zum Glück hatte Monot schon das Thema gewechselt.

»Hatten Sie noch andere Fragen? Läuft es gut mit Cruyff?«

Sie seufzte und ließ ein »Ja, sehr gut, sagen wir, so gut es eben geht« fallen, das voller subtiler Andeutungen war. Die Andeutungen waren anscheinend zu subtil, Augustin ging nicht darauf ein.

»Umso besser. Bis bald, Commissaire.«

So schnell kam er nicht davon, sie hatte kaum seine Stimme gehört. Sie improvisierte fast verzweifelt: »Was lesen Sie denn gerade Schönes, Monot?«

»Ein Lehrbuch zum Strafverfahren. Damit werde ich übrigens gleich weitermachen. Schönen Abend!«

Er hatte aufgelegt, der Rüpel. Es klopfte an der Tür:

Willy kam sie abholen, schön wie der Fürst der Finsternis. Sie würde ihn so begleiten, wie sie war: kaum geschminkt, in ihrer Safari-Jacke mit passender Hose, einem schwarzen T-Shirt. In ihrem Schmucktäschchen hatte sie etwas mehr Auswahl gehabt. Sie trug ein kleines Collier aus grauem Metall und Ohrringe, in denen sich die Farbe ihrer Pumps wiederholte. Dem Lieutenant würde es gefallen.

Er wagte ein kleines, bewunderndes Pfeifen. Man konnte ihm wirklich nicht lange böse sein.

»Entschuldigen Sie, ich habe Sie warten lassen, ich war beim Multi-Club-Abend, wo alle Dörfer der Esprit-Clubs vorgestellt werden, um denen, die sie nicht kennen sollten, einen Eindruck zu vermitteln.«

»Ist es nicht ein wenig spät für den Nachtclub?«

»Nein, eher zu früh. Die Stammgäste sind vor allem junge Leute, die haben ihren eigenen Zeitplan. Der nichts mit unserem gemein hat.«

Sie überhörte diese Bemerkung, aber ihr Selbstwertgefühl war angekratzt. Sie begnügte sich damit, die Erstaunte zu spielen. »Es gibt hier junge Leute?«

»Natürlich, aber Sie sehen sie selten. Sie, Viviane, kommen immer zur Eröffnung des Buffets, Sie liegen immer nur am Pool rum, nicht am Strand, Sie nehmen nicht an den Sportwettkämpfen teil. Wobei, da spreche ich nur von den jungen Leute, die am Tag unterwegs sind. Von den Nachtschwärmern rede ich schon gar nicht, die beginnen ihren Tag erst, wenn Sie ihn schon beendet haben. Auf die treffen Sie nie.«

»Eine habe ich doch getroffen, Willy, nämlich die, die Sie mir am Pool, morgens um 5 Uhr, vorgestellt haben. Ich kenne sie sogar besser als Sie.« Viviane berichtete ihm von den O-Tönen, die Monot eingefangen hatte.

»Also, was machen wir, Commissaire?«

»Kein Aufsehen erregen, Willy. Wir vergessen es, lassen es bleiben. Die schlimmste Verfehlung, die Polizisten im Beruf begehen können, ist, übereifrig zu sein.«

Der Lieutenant blieb stehen und sah ihr in die Augen.

Sie musste es ihm erklären, er war so unschuldig, er war da, um zu lernen. »Wir sind nicht die Guten gegen die Schlechten, Willy, nicht einmal die Netten gegen die Bösen. Wir sind Raubvögel, die in der Landschaft nach einem Tier Ausschau halten. Man muss die Landschaft ausblenden, wenn man das Tier finden will.«

Der Lieutenant nickte und ging wieder los. Er lief schnell, zu schnell, den Berg hinauf, von dem die Musik hinter einem Vorhang aus Zitronenbäumen herüberwehte. Sie hätte ihn gerne gebeten, langsamer zu gehen, aber das wirkte nicht sehr jugendlich.

Das Eintreffen von Willy wurde fröhlich mit einem »Da ist ja unser Noddy?!« zur Kenntnis genommen, das von Viviane mit einem langen Schweigen.

Der Nachtclub bestand aus einer einfachen Bodenplatte aus Beton, um die ein paar Stühle herumstanden. Etwas abseits standen kreisförmig angeordnet noch Holztische mit Glasplatten. Eine Ecke war im

Stil einer Hütte mit Stoff abgetrennt und fungierte als Bar. Hier herrschte Zecher-Koko, hier kommandierte er seine vier Heydudas herum, die von Tisch zu Tisch rannten und nur ab und an innehielten, um eine Gruppe zum Tanzen zu animieren. Viviane suchte nach Kerim, aber er schien keinen Dienst zu haben. Unter den Tänzern machte sie Mireille aus, die für ein paar Tangos ihre Frau gewesen war. In den Klauen des Salsa-Dämons war die Chérie dabei, sich vor einem beleibten Mittfünfziger zu winden, der seine Hüften in einem unbestimmten Rhythmus wiegte.

»Wollen Sie, Viviane?«

»Nein danke, Salsa und ich, wir verkehren nicht miteinander.«

Der Lieutenant schenkte ihr ein mitleidsvolles Lächeln und begab sich auf die Tanzfläche.

Die Kommissarin setzte sich, um sich alles anzusehen. Alles und Willy: Der war zu der großen Brünetten von neulich gegangen, die mit den spitzen Brüsten. Er tanzte gut, sehr gut sogar. Sein Eintreffen bei der Gruppe hatte die Stimmung angeheizt. Während die anderen einen Kreis um ihn bildeten, kaute Viviane allein in ihrer Ecke an absurden Erinnerungen herum, die sich auf Ereignisse von vor zwanzig Jahren bezogen: Sie dachte an ihre Ferien auf dem Land, als sie mit ihren Eltern, die behaupteten, gerne zu tanzen, am 14. Juli zu einem Tanzabend gegangen war. In Wirklichkeit hingen sie wie Kletten an ihrer Tochter, sorgten sich um sie, »mein armes Kind, diese ganzen

Idioten, die aus dir ein Mauerblümchen machen«, versuchten, ihr Verehrer zu besorgen, zeigten auf die Jungen aus dem Dorf, auf die Einsamen, Hässlichen. »Geh doch hin und sag ihm, dass Damenwahl ist und dass man das so macht in der Stadt.« Sie verstanden gar nichts, die armen Eltern, sie konnten nicht ahnen, dass Viviane nur mit den Schönen tanzen wollte, nur die Schönen mochte. Irgendwann hatte sie sich dann unter die Menge gemischt, sich zu Disco- oder Technomusik bewegt, die sie grässlich fand, ekstatisch und zum Schein das Gesicht verzogen, wie es sich gehörte, irgendwelche Zuckungen vollführt, wenn der Rhythmus sich steigerte, und war dann ganz verschwitzt zurückgekommen. Ihre Eltern waren glücklich gewesen; bevor sie heimfuhren, tranken sie noch ein Bier zusammen. »Na, du hast dich doch gut amüsiert, es war eine Freude, dir zuzusehen.« Sie hatte ihnen den Gefallen getan, sie würden sie bis zum nächsten Sommer in Ruhe lassen.

Was sie am heutigen Abend kränkte, war nicht das Gefühl, verlassen zu sein, sondern eine absurde und verletzende Eifersucht: Ihr kleiner Lieutenant ignorierte sie. Er markierte den Partyhelden, tanzte lasziv mit der Brünetten, die an ihm klebte und seinen Körper, seinen Mund suchte. Da, sie hatte ihn gefunden. Es war vulgär und unanständig. Obszön. Und Viviane, die viel lieber aufgestanden und zu ihrer Lodge gelaufen wäre, war dazu verdammt, sitzen zu bleiben und gleichgültig oder belustigt dreinzuschauen. Willy schien das zu erraten, er raunte seiner Partnerin ein paar Worte ins Ohr und kam auf die Kommissarin zu, als gerade ein neuer Salsa gespielt wurde.

»Na los, kommen Sie, bleiben Sie nicht alleine.«

»Danke, ich bleibe lieber sitzen, als so zu tanzen.«

Schon war er wieder weg. Viviane fühlte Wut in sich aufsteigen, bemühte sich aber, gelassen zu bleiben. Richtig, sie hatten vorgeben wollen, sich erst seit Kurzem zu kennen, aber wie sollte sie diesen Dummköpfen das erklären? Sie hatte das Gefühl, dass Willy sie vor allen lächerlich machte.

»Bist du alleine hier, willst du tanzen?« Ein Heyduda kam ihr zu Hilfe. Ein Großer mit blonden Locken und sanften braunen Augen. Sie verneinte mit einem traurigen Lächeln, er verstand sie.

»Willst du was mit mir trinken? Ich lade dich ein, aber du musst bezahlen, ich habe im Moment überhaupt keine Kohle. Kennst du den Papagallo? Ist Zecher-Kokos Spezialität: Ouzo, Minzlikör, Schaumwein und etwas Ingwer.« Er hatte auf eine große Schale gezeigt, die auf dem Tresen thronte. Sie war mit einem grünen Getränk gefüllt, das auch in den meisten Gläsern an den Tischen war.

Viviane fragte nach dem Preis und der Heyduda lächelte sie wissend an.

»Wie zahlst du? Mit der Clubkarte macht es 4 Euro, bar nur 2. Wenn du kein Kleingeld hast, kann ich es dir vorstrecken, du gibst es mir dann später zurück.«

»Warum ist es günstiger, wenn man bar bezahlt?«

»Weil es dann keine Verwaltungskosten gibt. Sollen wir es so machen?«

Viviane antwortete nicht. Auf diese Weise rundete Zecher-Koko also seine Monatsenden auf, wahrscheinlich schon am Anfang des Monats, und sein Gewinn war vermutlich höher als sein Gehalt. Klammheimlich, still und leise. Wie viele Gläser ließen sich aus so einer riesigen Schale befüllen? Selbst wenn Königin ihre Ouzo- und Likörflaschen zählte – Zecher-Koko brauchte ja nur unbemerkt seine eigenen Flaschen zu kaufen. Wahrscheinlich zahlte er seinen Heydudas, die die Gäste zum Trinken einluden, eine Kommission und alle waren zufrieden, nur nicht King, Königin und ihr Buchhalter. Viviane beobachtete die Tänzer, die zur Bar gingen und ihr Portemonnaie öffneten. Die Vorausschauenden hatten sich sogar mit einer Bankkarte ausgerüstet, die sie in der Hemdtasche trugen. Zecher-Koko bediente, lachte und spielte zwischen zwei Kunden den DJ.

»Einverstanden mit dem Papagallo?«, fragte der Heyduda nach.

»Einverstanden, aber du musst mir einen Gefallen tun: Bitte Zecher-Koko um ein paar Tangos.«

»Tangos? So etwas tanzen wir hier nie.«

»Oh doch, ich will jetzt Tango tanzen.«

Der Heyduda ging zu Zecher-Koko, brachte die Papagallos und setzte sich zu der Kommissarin an den Tisch. »Und, Ferien?«

Ein solcher Einstieg versprach einen höchst anspruchsvollen Dialog. Viviane lächelte matt. Er streichelte mit seinem Blick über sie, und sie seufzte – er flirtete mit ihr, der Armleuchter. Sie drehte den Kopf in Richtung Bar. Es wurden mehr und mehr Nachtschwärmer, vor allem junge Leute, Willy hatte recht. Manche liefen nur vorbei, zogen ihren Partner ins Halbdunkel, wo verstreut ein paar Tische herumstanden. Andere bestellten bei Zecher-Koko ein Bier, das sie etwas abseits von dem Getümmel tranken. Die Tanzenden grüßten Willy fröhlich, wenn die Salsa-Wellen sie in seine Nähe brachten. Hatte sich ihr Lieutenant in so kurzer Zeit wirklich mit so vielen angefreundet? Wie machte er das?

Die Kommissarin leerte ihr Glas und erhob sich. Der Salsa war zu Ende, der Tango begann. Sie stürzte sich auf Willy, entriss ihn einem rothaarigen Luder, das gerade einen Arm um seinen Hals legen wollte, und beanspruchte ihren Lieutenant mit einem lautstarken »Der ist für mich!« für sich.

Verdutzt wich die Frau zurück. Sie würde sich den ganzen Abend fragen, ob Viviane den Tango oder den Tänzer gemeint hatte.

»Ich kann nicht Tango tanzen«, stotterte Willy.

»Na, dann ist es höchste Zeit, das zu lernen. Sehen Sie es als Teil Ihrer Ausbildung.« Sie stellte sich vor ihm auf, legte die Hände auf seine Schultern und zeigte ihm die Schritte des Mannes. Er mühte sich ab, ihr zu folgen, mit ratlosem Blick, als befürchtete er einen schlechten Scherz.

»Wenn es zu schwierig für Sie ist, sagen Sie es, Willy. Ich kann den Mann machen und Sie die Frau. Ich könnte Sie besser führen.«

Er protestierte: »Nein, nein, kommt gar nicht infrage.«

Er würde der Mann sein. In seiner Stimme schwang männliche Bestimmtheit mit. Willy war wieder er selbst geworden.

Zecher-Koko hatte die Szene amüsiert beobachtet, bevor er den Tango da capo auflegte. Viviane hatte das Stück in der Tanzstunde schon einmal gehört, es hieß *A media luz*, hatte einen langsamen, wollüstigen Rhythmus. Sie erinnerte sich sogar an den Refrain, den sie nachlässig mitsummte. »Y todo a media luz, ¡ Que brujo es el amor, a media luz los besos, a media luz los dos …« *Und alles im Halbdunkel; Die Liebe ist eine Zauberin; Im Zwielicht die Küsse; Im Zwielicht wir zwei* … Sie tanzte, die Augen halb geschlossen, dachte an Augustin Monot, ließ sich vom Rhythmus des Bandoneons wegtragen, nicht ohne ihn ihrem Kavalier aufzudrücken.

»Stehen Sie doch nicht so weit weg! Wie soll ich denn Ihre Richtungswechsel vorhersehen können? Halten Sie mich enger bei sich, Monot!« *Monot!* Sie hatte es gesagt! Sie wollte den Lapsus am liebsten wieder hinunterschlucken, im Hals behalten, aber es war zu spät. »Entschuldigen Sie, Willy. Es tut mir leid. Wirklich.«

Er brach in ein spontanes, jugendliches Lachen aus, nicht so ein Lachen, das man sich abringt, um eine Situation zu entschärfen. Er fand das wirklich sehr komisch. Sie tanzten weiter. Sie spürte den Körper des Lieutenant, der eifrig über den Boden glitt, dicht an ihrem. Er tanzte so gut er konnte, der Arme. Sie führte ihn und strengte sich an, nur noch an ihn zu denken, und das funktionierte auch. Er begnügte sich mit dem Basisschritt, den er würdevoll wiederholte, während sie um ihn herum Variationen improvisierte. Wahrscheinlich war das gar kein Tango mehr, aber egal. Sie tanzte um des Vergnügens willen, diesen Oberkörper zu spüren, der sich an sie drückte, dieses schweißbedeckte Gesicht, das ihres leicht berührte, diese Beine, die sich ungeschickt an ihren rieben. Die anderen Tänzer hatten aufgehört und bildeten einen Kreis um sie. Zecher-Koko hatte *A media luz* zum dritten Mal aufgelegt, Viviane war glücklich. Es gab keinen Fall mehr, keinen Gehängten, keine falsche Ertrunkene, keinen blutbeschmierten Türken, keine verwesende Katze, keine Clubs und keine Kokos. Es gab nicht einmal mehr einen Lieutenant, nur Ferien, die sie tanzenderweise mit einem Kerl nach ihrem Geschmack verbrachte.

Der Tango ging zu Ende, der Salsa begann. Viviane lächelte Willy zärtlich zu. Sie ging zurück an ihren Tisch, er mischte sich wieder unter die Tänzer. Der Heyduda versuchte, sie erneut zu einem Papagallo zu überreden, doch sie schickte ihn weg. Sie wollte lieber den trägen Pulk der Chéris beobachten, die im Pinienwald ein und aus gingen. Sie betrachtete Willy sogar, ohne eifersüchtig zu sein, ein bisschen wie eine Mutter, ihr Willy, der von Frau zu Frau ging. Die Ferien waren zu Ende.

Sie verließ den Nachtclub, auf den Lippen den Refrain des Tangos, wie war der nochmal? Ach ja: *»Y todo a media luz, crepúsculo interior.«* Und wie der Zufall es wollte, funktionierte in ihrer Lodge die Beleuchtung nicht mehr.

Kapitel 15

In aller Frühe stieg die Kommissarin mürrisch aus der Dusche. Der vierte Tag im Club begann schlecht, die Beleuchtung funktionierte noch immer nicht, dabei müsste Viviane sich aber unbedingt abschminken. Sie rief den Hausmeister. Zwei Minuten später sah sie den erwarteten Retter nahen: Schraubenzieher-Koko war ansehnlich, hatte breite Schultern, ein schmales Gesicht und eine markante Nase, die noch von einer braunen Mähne unterstrichen wurde.

Er schraubte Vivianes Lampe ab und zwinkerte ihr fortwährend zu. »Und, wie läuft's mit dem Kino?«, fragte er mit einem melodiösen italienischen Akzent.

»Ist ein bisschen schwierig. Ich würde in das Drehbuch gerne eine Szene einbauen, wie die, die sich im Amphitheater abgespielt hat, nur witziger. Waren Sie auch da?«

»Ja, aber witzig war das gar nicht. King hatte schlechte Laune, er wollte mir irgendwelche Buchhaltungsgeschichten anhängen. Ich bin hier Haustechniker, nicht Buchhalter. Dann wollte er wissen, wer mit seiner Frau schläft. Ich bin Sizilianer und kein Denunziant. Sowieso hat sie keinen Arsch und keinen Busen; man muss schon verrückt sein, so was anzubaggern, da kann man es doch gleich mit einem Mann machen. Ich mag lieber die Dicken.« Er setzte ein unwiderstehliches Lächeln auf, Viviane war nicht ganz wohl dabei.

»Wie ist es ausgegangen?«

»Sehr gut – es war nur die Fassung«, sagte er und schraubte die Lampe wieder an, »beim Rausgehen bin ich noch Küchen-Koko über den Weg gelaufen, er war dran. Später ist er zu mir an den Pool gekommen und hat mir geholfen, die Pumpe zu reparieren.«

»Wie spät war es da?«

»Ungefähr 17 Uhr. Dann habe ich mit zwei Chéries Boule gespielt, Clown-Koko war auch dabei. Er war ganz niedergeschlagen, weil er gerade entlassen worden war. Wir haben auf der Wiese der *zona privada* gespielt, am Fuß der Treppe zum Amphitheater.«

Er war überrascht über Vivianes plötzliches Interesse. Ob er gesehen habe, wie die Chéris die Treppe hinaufgingen? Den Türken oder den Henker? Nein, niemanden, warum? Ob sie immer zusammen gewesen seien? Nicht die ganze Zeit: mitten in der Partie sei Schraubenzieher-Koko gegangen, um ein Maßband zu holen und damit die Entfernungen zur Zielkugel zu messen. Wieso diese beiden Chéries? Weil er ein Auge auf die eine von ihnen geworfen habe. Eine Dicke, er würde wirklich auf die Dicken stehen.

Er teilte der Kommissarin das mit und warf ihr einen letzten einladenden Blick zu. Der ließ sie nicht kalt, Schraubenzieher-Koko war attraktiv. Sie mochte nur die Schönen, er nur die Dicken. Doch nach reiflicher Überlegung erschien es ihr zu einfach, jeder wäre für den anderen nur eine Trophäe gewesen. Ab heute Abend würde sie auf Diät sein. Oder ab morgen oder schon bald. Für den Anfang wollte sie sich aber erst einmal ihre Sünden ablaufen.

Die Morgenluft war frisch, der Strand menschenleer. Alles war schön, alles war ruhig. Nur ein hohes Pfeifen, ein »Achtung!« und Viviane blieb gerade noch rechtzeitig stehen, um zu sehen, wie sich ein Speer direkt vor ihren Füßen in den Boden bohrte.

Der gute Willy Cruyff kam mit dem arglosen Grinsen im Gesicht angerannt, das alle seine Dummheiten begleitete.

»Ich konnte keinen Speer mitbringen, den hätte man mir beim Boarding abgenommen. Den hier habe ich selbst gebastelt.«

Er zeigte Viviane den langen spitzen Ast und den mit einem Seil umwickelten Griff – wie ein Bengel, der stolz seine Wasserpistole herzeigte.

»Nicht auszudenken, wenn sich irgendwelche jungen Leute damit amüsieren wollen, Willy. Finden Sie nicht, dass es in diesem Club schon genügend Tote gibt?«

»Beruhigen Sie sich, ich lasse den ja nicht rumliegen, ich verstaue ihn im Segel-Bungalow.«

Viviane zuckte mit den Schultern. »Ich werde jedenfalls woanders weiterlaufen, ich bin ja nicht hier, um mich aufspießen zu lassen.«

»Wir könnten zusammen laufen. Ich laufe langsam, ich bin gerade in einer Erholungsphase.«

Sie liefen am Rand des Wassers. Willy passte seinen Schritt zwar Vivianes an, aber war ihm überhaupt klar, dass sie kurz davor war zu platzen? Weil er sie von der Seite ansah, zog sie den Bauch ein, hielt sich aufrecht und machte ausgreifende Schritte. Ein unmögliches Unterfangen, sie musste aufgeben.

»Warum behandeln Sie Ihren Körper so schlecht? Mögen Sie ihn nicht?«, fragte Willy plötzlich.

»Meinem Körper und mir geht es gut, Willy. Mischen Sie sich da nicht ein.«

»Ich sage das, weil Sie ihn so zwingen. Ich sehe wie Sie laufen, mit geballten Fäusten, verspanntem Kiefer. Lassen Sie sich gehen, Viviane, ihr Körper kann auch ohne Ihr Zutun gut laufen.«

Sie versuchte sich ein barmherziges Lächeln abzuringen, ihm den Affront zu verzeihen. Aber das genügte nicht, um den Angreifer zum Schweigen zu bringen.

»Wissen Sie, Viviane, man muss seinen Körper wie einen Freund behandeln.«

Warum hielt er nicht den Mund? Welche Klischees wollte er noch anführen?

Schwülstig fuhr er fort: »Das gilt auch für die Ernährung. Wenn man seinem Körper alles Mögliche antut, dann nimmt er es einem irgendwann krumm. Die Pfannkuchen mit Bananenfüllung zum Beispiel, die Sie immer zum Nachtisch verschlingen, meinen Sie, das macht ihm Freude: das Fett, das Mehl, der Zucker?«

Er musste schleunigst an seinen Platz verwiesen werden.

»Oh ja, das macht ihm Freude, Willy. Bei mir ist das jedenfalls so. Mein Körper braucht diese Zuwendungen.«

»Nicht Ihr Körper braucht das, sondern Ihr Kopf, Viviane. Ihr Kopf macht alles, was er will, und der Körper versucht mitzuhalten.«

Der Idiot hatte ja so recht, aber er verstand gar nicht, wie sehr jedes einzelne Wort die Kommissarin schmerzte. Sie hatte noch nie beim Laufen geweint, aber jetzt spürte sie, wie ihr Tränen in die Augen stiegen. Sie wusste nicht mehr, ob es ihr Körper oder ihr Kopf war: Sie ließ sich gehen, ihre Augen füllten sich mit Tränen.

Willy blieb plötzlich stehen. »Verzeihen Sie mir«, sagte er und legte ihr den Arm um die Schultern. »Ich habe Sie verletzt.«

Sie drückte sich leicht an ihn. Wie lange hatte sie sich schon nicht mehr an der Schulter eines Mannes ausgeweint? Es fühlte sich schön an. Sie drehte sich zu ihm und lehnte sich an ihn. Sie roch den Duft von Vetiver, der sich mit Schweiß vermischte, spürte die Arme, die sie festhielten. Sie fühlte den Mann, die köstliche und durch nichts zu ersetzende männliche Ungeschicklichkeit.

»Verzeihen Sie«, wiederholte er. »Seien Sie mir nicht böse. Ich mag Sie, deshalb rede ich manchmal mit Ihnen, wie mit einer Freundin.«

Sie vergrub ihr Gesicht weiter an seiner Schulter.

Nicht bewegen. Keine Blicke, die sich begegnen, keine Gefühle, nicht loslassen, sie fühlte sich so verletzlich. Jetzt den Worten vertrauen. Sie wählte sie mit Bedacht. »Ich mag Sie auch gerne. Jetzt setzen wir uns, und Sie erzählen mir vom Fall.«

Er sah sie überrascht an und nahm neben ihr auf einem Baumstamm Platz. Er sprach leise, als wäre er eingeschüchtert. »Ich frage mich, ob wir uns nicht die Nebengeschäfte der Kokos näher ansehen sollten. Sie sind vielleicht zu nebensächlich, um ein Motiv darzustellen, aber wir haben auch noch nicht alle entdeckt.«

»Sie nicht, Lieutenant. Ich schon.« Sie zählte ihm die kleinen Geschäfte der Kokos und Kikis auf. »Sehen Sie, ich rede auch mit den Leuten.«

Willys Blick wechselte von Erstaunen zu Bewunderung.

»Also«, fuhr sie fort, »die Einkaufspassage im Shopping-Center ist komplett. Alle Branchen sind hier vertreten. Aber ich glaube kaum, dass das ein Todesurteil wert ist.«

»Warum reden Sie nicht mit Königin darüber? King und sie haben vor den Unterredungen im Amphitheater sicher darüber gesprochen.«

»Gute Idee, aber Moment, ich war nicht fertig.« Sie berichtete ihm von ihrer Unterhaltung mit Schraubenzieher-Koko. Er hörte aufmerksam zu. »Ist doch merkwürdig, nicht wahr, Lieutenant, dieses Trio, das immer zu zweit unterwegs ist, nach der Unterredung im Amphitheater. Noch merkwürdiger ist, dass alle nacheinander das Bedürfnis hatten, auf einen Sprung in ihrer Lodge vorbeizugehen.«

»Nein, Küchen-Koko nicht. Wenn ich Sie richtig verstehe, Commissaire, war der einzige Augenblick, wo er das hätte tun können, als er mit Schraubenzieher-Koko die Pumpe am Pool reparierte.«

»Vielleicht war er doch dort, ich habe Schraubenzieher-Koko nicht gefragt, aber wir sollten Küchen-Koko danach fragen. Sie werden das tun, Willy.«

Der Lieutenant nickte.

»Doch auch wenn er sich entfernt haben sollte, dann will das noch nichts heißen«, ergänzte Viviane. »Es kann sich um einen Zufall handeln.« Nein, es musste nichts heißen, aber dieser Gedanke ließ der Kommissarin keine Ruhe. Sie wusste nur nicht, wie sie ihn anpacken sollte. Sie wollte gerne noch weiter mit ihrem Lieutenant sprechen, hatte ihm aber nichts zu sagen. »Was haben Sie heute vor, Willy?«

»Heute Nachmittag ist das Strandfußball-Turnier und am Vormittag gehe ich zum Training, nachdem ich Küchen-Koko gesprochen habe. Danach weiß ich nicht.«

»Hätten Sie nicht Lust, mit mir in Lindos zu essen, nachdem ich mit Königin gesprochen habe? Einfach nur, um den Kopf frei zu bekommen, etwas Distanz zu schaffen …«

Ja, der Lieutenant hatte Lust. Sie auch.

Sie gingen in ihre Lodges. Als sie sich trennten, rief Willy ihr nach: »Ah, fast hätte ich vergessen, ich muss

Ihnen die Kontaktdaten von der Chérie von Gegenwind-Koko geben.«

»Gut, ich werde das mit Lieutenant Monot besprechen.«

Sie hatte es plötzlich eilig, schämte sich irgendwie dafür. Woher dieser Drang, Monot anzurufen? Sie dachte noch einmal an diese Geschichte von den verheirateten Frauen in Deauville, hin- und hergerissen zwischen ihrem Tennislehrer und dem Gatten im Büro.

Sie ging um die Lodge von Clown-Koko und Spritzen-Kiki herum. Die hintere Fassade, also die Zimmer von Schraubenzieher- und Küchen-Koko, gingen auf den Stacheldrahtzaun, der das Dorf umgab. Sie wagte einen Blick durchs Fenster, konnte aber nichts Auffälliges feststellen. Diese Lodge war näher am Amphitheater als alle anderen, sie war nur durch das große Gebäude des Reservelagers davon getrennt. Wenn man etwas zurücktrat, konnte man die Spitze des Galgens sehen, nicht aber den Mast. Sie wusste nicht, wonach sie suchen sollte.

Übellaunig kam sie bei Königin im Büro an. »Ist mit der Polizei gestern alles gut gelaufen?«

»Ja und nein. Die Polizisten haben die These von dem Raubmörder geschluckt. Aber sie hatten, wie Sie, zunächst Kerim in Verdacht. Sie haben ihn zum Verhör mitgenommen.«

»Hat man ihn zum Reden bringen können?«

»Oh, das haben Sie jetzt aber ungeschickt ausgedrückt, Commissaire. Aber wenn man seine Gesten richtig gedeutet hat, dann hat Kerim seinen Posten verlassen, sobald er seinen Vater auf dem Weg kommen sah. Später war er laut seinem Chef zu gewohnter Stunde im Restaurant. Man hat nichts gegen ihn in der Hand und musste ihn heute Morgen gehen lassen. Ich habe ihm gesagt, dass er seinen Vater ab jetzt Vollzeit an der Schranke vertreten soll. Sie schauen so skeptisch, Viviane.«

»Ich dachte gerade, dass man als Taubstummer Glück hat, dass niemand so richtig weiß, was man wirklich gesagt hat.«

Während der Unterhaltung hatte Viviane sich die Wände angesehen, sie waren voller Post-its, festgepinnten Notizzetteln, Postkarten und Fotos. Besonders ein schon etwas verblasstes Foto erregte ihre Aufmerksamkeit: eine Wasserskiläuferin, kopfüber, die Beine in der Luft. »Sind Sie das, Königin?«

»Ja, das ist ein *Backflip*, eine meiner Lieblingsfiguren. Aber wollen Sie mit mir über Wasserski reden?«

Die Kommissarin erklärte ihr den Grund ihres Besuchs. Sie zählte die zusätzlichen Umsätze der Kokos und Kikis auf, während Königin nickte und alles zur Kenntnis nahm, wobei ihr Lächeln immer breiter wurde.

»Bravo. Alles dabei. Seien Sie versichert, wir wussten das schon lange, außer in den beiden letzten Fällen, den schwerwiegendsten. Das Business von Schraubenzieher-Koko ist uns erst Anfang des Sommers aufgegangen: Er hat auf einem Basar einen Teil dessen verkauft, was von uns gekauft worden war, und den Erlös in die eigene Tasche gewirtschaftet. Ein anonymer Brief hat ihn auffliegen lassen. Bei Küchen-Koko ist es ähnlich: Er kauft sehr gewöhnliches Fleisch zu höchsten Preisen, die Differenz bekommt er unter der Hand zurück. Hätten die Chéris sich nicht beklagt, hätten wir nichts bemerkt, denn die Spieße, die er den Kokos, Kikis und Heydudas serviert, sind sehr gut. Er bereitet sie mit Metallspießen vor, um sie nicht mit denen für die Chéris zu verwechseln, die er mit Gammelfleisch auf Holzspießen macht und Tag für Tag wieder aufwärmt. Wenn das Fleisch zu minderwertig ist, bringt er es in einem stark gewürzten Eintopf an den Mann. Dann endet es im Müll. Die Chéris stürzen sich auf den Fisch.«

»Warum haben Sie mir das alles nicht erzählt?«

Königin rutschte auf ihrem Stuhl herum. »Es sollte niemand wissen. Ich würde deswegen Unannehmlichkeiten mit dem Hauptsitz bekommen. King und ich wussten von den kleinen Geschäften der Kokos und Kikis. Wir haben sie toleriert, weil sie uns erlaubt haben, die Gehälter zurückzuschrauben, und ein finanzieller Schaden ist dem Clubdorf dadurch auch nicht entstanden. Die Aktionäre waren nicht betroffen. Höchstens von Zecher-Kokos Papagallo. Da er aber tagsüber guten Umsatz macht, haben wir abends beide Augen zugedrückt. Mit den Mauscheleien von Schraubenzieher- und Küchen-Koko hat sich die Sache allerdings verändert. Wir haben viel darüber diskutiert, King und ich. Mein Vorschlag war, beiden zu kündigen und die anderen weitermachen zu lassen. Er befürchtete aber, dass Schraubenzieher- und Küchen-Koko die anderen aus Rache bei der Finanzleitung des Esprit-Clubs anschwärzen könnten. Deshalb entschied King sich dafür, beide bis zum Ende der Saison zu beschäftigen und ihnen genau auf die Finger zu sehen. Danach wollte er sie an einen anderen Ort versetzen lassen.«

»Und die anderen?«

»Die kleinen Profite der anderen sollten ab sofort mit in die Einnahmen einfließen. King hat das allen am 14. Juli angekündigt. Bleibt nur zu wissen, ob er deswegen umgebracht wurde.«

»Was haben Sie jetzt vor?«

»Nach Kings Tod hatte ich angekündigt, dass alle seine Entscheidungen auf Eis gelegt werden. Seither habe ich nichts entschieden, obwohl manches eilig wäre: Gestern Abend habe ich einen seltsamen Brief unter meiner Tür gefunden. Warten Sie, ich hole ihn.«

Viviane nutzte den Moment, sich die Fotos an der Wand genauer anzusehen. Das Wasserski-Foto beschäftigte sie irgendwie, ohne dass sie sagen konnte, weshalb. Königin kam wieder und hielt der Kommissarin ein weißes Blatt hin, auf dem sehr plump ein Galgen mit einer gehängten Frau aufgemalt war. Um jede Verwechslung zu vermeiden, hat der Zeichner noch die Feinheit besessen, ein Accessoire hinzuzufügen: ein paar Ohrringe. Einfache große Kreolen, wie die von Königin. Die Drohung war so einfach und deutlich wie die Zeichnung.

»Das ist freundlich, man warnt mich vor.«

»Wie werden Sie in Anbetracht dessen weiter entscheiden?«

»Ich werde heute zur Siesta-Zeit alle versammeln. Schraubenzieher- und Küchen-Koko werde ich getrennt mitteilen, dass ich sie bis zum Ende der Saison behalte, vorausgesetzt, sie beenden ihre Mauscheleien. Die Kündigung von Clown-Koko mache ich rückgängig, auch das Projekt mit dem medizinischen Versorgungszentrum. Den anderen werde ich sagen, dass ich ein Auge zudrücke, wenn sie kein Aufsehen erregen. Auf diese Weise sollte ich keinen Grund zur Besorgnis haben, oder?«

Viviane wusste nicht, was sie antworten sollte. Sie wusste nicht, warum in diesem Club gemordet wurde. Auch nicht, wie. Oder gar, auf wen man es abgesehen hatte ... Sie seufzte, ohne sich zu verraten. »Seien Sie vorsichtig, Königin. Der Lieutenant und ich beschützen Sie, so gut es geht.«

»Mich beschützen. Das ist leicht gesagt. Wie denn? Haben Sie einen Leibwächter? Eine Waffe?«

Viviane senkte den Blick und schwieg. Sie war hier nicht mal Polizistin oder Ermittlerin. Was konnte sie versprechen?

Königin drehte sich zu einem Wandtresor um, aus dem sie ein in einen Lappen eingewickeltes Ding herausholte und auswickelte. Es war ein altehrwürdiger .45-Colt mit einem Schalldämpfer und einer Schachtel Kugeln. »Der hat King gehört. Können Sie den bedienen?«

Viviane lächelte. Die Waffe war nichts gegen ihre Sig

Sauer, aber sie kannte sie gut. »Ich werde das Beste daraus machen, wenn es sein muss. Danke.«

Auf dem Weg zu ihrer Lodge fiel der Kommissarin auf, dass nichts schwieriger war, als eine Pistole unter einem Pareo zu verbergen. Sie entschloss sich, sie oben im Schrank zu verstecken. Wenn sie die Pistole brauchte, würde sie sie in ihre Strandtasche legen, die sie über der Schulter trug.

Lieutenant Cruyff holte sie als Mafioso verkleidet ab – Hose, Hemd, Sonnenbrille. Er hielt ihr ein Post-it hin.

»Die Kontaktdaten der Freundin von Gegenwind-Koko.«

»Ich werde im Kommissariat anrufen, damit die sich darum kümmern. Kommen Sie in ein paar Minuten wieder.«

Es war idiotisch, sich hinter dem Kommissariat zu verstecken, wo sie doch nur mit Monot reden wollte. Sie schämte sich ein bisschen, Willy und Augustin als Rivalen zu betrachten. Im Grunde wusste sie nur zu gut, dass sie lediglich in ihrer Fantasie Konkurrenten waren.

Lieutenant Augustin Monot ging sofort ans Telefon. »Stellen Sie sich vor, ich bin allein im Großraumbüro«, sagte er.

In ihren Augen wirkte das wie eine absurde Vertraulichkeit. Er schien alle Zeit der Welt zu haben, aber sie nicht: Willy würde bald zurückkommen. Sie gab Monot rasch die Daten der jungen Frau durch, die er kontaktieren sollte, sowie den Tag und die Zeit des Alibis, das zu überprüfen war. Das Telefonat war fast erledigt, jetzt konnte es losgehen. »Wissen Sie, was ich zurzeit lese, Augustin? Poesien von Apollinaire.« Poesien? Gedichte? Die Chance, dass sie danebengelegen hatte, stand fifty-fifty, und weil das Glück ihr nicht hold war … Sie korrigierte sich schnell. *»Alkohol* von Apollinaire. Es gefällt mir, das Werk ist sehr abwechslungsreich, voller Aufrichtigkeit und Schmerz …«

»…«

Warum sagte er denn nichts? Er könnte etwas antworten, sie ärgerte sich. Was stand noch im Vorwort? Ach ja: »Die Modernität ist manchmal verstörend, nicht wahr, Monot? Aber mir gefällt die Musik, diese triste Heiterkeit.«

»Ich halte *Alkohol* nicht für das Beste von Apollinaire«, gab Lieutenant Monot endlich von sich. »Ich mag lieber ›Gedichte an Lou‹. Allerdings weiß ich nicht, ob Ihnen das gefallen würde, die Verse sind manchmal sehr gewagt, fast erotisch.«

Sie errötete, ihr Herz geriet irgendwie ins Stolpern. Durchs Fenster sah sie Willy kommen, er unterhielt sich angeregt mit einem Heyduda, aber das sollte sie nicht stören, im Gegenteil. Es machte die Sache nur lustiger. »Oh, ich bin nur die Unschuld vom Lande. Erotisch, was meinen Sie zum Beispiel damit? Kennen Sie eines auswendig?«

»Commissaire, das ist mir etwas unangenehm, was Sie mich da fragen.«

Viviane schwieg beharrlich, er begriff, dass er keine Wahl hatte.

»Es gibt da eines, das ich einer Freundin oft aufgesagt habe. Ich erinnere mich an ein paar Verse, warten Sie, genau:

Köstlich elastischer Körper ich liebe dich
Vulva die sich wie ein Nussknacker schließt ich liebe dich
Linke Brust so rosa und so reizend ich liebe dich
Rechte Brust so sanft rosig ich liebe dich

Monot holte Luft und schloss beschwingt: »Dann ist da noch was mit champagnerfarbenen Brustwarzen, Po und Schambehaarung, verstehen Sie …«

Viviane bejahte eifrig, sie verstehe. Sie wusste gar nichts, sie sah wie durch einen Schleier, sie sah nur noch Willy, wie er seinen Kopf unschuldig durch die Tür steckte und sie aus der literarischen Feuchtigkeit riss. »Ich muss Schluss machen, Monot, ich werde erwartet. Sehr hübsch, Ihre Poesie. Sobald Sie sich wieder erinnern können, sagen Sie mir das Ende auf.«

Träumend schritt sie vor sich hin. Willy neben ihr schwieg. Er schien zu ahnen, dass man der Kommissarin soeben ein neues, verstörendes Detail geliefert hatte.

Ja, es war eine wichtige Entdeckung, die sie in ihrem Innern wiederkäute. Es hatte einen Dichter gegeben, der vor einem Jahrhundert der Frau, die er liebte, solche Verse geschrieben hatte. Es gab einen Polizeileutnant, der sie seiner Freundin aufgesagt hatte. Und ihr, wieso sagte ihr niemand so etwas?

Kapitel 16

Fünf Minuten später setzte ein Taxi Willy und Viviane am Ortseingang von Lindos ab. Alles war klein, charmant und viel zu eng für die Horden von Touristen. Sie überquerten den Platz und stießen in der kleinen Gasse, die sich zwischen den weißen Häusern durchschlängelte, auf den ersten Stau.

»Die Esel gehen gerade los«, erklärte der Lieutenant. »Man bewegt sich hier auf Eseln fort, sollen wir?«

»Sonst noch was? Mit mir dürfen Sie da nicht rechnen.«

»Kommen Sie, Commissaire, seien Sie doch nicht wieder die Spielverderberin. Ich gehe jedenfalls.«

Es war wie mit dem Karaoke: Touristenfallen übten auf ihren Lieutenant eine rührende Faszination aus. Sie folgte ihm. Die Tiere waren in einem Pferch aus Steinen eingesperrt. Ein junger Eseltreiber holte zwei heraus und kam ihnen entgegen. Er parkte die Esel gegen ein Mäuerchen und lud die beiden Polizisten ein, sich dort abzustützen, um aufzusteigen. Willy bestieg den größeren, ohne auf Vivianes Proteste einzugehen.

Der Esel der Kommissarin war so schmächtig, dass sie zurückwich. »Da steige ich nicht auf, das ist ja ein

Fohlen. Ich bin zu …« Sie suchte nach einem passenden Wort, fand aber keines. Das einzige, das ihr auf der Zunge lag, war zu simpel. Schließlich sagte sie: »Ich bin zu kräftig.«

Willys Wortschatz umfasste weniger Delikatesshäppchen.

»Aber nein, Sie sind nicht zu dick, diese Tiere halten viel aus. Los, steigen Sie auf, Commissaire!«

Sie schwang ihr Bein über den Widerrist und setzte sich. Doch der Sattel rutschte, und sie mit ihm. Sie krallte sich am Sattelknauf fest, der Sattel rutschte weiter.

»Willy, sagen Sie dem Eseltreiber, er soll mir helfen, ich falle.«

Der Junge hatte schon verstanden. Er schob sie, um sie wieder ins Lot zu bringen, ächzte aber unter dem Gewicht der Kommissarin, die sich immer mehr ins Lächerliche abgleiten sah. Willy lachte, der Eseltreiber lachte, alle Leute auf der Terrasse des Cafés nebenan lachten, es war tragisch.

Willy stieg wieder ab und kam dem jungen Griechen zu Hilfe. »Machen Sie sich keine Gedanken, Commissaire, ich werde das niemandem erzählen.«

Da erkannte sie auf der Terrasse des Cafés einen kleinen Bärtigen, der lauter lachte als alle anderen: Zecher-Koko saß alleine an einem Tisch und trank ein Wasser mit Pfefferminzsirup. Es war das erste Mal, dass sie ihn so vergnügt sah. Tatsächlich stand ihm seine unangenehme Seite besser zu Gesicht.

Der Tross kam langsam in Bewegung. Vivianes Esel hatte Schwierigkeiten, Schritt zu halten. Der junge Anführer und Willy drehten sich ab und an zu ihr um und lächelten ihr freundlich zu, als wäre sie es, die man ermutigen müsste. Sie blickte zu der Akropolis, die über dem Dorf thronte. Wie konnte man nur auf die Idee kommen, so weit oben einen Tempel zu bauen? Sie brauchten zehn endlose Minuten, um das Ende des Weges zu erreichen. Der Lieutenant war ihr beim Absteigen behilflich.

»Das macht Spaß, oder? Und diese coolen Geschäfte! Ich habe auch Restaurants gesehen, die nett aussahen. Wir klettern da hoch, das soll beeindruckend sein.«

Sie hatte Mitleid mit dem guten Willy, weil seine Sätze immer mit »Spaß«, »cool«, »beeindruckend« gespickt waren. Später würde er seine Erinnerungen in drei Kategorien einteilen müssen, die *spaßigen*, die *coolen*, die *beeindruckenden.* Vielleicht als vierte noch die *netten.* Und sie? Sie merkte, dass sie ihre Freizeit damit verbrachte, sich die kleinen Glückserlebnisse zu versagen, genau, wie sie es auch bei der Arbeit tat. Besser fühlte sie sich deswegen aber nicht. »Ja, Willy, das ist bestimmt beeindruckend.«

Sie erklommen den steinigen Weg und ignorierten die Verkäuferinnen mit ihren bestickten Deckchen, kletterten die letzte Treppe hinauf und stellten sich vor die Akropolis. Ja, es war *beeindruckend.* Aber mit Lieutenant Monot wäre es *schön* gewesen.

Willy trat schon nach vorn zum Steilhang, um die

Altstadt zu sehen. »Das ist lustig«, bemerkte er ernst, »keine Straße von Lindos, die man von hier nicht sehen könnte, aber von Lindos aus ahnt man nicht einmal etwas von der Akropolis. Das ist immer so: Von unten sieht man nichts.«

Viviane, die einen ganzen Strauß von Plattitüden befürchtete, gab das Zeichen zum Abstieg. Alle Straßen glichen einander. Eng, kurvenreich, abschüssig. Die Geschäfte hatte alle die gleichen Auslagen im Fenster. Sie verirrten sich.

Plötzlich hielt Willy vor einem kleinen Portal, das von einer Fülle von Jasmin verdeckt war. »Ah, hier ist das Captain's House, die berühmteste Bar von Lindos.«

In seiner Vision von der Welt war die Tatsache, dass der Ort berühmt war, ein unerschütterlicher Grund, dort einzukehren. Die Flucht von aufeinanderfolgenden Räumen war im Übrigen sehr einladend. Sie blieben im ersten Raum, der angenehm frisch und schattig war, und fanden einen Platz etwas abseits auf einer Steinbank, vor kleinen Fässern, die als Tische dienten.

»Vielleicht sollten wir mal über unseren Fall reden, Commissaire. Ich habe mit Küchen-Koko gesprochen und hätte außerdem noch eine ganz neue, sehr interessante Aussage über Königin zu bieten.«

»Ich auch, Willy. Ich schlage Ihnen eine Wette vor. Wer die interessantere Information hat, wird vom anderen zum Aperitif eingeladen. Und da ich gewinnen werde, nehme ich etwas Teures.«

Sie rief den Kellner, fragte nach der Zusammenstellung des Hauscocktails, ah, Curaçao, Triple Sec, Ananassaft, Kiwi, Granatapfelsirup, Honig und Soda, perfekt. Willy blickte vorwurfsvoll drein und bestellte ein Mineralwasser mit einer Scheibe Zitrone.

»Wer fängt an? Los, Willy, Sie sind der Jüngere.«

Der Lieutenant wartete, bis die Getränke serviert worden waren, lehnte sich gegen die Wand und flüsterte: »Küchen-Koko hat die Aussage von Clown-Koko bestätigt. Er hat ihm am 14. Juli wirklich geholfen, Gags zu entwickeln, so viele Gags, dass sein Kumpel ein Notizheft holen musste, um sie aufzuschreiben. Davor, als Küchen-Koko Schraubenzieher-Koko geholfen hat, die Pumpe zu reparieren, brauchten sie einen Sechskantschlüssel. Küchen-Koko ist ins Lager gelaufen, aber weil er dort keinen fand, ist Schraubenzieher-Koko noch einmal losgegangen. Es stellte sich heraus, dass er ihn in seinem Zimmer gelassen hatte.«

Viviane rieb sich bedächtig das Kinn. Das waren nun doch etwas viele Zufälle. »Das ist interessant, aber was sagt uns das? Welches Ziel könnte dieses Hin und Her gehabt haben? Haben Sie eine Ahnung, Willy?«

»Wenn man jede Stunde zum selben Ort geht, macht man das häufig, um etwas nachzuprüfen. Oder um zu sehen, ob jemand angekommen ist.«

»Wir müssen darüber nachdenken. Vielleicht macht man das nur, weil man ein Heft braucht, ein Metermaß oder einen Sechskantschlüssel. Kann das jemand bestätigen?«

»Ja, der Heyduda, mit dem ich gesprochen habe,

während Sie telefonierten. Er hat mir von dem Pfad erzählt, der zum Belvedere führt. Die Heydudas kennen ihn alle. Sie gehen dort mit ihren kurzlebigen Eroberungen hin. Zu dritt auf einem Zimmer haben sie nicht viel Privatsphäre. Also gehen sie da nach oben. Die Partnerin ist beeindruckt vom engen Durchgang, das regt sie an …«

Viviane zuckte mit den Schultern und nahm einen Schluck von ihrem Cocktail. »Und warum macht es sie nicht gleich heiß, oder kann man sie direkt vernaschen, wenn Sie schon dabei sind? Könnten Sie Ihren Wortschatz nicht ein bisschen zügeln, wenn Sie von Frauen sprechen?«

Der Lieutenant senkte den Kopf und sprach weiter: »Entschuldigen Sie. Also, was habe ich gesagt, da, mit den beiden Liegestühlen, der Sonne, dem Himmel, der Sicht, und man muss nur noch …« Er wollte sich zügeln, aber ihm fiel kein Wort ein.

Viviane eilte ihm zu Hilfe. »Man muss nur noch, gut, sehr gut, Willy. Und dann?«

»Sie nennen diesen Ort ihren ›Alkoven‹. Die kleine Venusstatue, die wir auf dem Weg bemerkt haben, ist ein Code. Wenn sie liegt, heißt das ›nicht stören‹. Wenn das Pärchen geht, stellt es sie für die Nächsten wieder auf.«

»Und wenn sie auf die Idee kommen, sich die Landschaft anzusehen, bevor sie sich angezogen haben, dann erwischt sie der Mitarbeiter des Bürgermeisters, der vor der Küste herumkreuzt und der Skandal ist perfekt. Ihre

Geschichte ist unterhaltsam, aber ohne jedes Interesse für unsere Ermittlungen.«

Willy trank langsam sein Zitronenwasser aus und wischte sich die Lippen ab. »Moment, ich war noch nicht fertig. Am Nachmittag des 14. Juli ist ein Heyduda mit einer Holländerin zum Alkoven gegangen, die …« Er suchte nach einem Verb, es war mitleiderregend. Er stammelte: »… die nur das wollte. Die Venus stand, also sind sie weitergegangen. Aber auf der Anhöhe sind sie dann auf Königin gestoßen. Sie hatte vergessen, die Venus hinzulegen.«

»Und was tat sie?«

»Was man tut, wenn man nackt ist mit einem Mann.« Er machte eine Pause, als wollte er die Verblüffung der Kommissarin auskosten, bevor er ergänzte: »Der Heyduda meinte, Königin sofort erkannt zu haben, liegend, nackt. Nur mit Sonnenbrille. Den Mann hat er nicht sehen können, sein Liegestuhl war von einem Busch verdeckt, aber er hat seine großen roten Sportschuhe bemerkt. Das hat ihm gereicht, er hat mit seiner Holländerin kehrtgemacht.«

»Und weiter?«

»Sie haben gewartet, dass sie an die Reihe kommen, er und seine Holländerin, unten am Pfad, während sie … sich miteinander beschäftigt haben, wie es ging. Später dann, so gegen 17 Uhr, haben sie gesehen, wie Königin allein heruntergekommen ist. Der Heyduda war unsicher, ob sie noch einmal zum Alkoven gehen sollten, wegen des Typs mit den roten Sportschuhen.

Die Holländerin war deswegen genervt und ist gegangen. Der Heyduda ist noch einmal aufgestiegen, er war neugierig und wollte wissen, wer da nun in die Verlängerung gegangen war: Es war aber niemand mehr da.«

Viviane rief den Kellner. »Bringen Sie uns noch zwei Mineralwasser. Und Willy, machen Sie sich keine Gedanken. Natürlich werde ich das alles bezahlen.«

Er sah sie zufrieden an. Nicht triumphierend, aber wie ein Sieger. Der Ausdruck eines Mannes, der den Diskus zwei Meter weiter geworfen hat.

»Und waren die Sportschuhe noch da?«

»Nicht mal das. Der Heyduda hat am nächsten Tag im Club alle von Kopf bis Fuß gemustert. Er wollte unbedingt herausfinden, mit wem Königin schlief. Aber niemand trug rote Sportschuhe. Auch nicht bei den Chéris.«

Viviane holte ihr Notizheft heraus und zeichnete grob einen Plan: ein Quadrat für das Belvedere, darin einen Kreis für das Amphitheater. Darunter ein großes Viereck für die *zona privada*, mit ein paar parallelen Strichen, die die Treppe mit den Alpenveilchen darstellen sollten. »Die Geschichte war ja schon kompliziert, aber jetzt wird es unmöglich. Rekapitulieren wir: Um 17.30 Uhr verlässt Animateur-Koko das Amphitheater, um Königin zu holen. Er begegnet ihr auf dem Weg zum Strand und bringt sie zu King, sie unterhalten sich und gehen wieder los, um Clown-Koko zu holen. Wahrscheinlich ist das der Moment, in dem Mister Rotschuh sich in das Amphitheater schleicht – wie, wissen wir nicht. Als Königin und Animateur-Koko mit Clown-Koko wiederkommen, treffen sie nur den Brigadier an, sonst keinen: weder King noch Mister Rotschuh. Die beiden können nicht vor 18 Uhr hinausgegangen sein, sonst hätte der Türke sie gesehen. Aber *später* können sie auch nicht gegangen sein, sonst hätten die Boule-Spieler sie gesehen. Nicht zu vergessen der Henker, der auch hat drinnen bleiben müssen. Am Ende des Tages gibt es dann ein unüberschaubares Zeitfenster: Es ist die Zeit, zu der viele Kokos, Kikis und Heydudas durch die *zona privada* gehen, um sich zu erfrischen oder sich vor dem Essen umzuziehen. In diesem Moment wäre es schwierig gewesen, die Treppe zu benutzen, die zum Amphitheater führt, ohne bemerkt zu werden. Das alles bringt uns zu 20.30 Uhr, als Animateur-Koko King am großen Mast hängen sieht und ihn für eine Puppe hält. Ende der Vorstellung. Es war alles für die Katz. Ich gebe auf.«

»Bei *Katz* fällt mir ein: Ich habe heute Morgen den Tierpräparator angerufen.« Willy begegnete dem Blick seiner Kommissarin und begriff, dass er sich aufs Glatteis begab. Er beugte sich über die Zeichnung, die Viviane gemacht hatte. Sie hatte noch Pfeile, Fragezeichen und anderes Gekritzel hinzugefügt. Der Lieutenant besah sich das Werk mit der ernsten und gottesfürchtigen Miene eines Besuchers der Internationalen Kunstmesse: Es musste darin etwas zu verstehen geben. Erstaunlich war, dass er wirklich etwas fand. »Wo ich so Ihr Bild ansehe, kommt mir eine Idee, Commissaire. Wenn bei einer Aufführung zu viele Figuren vorkommen, erzählt man sich hier, dass ein und derselbe Schauspieler mehrere Rollen spielt. King, Mister Rotschuh und der Henker waren vielleicht *eine* Person. Stellen wir uns vor, King ist, ich weiß nicht wie, zum Belvedere gegangen, um sich dort auf ein Stelldichein mit seiner Frau zu treffen. Dort hätte er dann seine roten Sportschuhe stehen lassen und wäre ins Amphitheater zurückgekehrt. Als er sie später holen wollte, hat er sich das Henkerskostüm übergeworfen, um unerkannt zu bleiben. Da tötet ihn der Mörder, der schon auf ihn gewartet hat. Ich weiß, das klingt vielleicht blöd, aber es funktioniert.«

»Es funktioniert gar nicht, Willy. Erklären Sie mir Ihr ›ich weiß nicht wie‹: Können Sie sich vorstellen, dass King mit seinen hundertzwanzig Kilo hier ein und aus geht wie bei einem Possenspiel? Mit einer schiefen Leiter? Selbst Sie fänden das gewagt.«

Willy machte ein mürrisches Gesicht, gab sich aber noch nicht geschlagen. »Ich habe eine andere Idee, eine einfachere: Und wenn King Königin ganz nackt in Begleitung von Mister Rotschuh erspäht hätte, als er auf dem Mast stand, um den Scheinwerfer abzuschrauben?«

Viviane antwortete nicht. Sie verschränkte die Arme und lehnte sich gegen die Wand. Das war eine Idee, die nichts erklärte, die Sache sogar noch komplizierter machte, ihr aber vielversprechend erschien. »Weiter Willy, die Sache interessiert mich.«

Der Lieutenant schüttelte kleinlaut den Kopf. Er wusste keine Fortsetzung. Viviane tröstete ihn. Sie würden eine finden, sie würden noch am selben Nachmittag ins Amphitheater gehen. Dann erzählte sie ihm von ihrer Unterredung mit Königin, und Willy machte große Augen.

»Ein Gehängter mit Ohrringen? Das kann nur von einer Frau kommen, kein Mann würde je daran denken, so etwas zu zeichnen.«

»Sagen Sie mir jetzt nicht, dass Sie nicht bemerkt haben, welche Ohrringe ich gestern im Nachtclub getragen habe?«

»Sie haben Ohrringe getragen?«

Viviane verlangte die Rechnung, bezahlte die vier Posten darauf – der Cocktail war nicht nur teuer, sondern lag ihr auch schwer im Magen – und machte sich mit ihrem Lieutenant auf zum Mittagessen. Sie folgten der Horde der Touristen, die zum Platz hinabgingen. Die Restaurants kündigten alle das gleiche Menü an. Sie wählten per Zufallsprinzip eines aus, setzen sich auf die Terrasse und bestellten Moussaka und Wasser. Viviane hätte sich lieber zurückgezogen, um in Ruhe nachzudenken. Aber Willy sah sie mit seinem Unschuldsblick an und erwartete ihre Ideen und subtilen Fragen. Alles, was ihr einfiel, war: »Und, was macht der Zehnkampf?«

Er redete sich in Fahrt, sie konnte nachdenken. Es genügte, ihrem Lieutenant zuzulächeln und dabei einen interessierten Gesichtsausdruck zur Schau zu stellen.

»Für die Sprünge habe ich zwar genügend Muskelkraft, aber ich kann mich nicht genügend dehnen. Dehnung ist eine komplizierte Angelegenheit …«

Der Türke war der Schlüssel zu dieser Geschichte mit dem Amphitheater. Sie hatte ihn zu schnell ausgefragt, zu mechanisch. Sie erinnerte sich, dass sie in seiner gesprochenen und gemimten Aussage eine Unstimmigkeit bemerkt hatte, aber welche? Immer dasselbe, die Indizien verblassten schnell wieder. Sie versteckten sich in einer dunklen Windung ihres Hirns und kämen erst wieder hervor, wenn es ihr gelänge, sie miteinander zu verknüpfen.

»Den Speer mag ich gerne«, begeisterte sich Willy, »das ist meine Stärke. Das Geheimnis ist, dass ich ihn nicht *werfe* – ich *visiere* einen sehr weit entfernten Punkt an, die Bewegung folgt dann.«

Auch beim Mord am Türken war ihr etwas aufgefallen. Nein, sie hatte die *Abwesenheit* von etwas bemerkt, jetzt fiel es ihr wieder ein. Nicht nur die fehlende Flasche. Sie hatte unbewusst eine zweite Sache gesucht, und noch eine. Was konnte in dieser Baracke, in der es nichts gab, denn fehlen? In Gedanken sah sie, wie sie dort alles durchsuchte, Königin – verweint, zu nichts zu gebrauchen – immer auf ihren Fersen. Wann hatte sie begonnen zu suchen? Warum? Das alles war im Dunklen geblieben.

Willy war mit allen zehn Disziplinen durch. Er wartete auf die nächste Frage.

»Und was machen wir jetzt, Willy? Wir nehmen ein

Taxi und gehen ins Amphitheater. Wir müssen Ihre Idee zu Ende denken.«

Ihr Taxi musste bei der Einfahrt zum Clubdorf warten. Viviane stieg aus und traf auf die Polizisten, die Kerim die Habseligkeiten seines Vaters brachten: ein Gartenmesser, einen klappbaren Korkenzieher, einen Geldbeutel. Sie wollten ihn eine Empfangsbestätigung unterzeichnen lassen, er begriff nicht.

»Dieser Junge«, sagte sie zu Willy, als sie wieder ins Taxi stieg, »ist entweder ein bisschen schlicht oder sehr intelligent.«

»Er denkt von uns vielleicht das Gleiche. Wenn er sehr intelligent wäre – würde das etwas an unseren Ermittlungen ändern?«

Das würde alles ändern, auch wenn Viviane nicht genau sah, was denn eigentlich. Sie zog es vor zu schweigen.

Wenig später kamen sie beim Empfang an. Alle Kokos und Kikis strömten entspannt aus einem Versammlungsraum.

Einzig Königin schien besorgt. Sie bedeutete Viviane, zu ihr zu kommen. »Die Versammlung ist gut gelaufen, aber für Sie habe ich eine schlechte Nachricht, Viviane. Alle wissen, dass sie von der Polizei sind. Heute Morgen beim Eselgatter hat Zecher-Koko gehört, wie Willy ›Commissaire‹ zu Ihnen gesagt hat.«

»Und Willy?«

»Ich habe die Version von dem Freund, den Sie im Flugzeug kennengelernt haben, aufrechterhalten.«

Etwas abseits entging dem Betreffenden nichts von dieser Unterhaltung. Viviane wandte sich verärgert zu ihm um. Königin hielt sie zurück. »Ärgern Sie sich nicht, Sie haben neulich den gleichen Fehler gemacht, als Sie beim Empfang telefoniert haben. Die Heyduda, die Sie gehört hat, hat zum Glück nur mit mir darüber geredet, ein vertrauenswürdiges Mädchen.«

Das kleine Glucksen von Willy ignorierte Viviane, sie würde ihn noch brauchen.

»Nun, da ich jetzt Kommissarin bin, brauche ich niemanden mehr um Erlaubnis zu fragen, um ins Amphitheater zu gehen. Kommen Sie, Lieutenant.« Aber sie ging in Richtung Strand. »Bringen Sie mich erst nochmal zum Belvedere, alleine habe ich Angst.«

Sie traute sich nicht zu sagen »Bringen Sie mich zum Alkoven«, obwohl sie es gerne getan hätte. Sie stiegen zügig hinauf. Das Nichts kam ihr weniger gefährlich vor als beim letzten Mal. Das, was folgte, beschäftigte sie.

Seit ihrem letzten Besuch hier war der Alkoven benutzt worden, sie stellten also die Liegestühle an ihren Platz, in den Schutz der Büsche.

»Wir werden die Szene jetzt nachstellen. Ich lege mich hier hin, an den Platz, wo Königin lag, und Sie, Sie laufen ins Amphitheater, um die Leiter anzulehnen und auf den Mast zu klettern. Geben Sie mir ein Zeichen, wenn Sie mich vom Rad aus sehen können.«

Es war Zeit, dass er ging: Sie fühlte sich irgendwie erregt, bereit, vernascht zu werden. Es war idiotisch. Sie sah ihm erleichtert nach, dann streckte sie sich auf dem

Liegestuhl aus. Sie dachte nicht mehr an den Fall, sondern an das Gedicht von Apollinaire. Sie fragte sich, ob man ihre Brüste als *sanft rosig* bezeichnen konnte. Ah, sich nackt ausziehen und Willy mit ihrem *köstlich elastischen* Körper überraschen. Eine vertretbare Maßnahme im Rahmen der Nachstellung. Nein, Unsinn. Diese körperliche Nähe, dieses Haut an Haut, die einen überall ansprang, dieser ganze Fall, der ihr zu Kopf stieg wie ein Samos-Muscat. Das musste schnell ein Ende finden.

Sie wartete, den Blick auf die höchste Stelle des Rads geheftet, das über den Mast hinausragte. Da sah sie Willys Kopf auftauchen, dann seine Arme, mit denen er ihr ein Zeichen machte. Aber es war mehr als ein Zeichen, er fuchtelte noch immer herum, es war eine Aufforderung.

Sie stieg den Pfad so schnell hinab, dass ihr gar keine Zeit blieb, sich zu fürchten.

Ihr Lieutenant erwartete sie im Amphitheater. Er schwenkte eine große Hornbrille, die Viviane, und auch ihm, bereits auf den Fotos aufgefallen war. »Erkennen Sie die, Viviane?«

»Ja«, sagte eine Stimme hinter ihnen, »das war seine Brille gegen die Weitsichtigkeit.« Animateur-Koko stieg nachdenklich die Stufen des Amphitheaters hinunter.

»Wo haben Sie die gefunden?«

»Dort oben, am Rand des Rads«, antwortete Willy.

»Haben Sie eine Idee, was er von dort oben beobachtet haben könnte?«, fragte Viviane.

Animateur-Koko verzog seltsam das Gesicht. Er schien sich etwas unwohl zu fühlen. »Wenn Sie mich schon so fragen, kennen Sie wahrscheinlich die Antwort. Woher wissen Sie das?«

»Von einem Heyduda, der an diesem Tag den Alkoven benutzen wollte und aber feststellen musste, dass der besetzt war.«

Animateur-Kokos Stimme überschlug sich leicht. »Und hat er auch den Mann gesehen, der bei Königin war?«

»Nein, nur seine roten Sportschuhe.«

Animateur-Koko setzte sich auf eine Stufe, er war niedergeschlagen und bedeckte das Gesicht mit den Händen. Endlich richtete er sich wieder auf. »Jetzt haben wir Gleichstand: Sie beide, der Heyduda, King und ich. Es wäre mir lieber gewesen, Ihnen nie davon erzählen zu müssen.«

Kapitel 17

Viviane und Willy setzten sich auf die Stufe darunter und wandten sich Animateur-Koko zu. Der kleine rothaarige Mann gab einen langen Seufzer von sich, als stünde er kurz davor, sich eines zu schweren Geheimnisses zu entledigen.

»Meine Rolle in der ganzen Geschichte ist nicht sehr ruhmreich«, sagte er. »Am 14. Juli, als ich da oben auf dem Rad war, habe ich King gerufen – aber nicht, um den Scheinwerfer abzumontieren. Ich hatte gerade Königin im Alkoven entdeckt, nackt auf einem der Liegestühle, mit einem Mann, von dem ich nur die roten Sportschuhe gesehen habe. Und einen gebräunten Arm, der auf Königins Busen lag. Wahrscheinlich war es falsch, King davon in Kenntnis zu setzen. Er ließ mich hinabsteigen, ist dann selbst hinaufgeklettert, bis ans oberste Ende des Rads, um die Szene zu beobachten. In diesem Augenblick muss er seine Brille abgesetzt haben. Er kochte vor Wut, es war beängstigend. Er konnte den Typen, der seinen Arm wieder weggenommen hatte, nicht sehen, und das machte ihn rasend. Irgendwann hat er gebrummt: ›Sie hat hergesehen, ich denke, sie hat mich erkannt, bin mir nicht sicher.‹ Er ist runtergelaufen, wollte sie auf frischer Tat ertappen, dann besann er sich und hat mich geschickt, alle beide zu holen. ›Mach schnell, sag ihnen, dass sie kommen sollen, aber ohne ihnen irgendwelche Erklärungen zu geben.‹«

»Und Sie sind hingegangen?«, fragte Willy.

»Ja, aber ich habe mir absichtlich Zeit gelassen. Mir war klar, dass das hier in einem Drama enden würde, ich wollte da nicht reingezogen werden. Auf dem Strandweg habe ich Königin dann getroffen, sie war alleine und ganz außer sich. Ich habe ihr ausgerichtet, dass ihr Mann auf sie warten würde. Als wir ankamen, hatte King etwas Wahnsinniges im Blick. Ich habe ihm ins Ohr geflüstert, dass ich den Mann mit den roten Sportschuhen nicht erkannt hätte. Alles andere war so, wie ich es Ihnen schon gesagt habe: Er hat uns losgeschickt, um den Totenkranz und Clown-Koko zu holen.«

Viviane spielte in Gedanken alles durch, es passte mit den Aussagen zusammen. »Warum haben Sie mir nicht früher davon erzählt?«

»Es gab keinen Grund, das zu tun. Ich wusste nicht, dass Sie Kommissarin sind, ich habe es eben erst erfahren. Meinen Sie nicht, man hätte mir etwas sagen sollen? Schließlich bin ich jetzt Chef des Dorfes.«

Jetzt war es an Viviane, sich angeklagt und beinahe schuldig vorzukommen. Sie stand auf, deutete eine verlegene Geste an und verließ das Amphitheater. Willy folgte ihr mit einigen Schritten Abstand, sicher würde er gleich fragen *»Und was machen wir jetzt?«*. Sie wusste es nicht.

»Was machen wir jetzt, Viviane?«

»Denken Sie mal eine Sekunde nach. Was würden Sie jetzt ohne mich machen?«

»Ich würde jedenfalls sicher nicht Königin befragen. Es ist besser, wenn sie sich weiterhin in Sicherheit wiegt, vielleicht verrät sie sich von allein.«

»Sie verrät sich eher, wenn wir sie befragen. Gehen wir.«

»Tun Sie das nicht, Commissaire. Das wäre ein großer Fehler.«

»Sehr gut, dann begehe ich den Fehler ohne Sie.« Wütend ließ sie ihn einfach an Ort und Stelle stehen.

Zu dieser Tageszeit beendeten viele der Kokos ihre Siesta. Königin war noch nicht beim Empfang. Viviane klopfte an die Tür der Royal Lodge und öffnete, ohne eine Antwort abzuwarten. Sie fühlte sich langsam wieder wie eine Kommissarin, sie durfte alles.

Der Salon war leer, er war kaum möbliert und noch weniger geschmückt, sodass eine Schachtel mit Medikamenten auf dem Beistelltisch fast fröhlich wirkte. Königin kam in Shorts und T-Shirt aus dem Zimmer. Sie schien über den unangemeldeten Besuch überrascht, nahm ihn aber kommentarlos hin.

»Wir wissen alles«, verkündete Viviane. »Was Sie am Nachmittag des 14. Juli gemacht haben und mit wem Sie am Belvedere waren. Wir kennen sogar die Farbe der Sportschuhe, die Ihr Liebhaber an diesem Tag trug. Sehen Sie, die Geheimnisse des Alkovens bleiben nicht lange geheim.«

Königin blieb unerschütterlich. Diese kleine Frau in Shorts hüllte sich in Würde und war beeindruckend majestätisch. Sie richtete einen verächtlichen Blick auf die Kommissarin. »Ja und? Ist es verboten, einen Liebhaber zu haben? Muss man das dem erstbesten Polizisten beichten? Was geht Sie das an?«

Viviane kam ins Straucheln, sie musste schnell wieder Boden unter die Füße bekommen. »Wo ist er denn nach Ihrem Abgang vom Alkoven hingegangen, dieser nicht verbotene Liebhaber?«

»Ich habe keine Ahnung. Fragen Sie ihn selbst, das wäre einfacher. Noch andere Fragen? Kommen Sie, nur keine Hemmungen, wo wir doch schon dabei sind.«

Weil Viviane stumm blieb, fuhr Königin fort: »Da wir diese unangenehme Unterhaltung also beendet hätten, werde ich Sie nicht zurückhalten. Ich lege Wert darauf, Ihnen zu sagen, dass Sie mich enttäuscht haben. Am ersten Tag haben Sie mich gefragt, ob ich hier Freundinnen hätte, ich habe Ihnen mit Nein geantwortet. Und sehen Sie, heute habe ich das Gefühl, eine Freundin verloren zu haben.«

Bevor die Kommissarin hinausging, zeigte sie auf die Schachtel auf dem Beistelltisch. »Stilnox, das ist ein Schlafmittel. Nehmen Sie davon?«

»Letzte Nacht, ja. Wenn man Todesdrohungen erhält, kann man schlecht schlafen. Hätte ich Sie um Erlaubnis fragen müssen?«

Die Kommissarin zuckte mit den Schultern und ging in ihre Lodge, sie war so richtig schlecht gelaunt. Sie hatte sich gerade ganz dumm mit Königin überworfen. Und sie war umso wütender, als sie nicht auf den Ausweg zurückgreifen konnte, auf den sie üblicherweise in diesen Fällen zurückgriff: Der Laden beim Empfang hatte nicht einen einzigen Schokoriegel im Angebot.

Da nun alle im Bilde darüber waren, dass sie Kommissarin war, blieb ihr nicht anderes übrig, als zu tun, was jeder gute Bulle getan hätte: die Verdächtigen befragen, einen nach dem anderen. Wer hätte nach der Unterredung mit King ins Amphitheater zurückkehren können? Sie begann mit Zecher-Koko.

Unter vier Augen zeigte er sich weniger unangenehm als sonst. Bei jeder von Vivianes Fragen wiegte er die Schultern hin und her und kraulte sich lange den Bart, als könnte er eine endgültige Antwort daraus hervorziehen. Am 14. Juli sei er zur Bar gegangen, nachdem er das Amphitheater verlassen habe. Es sei ein umsatzstarker Tag gewesen, er habe sogar zweimal ins Lager gehen müssen, um mehr Bier zu holen. Zum Glück sei Walzer-Kiki so nett gewesen, an der Theke auszuhelfen.

»Darf ich Ihnen etwas anbieten?«, fragte er sie.

Viviane lehnte höflich ab: Von nun an war sie im Dienst.

Zecher-Koko schenkte sich in aller Ruhe ein Bier ein. Er nahm die Sonnenbrille ab. Sein Blick wurde offener, er flirtete und schien Lust zu haben zu reden. »Sie sind Kommissarin, Sie machen Ihre Arbeit, das ist normal: Hier hat ein Verbrechen stattgefunden. Aber Vorsicht, gehen Sie die Sache langsam an. Ihre Ermittlungen könnten sonst mehr Schaden anrichten, als der Gehängte. Wir, die Kokos und Kikis, bilden eine sehr zerbrechliche Familie.«

Viviane machte ein skeptisches Gesicht, er redete weiter: »Ja, ja, ich sage ›eine Familie‹. Eine andere haben wir nicht, wir sind hier im Exil, aber glücklich, obwohl wir hart arbeiten. Glücklich, weil wir endlich einen Platz in einer Gemeinschaft gefunden haben. Wir verbringen Tag und Nacht miteinander, mit all unseren Arrangements, all unseren Gewohnheiten. King wollte das alles kaputtmachen. Sie haben gesehen, was dabei rausgekommen ist. Halten Sie sich fern von diesen Geschichten, das wäre besser.« Er hatte das mit sehr sanfter Stimme gesagt, ohne zu drohen. Dann setzte er seine Sonnenbrille wieder auf.

Viviane verließ ihn mit einem unguten Gefühl. Gerade hatte sie Platsch-Kiki und Muskel-Kiki im Liegestuhlbereich ankommen sehen. Die jungen Frauen beantworteten die Fragen der Kommissarin gemeinsam. Im Übrigen waren sie immer zusammen, wie Platsch-Kiki mit unschuldigem Lachen klarstellte. Am 14. Juli, nach der Unterredung mit King, sei Muskel-Kiki zu ihrem Senioren-Gymnastik-Kurs geeilt. Dann habe sie auf Platsch-Kiki gewartet. Sie hätten lange am Pool diskutiert: Beide wollten sie den Esprit-Club verlassen, wussten aber nicht, wohin sie gehen sollten.

»Zwischen den Aufführungen und den Vorbereitungen dafür haben wir Fünfzehn-Stunden-Tage, und wir verdienen nicht einmal den griechischen Mindestlohn«, schloss Platsch-Kiki. »Außerdem muss man ständig Chéris anlächeln, die glauben, dass unsere Freundschaft Teil der Reisepauschale sei. Das ist kein Leben – aber ein anderes haben wir nicht. Sie, Sie haben einen Beruf, der Sie erfüllt, Sie stellen sich diese Fragen gar nicht.«

Ja, Viviane hatte einen Beruf, aber sie war zu schlecht darin, als dass er sie erfüllen könnte. Die Fragen, die sie sich stellte, waren selten die richtigen. »Waren Sie die ganze Zeit zusammen?«, wagte die Kommissarin sich vor.

»Vielleicht war ich noch Zigaretten holen im Zimmer«, antwortete Muskel-Kiki. »Kannst du dich erinnern, Platsch?«

Die Blonde konnte sich nicht erinnern. Aber, ergänzte sie, Muskel-Kiki gehe ständig irgendwo Zigaretten holen, sie rauche zu viel.

»Fragen Sie sich manchmal, wer King getötet haben könnte?«

Muskel-Kiki sah Viviane treuherzig an. »Es gibt Dinge, von denen jeder träumt, aber man träumt eben nur davon. Dann entdeckt man eines Abends, dass es geschehen ist. Alle fühlen sich ein wenig verantwortlich, prahlen damit, und ganz sicher will keiner wissen, wer der Schuldige ist: Alle würden sich noch dümmer vorkommen.«

Die Kommissarin kam in den Genuss eines letzten zweistimmigen Kicherns, dann zog sie nachdenklich von dannen, um Walzer-Kiki zu befragen.

Diese bestätigte das Alibi von Zecher-Koko, was wiederum ihres bekräftigte. Im Übrigen seien an der Bar genügend Chéris gewesen, die das bestätigen könnten. Walzer-Kiki war einfach keine Frohnatur. Und gerade war sie es noch weniger: Sie schien sich vorzuwerfen, einer Kommissarin das Tangotanzen beigebracht zu haben. Nein, stellte sie klar, sie habe die Bar nicht verlassen. Schroff ließ sie Viviane stehen, sie würde von ein paar Chéries zum Jazzdance erwartet.

Viviane suchte Spritzen-Kiki in ihrer Apotheke auf. Diese erinnerte sich daran, den Nachmittag des 14. Juli in Lindos verbracht zu haben, wo sie Medikamente eingekauft habe. Etwas verspätet, also kurz nach 18 Uhr, sei sie mit dem Taxi zurückgekommen und sogleich davongeeilt, um den medizinischen Bereitschaftsdienst bis zum Abendessen zu gewährleisten, ohne dass sie zuvor in ihrer Lodge vorbeigekommen sei.

»Was könnte man in der Nähe Ihrer Lodge verstecken?«

Spritzen-Kiki ließ sie die Frage wiederholen und machte große Augen. »Woher soll ich das wissen? In jedem Fall muss es gut versteckt sein, ich habe nämlich noch nie etwas gefunden.«

Viviane führte die Befragungen nicht sehr engagiert durch. Das alles führte zu nichts. Sie streckte sich auf einem der Liegestühle aus und las ihre Notizen durch. Wozu einen Verdächtigen suchen, wenn der sowieso nicht ins Amphitheater hineingekommen wäre? Und selbst wenn er hineingekommen wäre – wie wäre er wieder hinausgekommen?

»Na, kitzeln Sie sie alle durch? Wer ergibt sich zuerst?« Animateur-Koko hatte sich in den Liegestuhl neben sie gesetzt. Der Unterton seiner Frage war harmlos, aber er schien ernst, traurig zu sein. »Jetzt, wo Sie Kommissarin sind, würde ich Ihnen wirklich gerne helfen. Fragen Sie mich alles, was Sie wollen, vielleicht erinnere ich mich beim Antworten an Details.«

»Alles, was ich weiß, ist, dass King von einem Koko oder einer Kiki getötet wurde. Oder vom Türken. Oder von Königin.«

»Oder von mir, wenn Sie schon dabei sind! Zum Glück war immer jemand bei mir, nachdem ich King dort zurückgelassen habe: Königin, dann Clown-Koko und der Bulle. Später dann alle Chéris, die mich an der Bar gesehen haben. Der Türke hat seinen Wachposten nicht mehr verlassen, die Lieferanten hätten das gemerkt. Und was Königin angeht – tut mir leid, aber sie war die ganze Zeit im Büro. Dafür hat sie Zeugen.«

Er war betrübt. Er hatte sich so sehr gewünscht, dass die Chefin des Dorfes die Schuldige sein möge, dass er nicht einmal versuchte, es zu verbergen.

»Ich weiß das alles«, beruhigte Viviane ihn. »Hat King nie erwähnt, dass er bedroht wird oder mit einem Koko oder einer Kiki noch eine Rechnung offen hat?«

»Nein, aber wenn er sich bedroht gefühlt hätte, hätte er es mir erzählt.«

»Kennen Sie Schraubenzieher-Koko, Clown- und Küchen-Koko schon lange?«

»Ja, seit drei Jahren. Sie wurden im selben Jahr eingestellt. King mochte sie nicht, ich auch nicht. Haben Sie einen Verdacht?«

Viviane berichtete von den Alibis, die die drei Kokos ihr vorgelegt hatten. Es waren nicht die Reparatur der Pumpe, das Boule-Spiel oder die Vorbereitung der Gags, die ihr seltsam vorkamen, sondern das Kommen und Gehen zu und von den Lodges.

Animateur-Koko runzelte die Stirn. »Wenn man jeden Gang für sich genommen betrachtet, hat das nichts Ungewöhnliches, aber so ist es ein bisschen viel. Sind Sie sicher, dass sie immer zur Lodge gegangen sind? Vielleicht sind sie zum Lager nebenan, haben Sie daran schon gedacht? Jetzt muss man nur noch herausfinden, was sie dort hätten suchen können.«

»Können Sie sich die drei als Mörder vorstellen?«

Er zuckte mit den schmalen Schultern. »Sich jemanden *als Mörder vorzustellen*, das ergibt nur für einen Polizisten Sinn, der seine Zeit damit verbringt, Mördern über den Weg zu laufen. Ich habe mir King auch nie als *Ermordeten* vorstellen können. Wenn ich sie alle zusammen am großen Tisch sitzen sehe, begreife ich es nicht. Klar, es war ungeschickt von King, ihnen diese kleinen Nebeneinkünfte streichen zu wollen, aber er war beliebter, als Sie annehmen. Wollen Sie meine Meinung? Plagen Sie sich nicht damit herum, einen Mörder zu suchen. Suchen Sie einfach jemanden, der ihn weniger mochte als die anderen.«

Ein Heyduda kam, um Animateur-Koko zur Bar zu holen, wo man ihn für das große Disco-Quiz brauchte.

Alle Befragungen hatten nur dazu geführt, Viviane zu ermüden. Sie döste auf dem Liegestuhl etwas vor sich hin, als sie wieder alleine war. Die Personen gingen in ihrem Traum ein und aus wie im Amphitheater, tauschten Kostüme, Sportschuhe, rote Mützen untereinander aus, verschwanden, tauchten wieder auf. Ihre Träumereien waren kaum wunderlicher als die Realität.

Es war Willy, der sie weckte. Den hatte sie ganz vergessen. »Ich habe meine Katze mit dem Taxi in Rhodos abgeholt.«

Der Ärger ging weiter. Es war so aberwitzig, es musste noch der Traum sein. Aber nein, das war wirklich die männlich-triumphierende Stimme des Lieutenant Willy Cruyff.

»Wissen Sie, was der Präparator beim Ausstopfen gefunden hat? Einen abgebrochenen Metallspieß, der das Herz durchbohrt hatte.«

Verdutzt richtete sie sich auf: Dieses Teil würde das Puzzle komplett machen. Willy hielt die Erklärung schon in Händen.

»Er ist also nicht aufgehängt, sondern erst erstochen und dann gehängt worden. Wie King. Sixiz' Tod war eine Wiederholung.«

»Was haben Sie mit dem Kadaver gemacht, Willy?«

»Ich habe ihn im Zimmer gelassen, im Kühlschrank.«

Sie folgte ihm skeptisch. Nein, sie hatte kein Glück mit ihren Lieutenants und den Beweisstücken: Der eine aß sie auf, der andere bewahrte sie im Kühlschrank auf.

Sie durchquerten das ganze Dorf, um zu den Lodges der Chéris zu gelangen. Die ihres Lieutenants gehörte zu denen, die mit am weitesten entfernt lagen, in der Nähe des Nachtclubs.

Willy ließ sie eintreten, öffnete die Minibar und blieb wie versteinert stehen. »Die Katze ist weg! Geklaut! Ich hatte sie hier abgestellt.«

Viviane half ihm, seinen Schrank zu durchsuchen und den seines Mitbewohners, auch das Badezimmer. Von der ausgestopften Katze keine Spur.

»Wer hat gesehen, wie sie die Katze abgestellt haben?«

»Niemand. Mein Mitbewohner war nicht da, als ich den Karton hier geöffnet habe. Dann habe ich an der Bar einen Kaffee getrunken und bin bei Ihnen vorbeigegangen. Ich habe Sie überall gesucht, Animateur-Koko hat mir dann gesagt, wo ich Sie finden würde.«

»Der Dieb ist ein Chéri, der sich einen Spaß erlaubt hat. Bestimmt wird man die Katze heimlich zurückbringen.«

Sie glaubte selbst nicht daran, aber der Lieutenant war so traurig, dass er ein paar aufmunternde Worte verdient hatte. Sie bedeutete ihm, sich neben sie zu setzten und berichtete ihm von den desaströsen Befragungen am Nachmittag. Ihr Herz krampfte sich ein klein wenig zusammen, als sie schloss: »Von jetzt an sollten Sie sich so selten wie möglich mit mir zeigen. Man weiß, wer ich bin. Wenn ich Befragungen durchführe, ist man mir gegenüber misstrauisch. Sie haben mehr Handlungsspielraum. Reden Sie weiter mit den Leuten, Sie sind unsere beste Chance.«

Sie hatte das Gefühl, ihrem zu jungen Liebhaber die Kündigung vorzulegen. Es war ein Stück von sich selbst, das sie aufgab.

Kapitel 18

Etwas später, als Viviane sich zum Abendessen an einen Zweiertisch setzte, gesellte Fredo sich zu ihr. Er hatte begriffen, dass Viviane eine anspruchsvolle Frau war, die man sich nicht einfach so schnappen konnte, und hatte sich in Schale geworfen: ein gefälschter silbriger Lacoste-Sonnenhut, ein gefälschtes kürbisfarbenes Hugo-Boss-T-Shirt, dazu passende, geschmackvolle Sportschuhe. Er war stolz darauf, in Lindos auf eine so breite Auswahl gestoßen zu sein. Alles an ihm schien gefälscht, sogar sein Gebiss. Er verbrachte seine Zeit damit, urkomische Anekdoten aus seinem Leben im Briefverteilungszentrum von Lisieux zu erzählen. Viviane lächelte höflich, lachte an unpassenden Stellen. Sie beobachtete Willy, der, etwas entfernt von ihr, an einem Tisch mit jungen Leuten die Stimmungskanone machte.

Als der Lieutenant mit seiner Truppe zum Amphitheater zog, um die Aufführung der Folklore-Tänze zu sehen, folgte sie ihm wie eine traurige Mutter und nahm zwei Stufen oberhalb von ihm Platz.

Die versprochene »große Tanztruppe« umfasste nur ein Paar Tänzer, einen Busuki-Spieler, einen Flötisten und eine Sängerin an einem Tasteninstrument. Der erste Tanz fand kein Ende. Das Prinzip war immer das gleiche: Nach drei Entrechats tat das Paar, als würde es sich vor Publikum und Musikern streiten. Dann tanzte es hinter das Orchester, wo es sich ausgiebig küssend wieder vertrug. Der Blick des Busuki-Spielers bedeutete ihnen zurückzukommen, es wurde wieder getanzt, gestritten und versöhnt. Es war schwerfällig, schlecht gespielt und plump. Willy und seine Truppe stahlen sich nach fünf Minuten davon. Mürrisch blieb Viviane bis zum Schluss. Der Tanz gefiel ihr, ohne dass sie hätte sagen können, warum.

Zurück in ihrer Lodge fand sie eine Nachricht auf ihrem Handy vor, das sie vergessen hatte mitzunehmen. Augustin Monot bestätigte die Aussage von Gegenwind-Koko. Seine Eroberung und er hatten den Abend und die Nacht gemeinsam verbracht.

Warum war Viviane bei dieser blödsinnigen Aufführung geblieben? Sie hätte mit Monot sprechen, seine Stimme hören können. Angesichts der Uhrzeit, zu der er angerufen hatte, müsste er jetzt bei sich zu Hause sein. Sie hätte ihn sogar bitten können, ihr das leidenschaftliche *Gedicht an Lou* aufzusagen, in seiner ganzen Länge. Das Leben war ungerecht. Sie wählte seine Nummer, erreichte aber nur den Anrufbeantworter. Sie erklärte zunächst, dass seine Nachricht unverständlich gewesen sei, und bat ihn, noch einmal anzurufen. Diese Nacht war traurig und kalt wie eine Nacht ohne Liebe. Wie alle ihre Nächte.

Sie erwachte spät, nahm ein leichtes Frühstück zu

sich: Die Appetitzügler begannen zu wirken. Sie begnügte sich mit einem Apfel, einem Joghurt und einer Scheibe Brot. Dann lief sie zum Pool, um sich zu bräunen und frischer auszusehen. Vielleicht würde sie dort auch auf Willy treffen.

Den traf sie dort zwar nicht an, dafür aber die ausgestopfte Katze.

Majestätisch trieb Sixiz auf einer Luftmatratze. Der Präparator hatte gute Arbeit geleistet: Das Tier machte einen Buckel, es sah bedrohlich aus, als wäre es bereit zum Kampf.

Es waren erst wenig Leute auf den Liegestühlen, nur ein paar Chéris, die das Spektakel staunend verfolgten. Einige wähnten Sixiz noch lebendig und fürchteten, er könnte Tollwut haben. Andere hielten das für einen Scherz von Clown-Koko, haha, ein sehr witziger Scherz, er habe wohl seinen Humor wiedergefunden, der Scherzkeks, endlich würde man wieder etwas zum Kaputtlachen haben.

Als Königin am Schauplatz eintraf, verstummten alle. Sie war außer sich und brüllte: »Nehmt dieses Tier weg, nehmt dieses Tier weg! Geht es holen!«

Niemand rührte sich. War ihr Auftritt vielleicht Teil des Schauspiels? Dann stieg ein Heyduda in den Pool, griff sich das Kätzchen und legte es Königin zu Füßen. Die wich angeekelt zurück. »Leg sie in eine Tüte, du Idiot, und bring dieses widerliche Ding zum Müll!«

Viviane zögerte noch, das Beweisstück zu reklamieren, sie wusste nicht, wie sie erklären sollte, dass Sixiz ausgestopft war. Sie ließ den Kadaver zur Mülldeponie ziehen.

Dieses Ereignis war das einzige an diesem Tag. Am Abend ging sie mit der Meute ins Amphitheater, wo man den belgischen Nationalfeiertag zelebrierte, einen Tag zu früh, aber Flamen und Wallonen reisten am nächsten Tag ab. Es stand noch ein Trinkwettbewerb auf dem Programm und eine One-Man-Show von Clown-Koko, ein Festival belgischer Geschichten. *Das würde lustig werden*, sagten die Chéris. Im Club amüsierte man sich nicht, man lachte auch nicht, man fand alles *lustig*. Sie hasste dieses Wort.

Es wurde gar nicht lustig.

Als sie das Amphitheater betrat, entdeckte sie, wie die anderen auch, dass etwas am Mast aufgehängt war. Ein Tierkadaver, der langsam im Abendwind schaukelte. Der Kadaver von Sixiz. Die Darbietung war unheimlich. Die Haltung, in der man ihn ausgestopft hatte, verlieh ihm am Ende des Seils etwas Diabolisches. Eine Kreatur aus der Hölle.

Das Publikum war wie erstarrt. Man wartete auf die Kokos, hoffte auf eine Anweisung, ein Machtwort, man war es nicht mehr gewohnt, eigenständig zu handeln. Man wusste nicht mehr, was man denken sollte, man konnte nicht mehr denken.

Willy hatte sich nicht lange Fragen gestellt. Er lehnte die Leiter gegen den Mast und kletterte rasch hinauf. Er nahm den ausgestopften Kadaver ab, klemmte ihn sich unter den Arm, um hinunterklettern zu können, überquerte die Bühne und stieg die Stufen hoch, Viviane auf den Fersen, die Zurufe einiger Kokos, die gerade ankamen, ignorierte er. »Und was machen wir jetzt, Commissaire?«

Das war wirklich eine Manie. Aber ausnahmsweise sah Viviane sehr klar. »Das ist Ihre Sache, mein kleiner Willy, nicht meine. Räumen Sie das hin, wo Sie wollen, aber irgendwo, wo niemand die Katze holen kommt, um sie wiederzubeleben.«

Mit der Katze unter dem Arm verzog sich der Lieutenant. Kurzzeitig tat er ihr leid. Natürlich hatte er verdient, was geschehen war – aber ein wenig Mitgefühl hätte er auch verdient. Viviane wusste nicht, wie sie das vermitteln sollte, sie kam sich so ungeschickt vor. Und sie war alles leid: Dieser fünfte Tag hatte nicht den geringsten Hinweis erbracht, nicht den geringsten Verdacht erweckt, sie war deprimiert. Sie legte sich schlafen. Sollten die Belgier ihren Nationalfeiertag ohne sie feiern.

Gerade als die Kommissarin eingeschlafen war, kratzte jemand an ihrer Tür. Willy hielt seine Arme lächelnd hinter dem Rücken, als würde er ihr gleich eine Überraschung präsentieren. »Ich weiß nicht, ob Ihnen das gefällt, was ich Ihnen bringe.«

Es war eine Flasche Samos-Muscat, eine volle Flasche, verschmiert mit Erde. Viviane nahm sie unter die Lupe. Der Deckel aus Metallpapier war abgeschnitten worden, der Korken schien durchbohrt zu sein.

»Wo haben Sie die gefunden?«

»Im Katzengrab. Ich hatte mir gesagt, dass der beste Platz, um Sixiz zu verstecken, wohl der war, von wo ich ihn herausgeholt hatte. Also habe ich mir den Spaten aus dem Hof geholt und das Loch wieder aufgemacht. Da habe ich die Flasche gefunden und sie gleich durch die Katze ersetzt.«

In dem Moment wurde Viviane klar, dass sie heute Nacht keinen Schlaf bekommen würde. »Gehen Sie schlafen, Willy, ich werde nachdenken. Kommen Sie morgen früh um 7 Uhr wieder, um mir zu helfen, mit Kaffee.«

Sie setzte sich an den Tisch, auf dem sie nach und nach ihre vollgekritzelten Notizzettel mit Anmerkungen und Ideen verteilte. Die Entdeckung der Flasche hatte in ihrem Gehirn eine Menge kleiner Sachverhalte aus der Schattenzone befördert. Sie würden dienlich sein, um das Puzzle neu zu legen. Sie musste für alle Teile einen neuen Platz finden.

Viviane hatte das Fenster geöffnet, um mehr von der anregenden Frische der Nacht zu haben. Die Mücken gesellten sich zu ihr, sehr gut, dann schlief sie wenigstens nicht ein. Irgendwann sah sie dann ein schummeriges graues Licht, das sich in die finstere Nacht mischte: Der belgische Nationalfeiertag würde der Tag ihres Triumphs sein.

Eine Hand rüttelte sie wach. Es war Willy, der mit einer Tasse schwarzen Kaffee gekommen war. Es war 7 Uhr morgens, sie war eingeschlafen, den Kopf zwischen den Notizzetteln.

»Danke, Lieutenant. Und bravo für Ihre Arbeit an der Sache mit der Katze. Das gute Tier, Sixiz, hat uns auf die Lösung des Mordes am Türken gebracht.«

Willy setzte sich auf den Bettrand, mit großen staunenden Augen, wie ein Kind, das man zum Kasperletheater in den Jardin du Luxembourg bringt. Heute würde der Polizist schlauer sein als das Kasperle.

»Mit der Entdeckung der Flasche haben Sie das Teil ausgegraben, an das sich alle anderen anschließen. Diese Flasche hätte ich gerne in der Baracke des Türken gefunden. Während ich sie suchte, suchte ich noch etwas anderes, ohne wirklich darüber nachzudenken, mehr assoziativ: einen Korkenzieher und Korken. Es gab weder das eine noch das andere, was seltsam ist, in der Behausung eines Säufers. Wer hatte ihm die Flasche geschenkt, Willy?«

»Königin, beim Frühstück, das haben Sie mir erzählt.«

»Ja, genau. Sie hat dem Türken beide Flaschen gegeben, die wir gefunden haben, die leere und diese hier. Ich sage bewusst *sie*, und nicht Zecher-Koko. Die Flaschen, die Zecher-Koko gebracht hat, müssen in Königins Strandtasche geblieben sein. Die beiden, die sie dem Wärter geschenkt hat, müssen zwei identische Flaschen gewesen sein, die sie zuvor aus dem Lager geholt hat. Sie hat das Metallpapier abgeschnitten und den Korken herausgezogen. Ich wette, dass sie das getan hat, um eine kräftige Dosis Schlafmittel hineinzuschütten, das Stilnox, das ich bei ihr gesehen habe. Das wird die Obduktion zeigen. Dann hat sie die Flaschen wieder sorgfältig verschlossen und in ihre Strandtasche gelegt. Es genügte, sie aus der Tasche zu holen, als der Türke vorbeikam. Die Flaschen von Zecher-Koko muss sie so wie sie waren später wieder ins Lager geräumt haben.«

Willy folgte ihren Gedanken und hörte ihr aufmerksam und voller Bewunderung zu. Wie ein Kind, dem man eine Geschichte erzählt, fragte er: »Und dann, was passiert dann?«

»Königin wartet, bis der Türke gefrühstückt und getrunken hat. Die Dosis ist so hoch, dass er in einen tiefen Schlaf fallen sollte. Vor allem wartet sie darauf, dass alle Kokos und Kikis mit dem Essen fertig sind. Animateur-Koko hat mir so lange das Ohr abgekaut, damit ich es auch ja sehe und alle von ihnen verdächtigen kann. Alle wussten, dass der Türke mit Hilfe eines neuen Dolmetschers, eines tatsächlich zweisprachigen, befragt werden sollte. Königin verlässt dann das Restaurant als Letzte, um die Baracke auszumessen, wie sie behauptet. Sie findet den Türken zusammengesunken am Tisch. Die Zeit läuft: Sie wäscht die angebrochene Flasche aus, um die Spuren von Stilnox verschwinden zu lassen, für den Fall einer genaueren Untersuchung. Über die ausgewaschene Flasche wird sich niemand wundern: Der Türke tat dasselbe, bevor er die gebrauchten Flaschen weiterverkaufte. Aber die Untersuchung könnte ja auch am Korken durchgeführt werden. Welcher ist es? In der Tischschublade liegen mehrere. Weil Königin es nicht genau weiß, stopft sie alle in ihre Tasche. Danach tötet sie den betäubten Türken durch zwei Hiebe mit der Axt und beeilt sich, nach mir zu rufen.

Bleibt noch die zweite Flasche, die nicht getrunken wurde. Es würde genügen, ihren Inhalt in den Ausguss zu schütten und sie auszuwaschen, um jeglicher Untersuchung aus dem Weg zu gehen. Aber da – böse Überraschung – der Korkenzieher ist nicht auffindbar. Königin konnte nicht wissen, dass der Türke ihn bei sich trug. Als sie mich kommen hört, bekommt sie Panik und hat gerade noch so viel Zeit, die Flasche ein paar Meter entfernt von der Baracke zu verstecken. Ich beginne unter ihrer strengen Beobachtung mit der Durchsuchung. Um sie loszuwerden, habe ich die schlechte Idee, sie ebenfalls suchen zu lassen, nur woanders. Das lässt sie sich nicht zweimal sagen, schließlich ist das eine gute Gelegenheit, die Flasche besser zu verstecken. Aber da erblickt sie das geschändete Grab von Sixiz. Sie begreift nichts mehr, wird kopflos, dann reißt sie sich zusammen und schickt mich weg, unter dem Vorwand, sie habe ein Geräusch gehört. Sobald ich ihr den Rücken zuwende, vergräbt sie ihren Samos-Muscat in Sixiz' Grab. Sie lenkt den Verdacht auf den taubstummen Kerim, so kann sie beruhigter sein. Und der Muscat ruhe in Frieden und bis in alle Ewigkeit. Unglücklicherweise mussten Sie letzte Nacht eine neuerliche Bestattung durchführen. Das war's. Der Mord am Türken ist aufgeklärt. Wollen Sie nicht applaudieren, Willy?«

»Aber was ist das Motiv? Sie mochte ihren Gärtner doch gerne.«

»Ja, aber nicht so gern wie ihren Liebhaber. Sie musste ihn also opfern, bevor er in Gegenwart des Dolmetschers davon erzählen konnte. Ich weiß zwar nicht, was er hätte verraten können, aber es muss ein eminent wichtiges Detail sein.«

»Und der Mord an King?«

»Das ist eine andere Geschichte. Ich glaube nicht, dass Königin etwas damit zu tun hat. Sie hätte weder die Kraft gehabt, ihn zu tragen, noch ihn aufzuhängen. Außerdem ist die Aussage von Animateur-Koko eindeutig: Sie hätte niemals die nötige Zeit dafür gehabt. Wahrscheinlich ist ihr Liebhaber der Mörder. Wir werden es herausfinden, Sie werden sehen.«

Der Lieutenant machte ein skeptisches Gesicht.

»Aber ja, Willy! Wir müssen ihn nur identifizieren. Und begreifen, wie er es angestellt hat. Und sein Motiv finden. Pah, für so ein Team, wie wir es sind, ist die Sache quasi geritzt.«

»Und was machen wir jetzt?«

Sie hatte schon auf diese Frage gewartet. »Kommen Sie mich um 10 Uhr abholen, dann bin ich frisch und munter. Zum ersten Mal seit unserer Ankunft werde ich gut schlafen.«

Kapitel 19

Kurze Zeit später wachte Viviane gut gelaunt auf und sah, dass der Allmächtige ihr eine Nachricht auf der Mailbox hinterlassen hatte, in der er sie schnellstens um Rückruf bat.

Sie erreichte ihn sofort und legte ihm lang und breit dar, wie sie in dem Fall vorangekommen waren. Es folgte ein düsteres Schweigen.

»Samstag treffe ich den Minister bei einer Hetzjagd. Haben Sie auch schon einmal Hirschwild gejagt, Commissaire?«

Die Frage war absurd. Sie beantwortete sie nicht. Außerdem wusste sie nicht einmal genau, was eine Hetzjagd war. Sie ahnte, dass der Allmächtige sie mit Geringschätzung strafen würde, würde sie nachfragen.

»Nein? Schade, denn dann würden Sie verstehen, was ich ihm erzählen werde, wenn er nach Neuigkeiten in dieser Sache fragt. Ich werde ihm antworten, dass Sie jagen, wie eine Bracke. Verstehen Sie, was ich damit meine?«

Natürlich war es weiterhin angebracht zu schweigen, und sich auf die Schläge vorzubereiten.

»Bracken, Commissaire, sind brave Hunde. Sie jagen dem Wild begeistert und mutig hinterher. Dumm ist nur, dass sie sich schnell ablenken lassen: Erst sind sie hinter einem Zehnender her, aber wenn ihnen ein Hase über den Weg läuft, folgen sie seiner Fährte. Sie sind wie eine Bracke. Wer hat Ihnen den Befehl gegeben, sich mit dem Mord am türkischen Gärtner zu befassen? Und wenn Sie schon dabei sind, dann suchen Sie doch auch gleich noch den Mörder seiner Katze! Eine libanesische Dorfchefin hat auf griechischem Boden einen türkischen Gärtner ermordet. Na und? Was geht das die französische Polizei an? Warum sollten wir diese Frau in Paris befragen? Was juckt uns denn diese Verdächtige?«

Der Allmächtige hielt jäh inne. Viviane merkte, dass er angesichts des Konjunktivs ein wenig zerknittert wirkte. Er hatte einerseits seine Zugehörigkeit zum Volk markieren wollen, andererseits beherrschte er den Konjunktiv nicht wirklich. Er versuchte es also mit anderen Ausdrücken.

»Hören Sie, Commissaire, was wollen Sie, dass wir mit ihr täten?«

»Und ich, was soll ich machen? Sie der lokalen Polizei ausliefern?«

»Bloß nicht, Sie Unglückliche. Sie würden dem Eigentümer nur den erträumten Vorwand liefern, den Vertrag zu kündigen. Sie denken, der Verdächtige ist der Liebhaber? Dann finden Sie ihn! Das kann ja nicht so schwer sein, auf einem geschlossenen Gelände. Spüren Sie der Frau nach wie eine gute Bracke, schlafen

Sie vor ihrer Tür oder unter ihrem Bett, und bellen Sie, wenn Sie den Mörder haben.«

Wieder Schweigen, dann wechselte der Allmächtige den Ton. Jetzt machte er einen auf freundlich. Viviane blieb auf der Hut. Für gewöhnlich war das eher ein Zeichen zum Angriff.

»Womöglich wird Ihr Lieutenant Cruyff der Sache nicht gerecht? Würde es Ihnen gefallen, wenn ich Ihnen Monot schicke?«

Natürlich würde ihr das gefallen. Sie stellte sich schon vor, wie er sich in den Fall einbringen würde, als ruhmreicher Erzengel. In den Fall, und in sie. Die Versuchung war groß, aber das konnte sie Willy nicht antun. Eine so schöne Berufung durfte nicht zerstört werden. »Nicht nötig, Herr Direktor. Der Lieutenant erfüllt alles ... zu meiner vollsten Zufriedenheit. In wenigen Tagen wird die Sache aufgeklärt sein.«

»Drei, Commissaire! Ich gebe Ihnen drei Tage. Sie haben schon sechs Tage Gratisurlaub bekommen, das reicht langsam.«

Nachdem er aufgelegt hatte, ließ sich Viviane auf ihr Bett fallen: Der Allmächtige hatte recht. Es reichte langsam.

»Würde es Ihnen gefallen, wenn ich Monot schicke?« Diese Frage schwirrte ihr noch den ganzen Vormittag im Kopf herum. Vielleicht war es falsch gewesen abzulehnen. So langsam freundete sie sich mit ihrem Willy an, aber wozu war er eigentlich gut? Besonders gut konnte er nur unwichtiges Zeug: Salsa mit der erstbesten

Schlampe tanzen, oder versuchen mit einem Sprungstab auf Mauern zu klettern.

Um ihm trotzdem eine Chance zu geben, ging Viviane zu ihm und erklärte ihm, dass sie auf ihn zähle. »Wir haben nur drei Tage, um den Fall zu lösen. Sie sind mein bester Trumpf, tun Sie, was Ihnen gefällt.«

»Ich werde versuchen zu verstehen, wie der Mann mit den roten Sportschuhen vom Berg gekommen ist, sagt Ihnen das zu?«

Sie gab ihm ihren Segen und schaute ihm nach, als er sich in Richtung einer Gruppe Heydudas auf den Weg machte. Zwanzig Minuten später tauchte er wieder auf, in der Hand eine kleine Plastiktüte.

»Das hat mir der Sport-Heyduda geliehen. Sehen Sie, das ist ein Bergsteigerseil. Ich habe dreißig Meter davon, es wiegt nicht mehr als ein Kilo und nimmt nicht mehr Platz weg als ein Buch.«

»Das ist sehr hübsch, Willy, aber was wollen Sie damit machen?«

»Den Felsen runterklettern. Ich habe überlegt, dass das der einzige Weg gewesen sein kann, auf dem Mister Rotschuh das Belvedere verlassen hat.«

»Kommt gar nicht infrage, Sie werden sich den Hals brechen. Was wissen Sie schon vom Bergsteigen?«

»Nichts, aber Mister Rotschuh auch nicht. Ich habe mich erkundigt. Niemand von den Kokos ist Bergsteiger. Machen Sie sich keine Sorgen, ich mache das an der Orientierungstafel fest und seile mich dann ab, der Sport-Heyduda wird mir helfen.«

Niedergeschmettert sah sie ihn vor sich hin pfeifend losziehen. Sie versuchte zu lesen, aber Apollinaire konnte ihr schlechtes Gefühl nicht vertreiben. Viviane wusste, dass sie Willy eben wie eine Mutter hinterhergesehen hatte. Sie wusste auch, dass jeder normale Mann seine Mutter eines Tages verlässt.

Eine Stunde später war er wieder da. Seine Hände bluteten, und die Farbe war eins mit dem Geschenk, das er der Kommissarin brachte: ein paar rote Sportschuhe.

»Jeder kann den Felsen beklettern, ich habe es schließlich auch geschafft. Aber freuen Sie sich nicht zu früh, noch ist nichts geklärt.« Er legte Viviane die Sportschuhe auf die Knie. »Die habe ich unten gefunden, im Geröll. Schauen Sie mal – was denken Sie?«

Dieser belehrende Tonfall war äußerst nervend. Sie wollte ihn schon zurechtweisen, hielt sich aber zurück. Er hatte gute Arbeit geleistet, Monot hätte das nicht besser gekonnt. Sie musterte die Schuhe, als würde sie sie selbst kaufen wollen. Das Leder war abgewetzt, aber die Nähte einwandfrei. Die Sohlen wiesen keine Gebrauchsspuren auf.

»Wie neu.«

»Nein, die *sind* neu, Viviane. Keiner hat sie je getragen, weder um einen steinigen Pfad zu gehen, noch um sich an einer Felswand abzuseilen. Können Sie sich einen Kerl vorstellen, der beknackt genug wäre, barfuß zu gehen und sich dabei zu verletzen, nur um seine neuen

Schuhe nicht zu beschädigen? Ein Typ, der so an seinen Sportschuhen hängt und sie trotzdem von oben ins Meer geworfen hätte, ja, *geworfen*, nur eben nicht weit genug? Geworfen, nicht hingestellt, nicht vergessen: Sie lagen mehrere Meter entfernt voneinander. Eine verrückte Geschichte, oder ein übergeschnappter Kerl.«

Die Kommissarin hörte ihm belustigt zu. Ihr Lieutenant lernte schnell, er hatte sogar gelernt, so zu sprechen wie sie. Aber er hatte seinen Gedanken noch nicht ganz bis zu Ende gedacht. »Ja, sicher ist der Typ übergeschnappt. So übergeschnappt, dass es ihn gar nicht geben kann.«

Alles war so einfach, so dämlich! Die Puzzleteile rotierten wieder. Es genügte, das unpassende Teil herauszunehmen, das mit den roten Sportschuhen, dann fügte sich der Rest wieder zusammen.

»Es ist eine sehr weibliche Geschichte, Willy. Königin wollte sich einfach an King rächen. Sie ist alleine dorthin gegangen, um sich auf dem Belvedere zu exponieren, mit diesem Paar Schuhe, das sie unübersehbar präsentiert hat. Sie hat den Liegestuhl des imaginären Liebhabers in die Büsche gerückt und ihren eigenen verschoben. Sie wusste, dass Animateur-Koko den Scheinwerfer anbringen würde. Sie wusste, wie ergeben er King war, und dass er seinen Chef auf den Mast steigen lassen würde, damit er selbst einen Blick auf sein Unglück werfen konnte. Durch ihre Sonnenbrille hatte sie gesehen, dass King sie gesehen hatte.

Also hat sie sich wieder angezogen, die roten Sportschuhe so weit weggeworfen, wie es ihr möglich war, und ist zu ihm zurückgegangen. Die gute alte Geschichte von der Ehefrau, die ihren Gatten glauben lassen will, sie habe einen Geliebten, um seine Eifersucht anzustacheln. Wir waren auf der falschen Fährte, wir müssen woanders suchen.«

»Und der Männerarm, den Animateur-Koko auf ihrer Brust gesehen haben will?«

»Ein braunes Tuch zum Schutz vor der Sonne, eine Illusion. Wir beginnen wieder bei null, Willy.«

Der Lieutenant schwieg. Traurig sah er sein Seil an, seine roten Sportschuhe. Die Kommissarin hatte ihm seinen Triumph vermasselt. Es war Mittag, das Restaurant öffnete gerade. Viviane ging fröhlich dorthin, während Willy noch sein Seil ins Lager räumte.

Der unersetzliche Fredo besetzte für sich allein einen Zweiertisch. Als er Viviane sah, röhrte er ihren Namen. Alle drehten sich um, manche lachten. Ein derart hartnäckiger Verehrer verdiente ein wenig Aufmerksamkeit: Sie setzte sich an seinen Tisch.

Fredo gestand ihr, dass seine Ferien nun bald vorbei seien. Sie fühlte seine Furcht, er könnte die Sache vor seiner Abreise nicht zu einem Abschluss bringen, gleichzeitig fiel es ihm schwer, sich auszudrücken. Er erzählte ihr von Urlaubsmitbringseln, die er am Tag zuvor in Lindos für seine Kollegen im Briefverteilungszentrum gekauft hatte. Er sei sich nicht sicher, das Richtige ausgesucht zu haben, ob sie nicht mitkommen wolle in seine Lodge, um alles anzusehen? Sein Mitbewohner habe gerade heute Morgen den Flieger genommen. Sie würden niemanden stören, und niemand würde sie stören. Viviane sagte nicht Ja und nicht Nein, sie fragte nach Details. Ein T-Shirt, auf dem kleine Esel aufgedruckt waren, was für eine schöne Idee! Und was machten die Esel? Oh, diese Schlingel! Eine Amphore, bemalt mit einem priapischen Satyr, haha, wie komisch! Fredo kam in Fahrt, wurde rot im Gesicht, der Fisch hatte angebissen.

Genau wie Königin mochte es Viviane, Männer eifersüchtig zu machen. Sie beobachtete Willys Reaktion zwei Tische weiter und war belustigt. Er war zum Buffet an ihnen vorbeigegangen, ohne sie anzusehen, den Blick auf den Boden geheftet. Jetzt musterte er Fredo nachdenklich, aufmerksam. Die Situation wurde heikel. Viviane hatte ihren Schafmilchjoghurt aufgegessen, Fredo hatte sich elegant den Mund abgewischt, auf dem der Honig seiner *Loukoumades* klebte. Er erhob sich und fragte: »Nun, zeige ich Ihnen *das?*«

Sie lächelte ihm zu, stand auf und folgte ihm. Sie wollte ihn so spät wie möglich aufhalten, sodass Zeit genug war, ihren kleinen Lieutenant wahnsinnig zu machen. Dieser war ebenfalls aufgestanden und ging strammen Schrittes auf Fredo zu. Er würde ihn doch nicht zum Duell herausfordern?

Willy legte dem Don Juan nur die Hand auf die Schulter und fragte ihn inquisitorisch, auf die orangen Sportschuhe zeigend: »Wo haben Sie die gekauft?«

»In Lindos, in einer türkischen Boutique, die so was in allen Marken und Farben hat.«

»Gab es dieses Modell auch in Rot?«

»Keine Ahnung, aber gehen Sie selbst hin: Vom Platz aus müssen Sie in die erste rechts, dann links, dann ist es direkt hinter der Kurve.«

»Kommen Sie, Viviane«, rief Willy.

Erstmals hatte er ihr einen Befehl erteilt. So kam es, dass Lieutenant Cruyff seine Kommissarin vor den Verlockungen des Fleisches bewahrte.

Die Kommissarin saß wortlos im Taxi. Sie ärgerte sich, dass sie die Ähnlichkeit zwischen den roten Sportschuhen und denen ihres Verführers nicht bemerkt hatte. Selbes Logo, selbe Aufmachung. Cruyff schwieg ebenfalls. Er strahlte eine seltsame Entschlossenheit aus.

»Sie sind ein guter Bulle, Willy«, sagte sie, um die Stimmung aufzulockern. »Sie überprüfen alles, selbst wenn es zu nichts führt.«

»Ich bin nur ein schlechter Verlierer. Ich habe mir ziemlich viel Mühe gemacht, die Schuhe zu finden, jetzt sollen sie gefälligst auch etwas nützen.«

Der Inhaber der Boutique war ein betagter Händler. Er saß auf einem Holzstuhl, döste und wedelte mit einem Fächer. Es standen nicht viele Schuhe in den Regalen. Der Mann betrachtete erstaunt die Schuhe, die Willy ihm vor die Nase hielt. Sein Englisch war sehr schlecht, das des Lieutenant auch nicht besser. Sie kommunizierten dementsprechend mühelos miteinander.

»Haben Sie die verkauft?«

»Ja, und ich bin der Einzige auf der ganzen Insel. Ich lasse sie aus Izmir kommen. Aber die roten habe ich nicht mehr. Ich habe andere, in anderen Farben. Sie stehen dort oben.« Er zeigte auf Türme von Schachteln auf den Schränken. Viviane hob den Kopf und setzte ein eigenartiges Lächeln auf: Ihr waren sie natürlich nicht aufgefallen.

»Danke, aber mich interessieren nur die roten.«

»Tut mir leid, ich habe vor rund zehn Tagen das letzte Paar verkauft.« Der alte Mann sah ins Innere des Schuhs und ergänzte: »Das war dieselbe Größe, 46. Ich hatte sie herabgesetzt, weil so große Größen sich schlecht verkaufen. Vielleicht waren es sogar genau diese.«

»Haben Sie die an eine junge Frau verkauft?«, fragte Willy.

»Nein, an einen französischen Herrn. Ich habe ihn noch darauf aufmerksam gemacht, dass sie ihm zu groß sein müssten, aber er hat sie gekauft, ohne sie anzuprobieren.«

Viviane sah zu ihrem Lieutenant: Er frohlockte. Sie sah, wie er sich verwandelte, Bulle wurde. Es war schön anzusehen, viel schöner als sämtliche Zehnkampfdisziplinen. Er hatte seine kleine Fuji aus der Tasche geholt und zeigte dem Händler die Fotos, die er seit seiner Ankunft gemacht hatte. Gewöhnliche Gruppenfotos, Fotos am Tisch, von Aufführungen, Portraits von Kokos und Kikis.

»Stopp, der war's, der mit den roten Haaren.«

Willy reichte Viviane den Apparat. Animateur-Koko in seiner ganzen schändlichen Pracht, im weißen Kostüm, mit Mikro in der Hand.

»Der Dreckskerl, er hat uns an der Nase herumgeführt«, fauchte Viviane. »Kommen Sie, Willy, ich lade Sie auf einen Kaffee im Captain's House ein.«

Sie hatten am selben Tisch Platz genommen wie letztes Mal, es war immer noch angenehm frisch, es herrschte dieselbe Stimmung, es waren fast dieselben Touristen da, aber alles war anders. Letztes Mal dachten sie noch, sie verstünden etwas, heute verstanden sie gar nichts mehr. Ihre Mutmaßungen gingen in alle Richtungen, das Puzzle war wieder durcheinandergeraten.

»Animateur-Koko hat die Sportschuhe für Königin gekauft, sie stecken also unter einer Decke«, fasste Viviane zusammen. »Und wenn er auch der Liebhaber wäre?«

»Das kann ich mir kaum vorstellen, Kommissarin. Alle Welt weiß, dass die sich hassen. Und ganz ehrlich«, sagte er mit skeptischem Gesichtsausdruck, »der als Verführer …«

Viviane bestellte ein Glas Wasser. Sie hatte keinen Durst, es war nur, um sich besser zu konzentrieren: Sie trank langsam, ganz langsam. »Können Sie sich an diese furchtbare Aufführung der Volkstänze erinnern? Dieses Pärchen, das sich vor den Musikern stritt und hinter ihnen herumknutschte?«

Willy nickte leicht mit dem Kopf, er verstand.

Viviane erklärte weiter, noch ohne zu wissen, wohin sie das führen sollte: »Nehmen wir einmal an, Königin und Animateur-Koko haben ein Verhältnis. Dann wird alles ganz einfach: Der eine bestätigt das Alibi des anderen. Animateur-Koko kann King ganz in Ruhe ermordet und versteckt haben, *bevor* der Bulle hereinkam und *bevor* sie ins Amphitheater zurückkehrten, und ich glaube auch zu wissen, wie. Ihr Kommen und Gehen passt nicht mehr zusammen, das Spiel ist vorbei.«

»Und was ist mit dem Henker?«

»Der ist sehr wichtig, der Henker, aber ich weiß nicht recht, was ich mit ihm anfangen soll. Er hat seinen Platz im Puzzle noch nicht gefunden.« Sie schloss die Augen, legte den Kopf in die Hände. Es sollte nicht theatralisch wirken, sie musste in ihre Erinnerungen abtauchen, eine Szene wachrufen, ihre Umstände. »Gehen wir, Willy?«

Auf dem Weg machte sie Halt in einer Buchhandlung und blätterte in einem Französisch-Griechischen Wörterbuch, dann in einem Griechisch-Türkischen. Sie schrieb sich ein Wort in Lautschrift auf. Willy hatte vor der Tür auf sie gewartet.

Als sie aus dem Laden trat, rief sie ihm zu: »Ich habe ein Wort gesucht und gefunden. *Kukuleta*, hübsch, nicht? *Kukuleta*, haben Sie das Wort schon einmal gehört? Nein? Ich auch nicht, stellen Sie sich vor. Obwohl das ein auffälliges Wort ist, eines, das man sich merkt, *Kukuleta*.« Der ratlose Blick von Cruyff machte sie glücklich. Sie verwandelte sich gerade wieder in Kommissarin Lancier, die Kriminalfälle löst.

Zehn Minuten später setzte das Taxi sie am Eingang zum Clubdorf ab. Willy stellte keine Fragen mehr, er folgte Viviane nur bewundernd. Er erlebte gerade live die Lösung eines Falles mit.

Sie stieg die Stufen zum Amphitheater hinauf und öffnete das Tor. »Lassen Sie uns oben bleiben, Willy. Sind Sie sicher, *alle* Verstecke durchsucht zu haben? Sehen Sie mal da, vor sich.«

»Die Bühne, Commissaire? Aber die habe ich durchsucht, darüber, dahinter und darunter.«

»Nein, Sie sehen zu weit nach unten. Ich habe gesagt *vor* ihnen. Ich werde Ihnen helfen, Sie waren dort schon, ich noch nicht.«

»Da sind nur der Mast und das Rad, das … oh, Scheiße!«

»Ja, Willy. Wenn man etwas sucht, denkt man selten daran, in die Luft zu gucken. Wie im Schuhladen. Oder, wie Sie neulich auf der Akropolis so schön sagten: ›Von unten sieht man nichts.‹«

Beide starrten auf das Ende des Lichtmasts, aus dem schließlich ein Klettermast geworden war. Auf dem Rad reihten sich die Scheinwerfer aneinander. Einige waren in Plane eingewickelt, andere nicht. Manche Planen waren umgeschlagen und wurden von Gummispannern gehalten.

»Ein schönes Chaos. Da war King geparkt, als Brigadier Vermeulen, Clown-Koko, Animateur-Koko und

Königin ihn suchten. Animateur-Koko und Königin taten nur so, als würden sie suchen. King war dick, aber nicht dicker als zwei oder drei Scheinwerfer.«

»Sie haben ihn versteckt, okay. Aber wie haben sie ihn da hochbekommen?«

»Er ist alleine hochgeklettert, lebend. Er muss oben getötet worden sein. Das ist die einzige Erklärung. Kein Mörder hätte ihn da hinaufziehen können.«

»Gut, nehmen wir an, er wurde oben getötet und unter einer Plane versteckt. Und dann, wie hat man die Leiche aufgehängt? Das kostet Zeit. Wenn ich Ihnen folge, gibt es nur zwei Lösungen: Entweder die Leiche wurde vom Henker aufgehängt, um kurz nach 18 Uhr, oder sie wurde von Animateur-Koko um 20.30 Uhr aufgehängt, als der auf einen Sprung ins Amphitheater kam, während Spritzen-Kiki unten auf ihn wartete. Die zweite Lösung können wir ausprobieren. Animateur-Koko war nur ein Lied lang hier, erinnern Sie sich?« Willy lehnte die Leiter gegen den Mast, holte die Strohpuppe unter der Bühne hervor, zog sie hoch und positionierte sie nicht ohne Schwierigkeiten oben auf dem Rad. Er legte ihr das Seil um den Hals, knotete das andere Ende ans Rad, kletterte wieder hinab und stellte die Leiter wieder weg. »Wir werden die Szene nachstellen, vielleicht sogar mit Musik.« Er betrat das Regiehäuschen und wühlte in der Kiste mit den CDs. »Hier, die Musik von ›Alexis Sorbas‹. Alles andere hätte mich in einem Ferienclub auf Rhodos auch gewundert. Gut, ich gehe zurück in die *zona privada*, an den

Fuß der Treppe, und Sie schmeißen die Musik an und geben mir damit das Startzeichen. Drehen Sie ganz laut auf. Ich warte ein paar Takte ab, um dann loszugehen, wie Animateur-Koko.«

Viviane lächelte: Er wurde gerade zu einem richtigen Bullen, blieb aber wie ein kleines Kind. Das war sehr charmant. Er ging, sie ließ die Musik anlaufen und setzte sich ganz nach oben ins Amphitheater, um die Übung zu verfolgen.

Willy war schon dabei das Tor zu öffnen und die Stufen hinabzurennen. Er zog die Leiter aus, fixierte sie und lehnte sie gegen den Mast. Der Busuki-Rhythmus wurde schneller. Er kletterte auf das Rad, befreite die Puppe von der Plane und ließ sie fallen, kletterte wieder hinunter, klappte die Leiter wieder ein, räumte sie weg, raste die Stufen wieder hinauf, als würde er hundertzehn Meter Hürden laufen, schloss das Tor.

Gerade startete der finale Teil des Sirtaki, der Rhythmus war wie entfesselt, und Willy auch. Mit einem großen Sprung warf er sich auf die letzte Stufe.

»Da bin ich!«

Alexis Sorbas hatte drei Minuten und zweiundvierzig Sekunden gedauert. Die letzte Note war vor zehn Sekunden verklungen. Nicht geschafft.

»Sehen Sie, Viviane? Ich bin um einiges sportlicher als Animateur-Koko, King war doppelt so schwer wie die Puppe, trotzdem habe ich es nicht geschafft. Was am meisten Zeit gekostet hat, war, die Leiter aufzustellen. Als Verdächtiger bleibt demnach nur der Henker.«

Willy schwitzte leicht, er war außer Atem, er triumphierte; er war schön anzusehen.

Viviane konterte: »Nein, der kann es nicht gewesen sein. *Kukuleta*, sage ich nur, *Kukuleta*, und fragen Sie jetzt nicht nach, Willy. Der Henker zählt nicht, es *muss* Animateur-Koko gewesen sein, selbst wenn ich nach Ihrer Darstellung gar nicht mehr weiß, wie er es angestellt haben soll. Kommen Sie, wir werden einen wichtigen Zeugen aufsuchen.«

Die Kommissarin nahm ihn mit zum Strand, zum Segelclub.

»Wo ist Gegenwind-Koko?«, fragte sie einen Heyduda, der gerade dabei war, die Saling an einer Jolle zu reparieren.

»Der ist aufs Meer gefahren. Er wird in einer Viertelstunde wieder da sein. Kommen Sie rein, setzen Sie sich.«

Sie betraten den Segel-Bungalow, in dem das Material lag. Der Raum roch nach nasser Wäsche, die niemals trocken wurde, nach Katzenurin und etwas Lieblichem, das Viviane belustigt zur Kenntnis nahm. Willy setzte sich auf einen Segelsack, die Kommissarin blieb stehen. Eine große Tafel, auf der verschiedene Knoten dargestellt waren, hatte ihre Aufmerksamkeit erregt. Besonders einen betrachtete sie eingehend und las die dazugehörige Legende. »Dieser ›Anbindeknoten‹ ist ja toll«, sagte sie zum Heyduda.

»Ja, der ist einfach zu machen und sehr praktisch. Wenn man an dem einen Ende zieht, wird er fester, wenn man mit einem Ruck an dem anderen zieht, löst er sich.«

Die hochgeschossene Silhouette von Gegenwind-Koko tauchte im Türrahmen auf, gegen das Licht. »Warten Sie auf mich? Da haben Sie Glück, der Motor vom Dingi hat wieder gestreikt, ich dachte schon, der erholt sich nicht mehr. Was möchte Sie wissen, Commissaire?«

»Ich frage mich, ob Königin wieder mit dem Wasserskifahren angefangen hat, jetzt wo King nicht mehr da ist, um es ihr zu verbieten.«

Gegenwind-Koko rieb sich das Kinn: Er tat, als würde er nachdenken. Es war lächerlich, er wusste die Antwort. »In der Tat, nein. Man muss das verstehen, mit allem, was sie um die Ohren hat. Sicher wird sie bald wieder damit anfangen.«

»Mal sehen …«, entgegnete Viviane. Beim Rausgehen hob sie ein beflecktes Papiertaschentuch auf, betrachtete es, roch daran und drehte sich fragend zu Gegenwind-Koko. »Das spielt sich also hier ab, ja?« Dann ging sie, ohne die Antwort abzuwarten. Der verwirrte Blick des Kokos war ihr Antwort genug.

Sie ging mit Willy zur Bar und schlug ihm einen Cocktail vor, einen echten, nur ohne Alkohol. Sie schlug vor, ihn etwas weiter weg, im Schatten eines Storaxbaums, zu trinken. Die Luft war mild, der Wind frisch. Ideale Wetterbedingungen für einen Triumph.

»Die Partie ist aus, Willy, ich habe alle Karten in der Hand. Und jetzt gehe ich einen Mann glücklich machen.«

»Fredo?«

»Was reden Sie da! Ich spreche vom Allmächtigen.«

Kapitel 20

Am anderen Ende der Leitung gurrte der Kriminaldirektor vor Glück. »Sehen Sie, meine kleine Viviane, habe ich es nicht von Anfang an gesagt, ›cherchez la femme – folgen Sie der Frau‹. Sie wollten mir ja nicht glauben. Aber egal, jetzt wo alles klar ist, können Sie Ihre Ferien dort beenden. Übersenden Sie Lieutenant Cruyff meine Glückwünsche.«

Viviane hätte auch gerne eine Streicheleinheit bekommen, traute sich aber nicht, darum zu bitten. »Und wie sollen wir weiter verfahren, Herr Kriminaldirektor? Es war vorgesehen, dass der Schuldige am Hauptsitz befragt und bei seiner Ankunft in Paris festgenommen wird. Königin wird sich nicht täuschen lassen, die Leitung des Esprit-Clubs hatte sie seinerzeit über das Prozedere informiert.«

»Ach«, sagte der Allmächtige. Er gönnte sich ein langes Chef-Schweigen, dicht, voller höherer Ideen. »Ich werde mit dem Minister sprechen. Ich rufe Sie zurück.«

Willy wartete hinter der Tür. Sie ließ ihn eintreten und legte ihm die Situation dar. Er war verblüfft und begriff nicht, warum man die Schuldigen nicht der griechischen Polizei überlassen konnte. »Machen Sie solche Spielchen öfter mit, Sie, als Kommissarin?«

»Ich akzeptiere sie, weil ich Kommissarin bin, Willy.«

Sie ergänzte nicht, *»Ich bin Kommissarin, weil ich sie akzeptiere«*, das hatte der Lieutenant schon verstanden. Er ging schwimmen.

Kurz darauf rief der Allmächtige zurück. »Da haben Sie uns ja schön reingeritten, mit diesem Fall. Aber wir haben eine Möglichkeit gefunden, die Personen auszuschleusen. Ich nehme an, Sie haben eine Waffe?«

Es war herrlich mit ihm. Er nahm immer das an, was ihm gerade passte. »Man hat mir einen .45-Colt geliehen.«

»Gut. Morgen, nach der Aufführung, werden Sie die beiden Verdächtigen festnehmen, ganz diskret. Sie leihen sich das Dingi vom Club und fahren mit ihnen bis an die Grenze der Hoheitsgewässer, immer nach Osten. Da kommt dann ein Schnellboot der Marine, um die beiden abzuholen. Sie bleiben in telefonischem Kontakt. Und natürlich machen Sie keine Welle vor morgen Abend, damit die Vögelchen nicht ausfliegen. Tags darauf trifft dann der neue Dorfchef ein, und Sie klären mit ihm alles Weitere, um am Sonntag in den Flieger nach Hause steigen zu können. Noch Fragen?«

In seiner Sprache bedeutete diese Frage, dass sie gefälligst keine Fragen mehr zu stellen habe. Viviane bedankte sich beim Allmächtigen, bevor er auflegte – für den Fall des Falles musste man sich immer bei seinem Vorgesetzten bedanken. Das Ende der Geschichte gefiel Viviane nicht: Aus dem Krimi wurde ein Spionagefilm.

Eine Frage hatte sie aber doch noch. Was sollte sie in der Zeit bis zur Verhaftung machen?

Der Lieutenant hatte keine Bedenken. Als sie ihm die Programmänderung ankündigte, sah er sich den Aushang der Aktivitäten an. »Wichtig ist nur, dass man uns den Samstagabend lässt, für das Karaoke. Würde es Ihnen Spaß machen, im Duo mit mir zu singen?«

»Ja, Willy, viel Spaß.« Sie hatte einen Entschluss gefasst. Wenn Sie schon dazu verdammt war, noch sechsunddreißig Stunden im Club zu verweilen, dann wollte sie eine echte Chérie werden. Sie würde lernen, ihre Schwimmsachen gleich morgens an den Pool zu bringen, um sich einen Liegestuhl bis zum Abend zu reservieren, alle Leute zu duzen und ihnen dabei auf die Schulter oder den Bauch zu klopfen. Sie würde vergängliche Freundschaften kennenlernen, die man vor dem Eisstand knüpfte, *Oh, wie lustig, du hast dasselbe ausgesucht wie ich, Zitrone und Mango, bestimmt hast du auch dasselbe Sternzeichen.* Sie würde mit Begeisterung an den Spielen teilnehmen, an den TV-Satiren, *oh ja, wir nehmen* »Knack die Nuss«, *du stellst die Fragen, ich bin der Kandidat*, sie würde sich mit den angetrunkenen Kokos fotografieren und sich küssen lassen, *hör auf, das kitzelt*, sie würde griechischen Wein trinken bis zum Abwinken, um dann zur Siesta in einen hypnotischen Schlaf zu fallen. Schließlich würde sie Fünfte beim Drei-gegen-drei-Boule-Turnier werden, *ha, und erst wollte niemand sie in der Gruppe haben* ... Sie würde in den Geschäften des Clubs irgendetwas kaufen, *also gut, es war vielleicht nicht geschmackvoll, aber dafür war es von hier.* Vielleicht würde sie sogar Fredo in seine Lodge begleiten, *nein wirklich, am Empfang Kondome zu besorgen ist nicht meine Sache.*

Sie würde alles machen wie alle, um sicher zu sein, wie alle zu sein. Und sie tat alles, was sie sich vorgestellt hatte, mit Ausnahme von Fredo, der schon auf Plan B ausgewichen war.

Als die finsteren Stunden zu Ende gingen, wusste sie, dass sie ein Leben lang den Eindruck haben würde, die schrecklich gute Seite des Lebens entdeckt zu haben. Stunden, die einen der besten Momente einer Bullenkarriere nicht verderben durften: die Lösung eines Falls.

Am Abend trat sie an den Tisch der gelben T-Shirts, die gerade ihr Essen beendeten, und neigte sich zu Königin und Animateur-Koko. »Ich muss mit Ihnen beiden sprechen, nach der Aufführung, es ist sehr wichtig. Können wir uns bei Ihnen treffen, Königin?«

Diese sagte sofort zu, ohne ihre Verwunderung zu verbergen.

Zwei Stunden später klopften die Kommissarin und ihr Lieutenant bei Königin an die Tür. Animateur-Koko und Königin empfingen Viviane und Willy mit der höflichen, besorgten Miene, mit der ein Direktor die Elternvertreter empfängt.

»Ich möchte Sie um einen Gefallen bitten: Könnten

Sie Zecher-Koko bitten, das Dingi heute Nacht nicht zu benutzen? Wir werden es brauchen.«

Königin schien überrascht zu sein, deswegen ergänzte sie: »Das ist eine Frage der Sicherheit, mehr kann ich Ihnen nicht sagen. Rufen Sie ihn gleich an, sobald die ersten Chéris in den Nachtclub kommen, schaltet er sein Handy aus.«

Königin zuckte mit den Schultern und tat, worum sie gebeten wurde. »Zecher-Koko? Du fährst heute Nacht nicht mit dem Dingi raus ... So ist das aber ... Nein, ich kann es dir nicht erklären ... Mal sehen, später, später.« Sie legte auf. Sie lächelte nicht. Man hatte ihre Autorität erschüttert, sie musste sie zurückgewinnen. »Sind Sie deswegen hier, Commissaire?«

»Ich wollte Ihnen noch unsere Glückwünsche übermitteln.« Viviane hatte diese Worte geäußert, während sie auf Königins Bauch schaute, und fuhr sehr freundlich fort: »Wann ist es denn so weit?«

Jetzt musste die Befragung Schlag auf Schlag gehen, damit Königin keine Zeit bliebe, sich zu fassen. Die junge Frau sah sie verwirrt an. »In sechs Monaten. Woher wissen Sie ... Haben Sie das erraten?«

»Da war zunächst Ihre Übelkeit, an dem Tag, als der Türke starb. Dann habe ich in Ihrem Büro ein Foto gesehen und mich gefragt, warum eine Frau, die so schöne Backflips macht, seit zwei Monaten kein Wasserski mehr fährt. Ich konnte kaum glauben, dass King Ihnen eine Viertelstunde mit dem Dingi verbietet, während er Zecher-Koko seinen Nachtausflug lässt. Was hinderte

Sie also jetzt daran, Ihr Training wieder aufzunehmen? Niemand, außer einem kleinen Ei, das im Bauch seiner Mutter nicht herumgerüttelt werden möchte. Ein kleines Ei, das Ihr Liebhaber befruchtet hat – King konnte schließlich keine Kinder bekommen.«

»Na und? Was geht Sie das an? Eine Frau hat ein Recht darauf, von ihrem Liebhaber schwanger zu werden!«

»Ja, nur dass Ehemänner selten dieser Meinung sind. Ich glaube, dass das das wirkliche Thema des Streits war, den alle Kokos mit angehört hatten. Er hatte endlich begriffen, dass Sie schwanger sind, und wollte wissen, wer der Vater ist, um ihn aus dem Dorf zu jagen, stimmt's?«

Königin und Animateur-Koko warfen sich ratlose Blicke zu. Viviane wusste, dass sie gleich sprechen würden.

»Er wollte, dass ich abtreibe, der Dreckskerl«, seufzte Königin. »Sollte ich mich weigern, würde er mir das Leben zur Hölle machen. Ich wusste auch, dass er niemals einer Scheidung zugestimmt hätte. Er hätte mich lieber tot gesehen, als mit einem anderen Mann.«

Viviane nickte. Manchmal genügte es, die Befragung gut einzuleiten, damit die Verdächtigen die Katze aus dem Sack ließen. Sie beschloss, ihnen unter die Arme zu greifen: »Er war schwer zu identifizieren, dieser Mann. Ich habe lange geglaubt, es sei Gegenwind-Koko, und dass Sie sich am Ufer des Meeres trösten ließen, im Segel-Bungalow, wenn King unterwegs war.«

»Was wissen Sie davon?«

»Neulich, bei Sonnenaufgang, hing Ihr Parfüm noch in der Luft: Shalimar von Guerlain. Gegenwind-Koko hat einen glaubwürdigen Liebhaber abgegeben, er hatte den Schlüssel zum Segel-Bungalow, sprach zärtlich von Ihnen. Nur leider passten die Stundenpläne nicht zusammen, und die Herzenspläne auch nicht: Ich weiß, dass er eine Angetraute hat. Aber gestern, als ich noch einmal vorbeigegangen bin, da war wieder dieses Parfüm und ein sehr schmutziges Papiertaschentuch. Man hatte es dafür gebraucht, einen Pfeifenreiniger abzuwischen, an dem diese sehr besondere Note griechischen Tabaks mit Weihrauch haftete. Da konnte ich beide Enden zusammenführen: Animateur-Koko hat sein Reinigungsritual vollzogen, während er auf Sie wartete. Gegenwind-Koko war eingeweiht, nicht wahr? Die pantheistischen Meditationen am Strand erlaubten ihm, Wache zu halten und bei Gefahr im Verzug einen Heyduda zu schicken. Können Sie mir so weit folgen?«

»Sehr wohl, Commissaire«, antwortete Königin, »aber ich sehe in all dem noch immer nichts, was diese nächtliche Zusammenkunft rechtfertigt. Halten Sie mir eine Moralpredigt?«

Viviane ließ sich nicht ablenken und fuhr fort: »Da beschließen Sie, King umzubringen. Sie haben nichts zu verlieren, nicht einmal die große Erbschaft, denn den im Sterben liegenden marokkanischen Patenonkel gibt es nicht. Schönes Alibi, gut ausgedacht, unmöglich zu überprüfen.«

»Unmöglich zu überprüfen, also unmöglich zu widerlegen«, wandte Animateur-Koko ein.

Viviane wusste, dass der Anschluss jetzt schwierig werden würde. Die beiden Geliebten hörten ihr ruhig zu. Sie durfte nicht bluffen, sie musste erzählen, wie es war. Wer von beiden würde schneller die Nerven verlieren?

Sie wandte sich Animateur-Koko zu. »Um King zu töten, nutzten Sie die Tatsache, dass er die kleinen Nebenverdienste der Kokos konfiszieren wollte. Das würde alle gegen ihn aufbringen, alle würden sich verdächtig machen. Sie würden sich seiner also entledigen, aber nicht irgendwie. Er hat Sie beide immer wieder aufs Neue erniedrigt, von Jahr zu Jahr, weil er mit Ihnen umgesprungen ist, als wäre der eine von Ihnen ein serviler Kriecher und die andere ein Mädchen für alles. Sie wünschen sich, dass er stirbt, noch während er seine nackte Frau entdeckt und herauszufinden versucht, wer ihr Liebhaber ist – dabei steht der schon da, genau unter ihm, bereit, ihn zu töten! Welch ein Genuss! Sie standen auf der Leiter, nicht wahr, Animateur-Koko? Und King genau über Ihnen, am Rand des Rads. Sie haben ihn mit ihrem langen Pfeifenreiniger ermordet, den Sie für Ihren Knösel brauchen. Täusche ich mich?«

Animateur-Koko antwortete nicht, konnte aber ein kurzes stolzes Lächeln nicht unterdrücken. Viviane war auf dem richtigen Weg. Jetzt kam der schwierigere Teil. »Sie haben ihn geschärft und an Sixiz ausprobiert. Sie haben einen zerbrochenen Spieß in die

Wunde gesteckt, um davon abzulenken, dann haben Sie ihn aufgehängt, um falsche Fährten zu legen. Der aufgebrachte Türke würde King beschuldigen, was aus ihm den ersten Verdächtigen machen würde, aber womöglich könnte er beweisen, dass er unschuldig war. Sehr wichtig, die Sache mit dem Türken, ich komme darauf zurück. Sie haben bewusst alles kompliziert gemacht: Kings Tod allein genügte Ihnen nicht, Sie wollten die Figur, seine Rolle, den König ausschalten. Ihn dem Mob ausliefern, wie einen Hund, den man totprügelt. Hierfür überzeugen Sie ihn davon, seine Unterredungen im Königskostüm abzuhalten, das würde Ihnen das Umziehen ersparen, nachdem Sie ihn erstochen hätten. Ein wundervoll in Szene gesetzter Mord, ein kunstvoller Plan, der nur durch einen Makel ins Wanken geriet, durch Brigadier Vermeulen, stimmt's?« Sie lächelte Animateur-Koko zu, er lächelte zurück. Nur jetzt nicht den Blick abschweifen lassen, wenn er sich zu Königin drehte, riskierte Viviane, dass er wieder unter ihre Kontrolle geriet. Viviane lächelte noch mehr, ermunternd, freundschaftlich.

»Ja«, seufzte Animateur-Koko. »Nachdem ich King getötet hatte, habe ich auf dem Thron einen handgeschriebenen Zettel entdeckt. Darauf standen die Uhrzeiten der Unterredungen, als Letztes war noch ein Name hinzugekommen, der des Bullen. Das brachte all unsere Pläne durcheinander. Wir hatten vorgesehen, King ab jenem Moment dort hängen zu lassen und das Amphitheater zu verschließen, bis das Fest anfing. Aber der Bulle hätte sicher Theater gemacht, wenn er King entdeckt hätte. Er kannte das Ritual mit der Puppe nicht, er hätte ihn bestimmt abknüpfen lassen. Es wäre so schade gewesen, wir wollten ihn unbedingt verprügeln lassen.«

»Haben Sie gar nicht befürchtet, in Verdacht zu geraten?«, fragte Willy.

»Wir hatten uns ein Alibi zurechtgelegt: Der Türke sollte bestätigen, dass King noch da war, mit Königin, um ihm mitzuteilen, dass er die Kündigung rückgängig gemacht habe, nachdem wir gegangen waren.«

Viviane nahm den Faden wieder auf: »Angesichts dieses Zwischenfalls beweisen Sie ein außerordentliches Improvisationstalent. Sie beschließen, die Leiche bis zum Abendessen unter den Planen zu verstecken. Zuerst bereiten Sie den Strick vor. Wie könnte man, sobald der Henkersknoten am Hals gut sitzt, den Körper schnell und unauffällig hinunterfallen lassen, ohne die Leiter aufstellen zu müssen? Sie befestigen ein dünnes Seil an seinem Fußgelenk, mit einem Anbindeknoten, bevor sie es unauffällig am Mast vertäuen. Sie haben so viel Zeit im Segel-Bungalow verbracht, um auf Königin zu warten, da mussten Sie den Knoten ja gut kennen! Man müsste nur an dem einen Ende ziehen, um den Körper fallen zu lassen, und an dem anderen, um das Seil zu lösen, denn das Fußgelenk befindet sich immerhin in einigen Metern Höhe. Sie lassen Clown-Koko kommen, sodass beide, er und Brigadier Vermeulen, Kings Verschwinden bemerken. Nach dem Essen gehen Sie dann mit Spritzen-Kiki beim Amphitheater vorbei. Die würde die Stufen ganz bestimmt nicht mit Ihnen hochgehen, aber bezeugen können, dass Sie nur drei Minuten im Amphitheater geblieben sind.«

Königin und Animateur-Koko folgten den Ausführungen ihrer Taten interessiert. Fühlten sie sich schuldig? Viviane holte Luft. Was folgte, war weniger glorios. »Diese Alibis hatten Sie nur ›für den Fall, dass‹ vorbereitet. Normalerweise hätte jeder an einen Selbstmord geglaubt. Aber falsch gedacht: Brigadier Vermeulen hat das nicht geglaubt. Und als ich hier eintreffe und später den Türken befrage, überkommen Sie erste Zweifel: Wenn ich nun auch nicht daran glauben würde? Da kommt zum Glück der Henker mit seiner spitzen Mütze und entlastet Sie. Sagen Sie, Königin, wie heißt diese Mütze mit den Augenschlitzen auf Türkisch?«

»Woher soll ich das wissen, er hat das Wort wahrscheinlich gesagt, und ich habe es nicht gehört, er hat mehr mit den Händen gestikuliert als geredet.«

»Nein, er hat mit seinen Händen nichts bedeutet, das so eine Mütze beschreiben sollte, ich habe das genau gesehen. Also, wissen Sie, wie Mütze auf Türkisch heißt?«

Königin kniff die Lippen zusammen und schwieg.

Viviane lächelte sie an. »*Kukuleta*, ein Wort, das man nicht vergisst, oder? Es gab niemals eine *Kukuleta*, und auch keinen Henker. Sie haben sich diese Figur ausgedacht, um uns zu täuschen, und das ist Ihnen weiß Gott gelungen. Was hatten Sie den Türken damals übrigens wirklich gefragt? Wie haben Sie ihm diese Beschreibung des Henkers abgerungen?«

»Ich habe ihn gebeten, mein weißes Kleid, meinen roten Schal und den Türstock zu zeigen, ganz einfach.«

»Und damit dachten Sie, dass die Sache geregelt sei. Aber ich wollte noch einen richtigen Dolmetscher beauftragen. Ihre Erfindung mit dem Henker würde alles auffliegen lassen, und Sie mit dazu. Also mussten Sie improvisieren.«

Viviane beschrieb daraufhin die Ermordung des Türken, wie sie es schon für Willy getan hatte, nur mit mehr Details, mehr Effekten. Ihre Ausführungen galten nicht mehr den beiden Angeklagten, sondern ihrem Lieutenant. Er hörte ihr mit großen Augen zu. Königin nickte immer wieder, senkte den Kopf. Ja, es stimme, diese zweite Flasche habe sie in Panik versetzt. Und ja, die Sache mit der Katze habe ihr den Rest gegeben.

»Genau da kamen mir erste Zweifel«, erklärte Viviane, »die verschwundene Katze hat Sie mehr mitgenommen als der tote Türke. Ich habe mich gefragt, wann Sie mir wirklich etwas vorgespielt haben.«

»Ich war wie von Sinnen. Ich fürchte mich *wirklich* schrecklich vor übernatürlichen Phänomenen. Aber wer hat denn die Katze verschwinden und wieder auftauchen lassen, im Pool und im Amphitheater, Sie?«

Jämmerlich gestand Willy seinen Besuch beim Tierpräparator. »Aber das mit dem Pool und der gehängten Katze«, versicherte er, »das war ich nicht. Mein Mitbewohner hat es mir gestanden. Kumpels von ihm, allesamt Trinker, die ständig zugedröhnt sind, sind in unserer Lodge vorbeigekommen. Sie haben Sixiz gefunden, als sie Eiswürfel aus dem Kühlschrank holen wollten und ihn einfach mitgehen lassen. Dann haben sie ihn wieder aus dem Müll geangelt und sich einen Spaß damit gemacht.«

Königin und Animateur-Koko hörten zu und nickten.

»Ah«, fiel Viviane noch ein, »beinahe hätte ich Ihr letztes Manöver vergessen, die Zeichnung mit der gehängten Königin. Das haben Sie sich während der Versammlung mit den Kokos ausgedacht, um mich glauben zu machen, es handle sich um eine Drohung von einem von ihnen, weil er seinen kleinen Nebenverdienst nicht verlieren wollte. Außerdem haben Sie sehr hinterhältig meinen Verdacht auf Clown-Koko, Küchen-Koko und Schraubenzieher-Koko gelenkt, die ein paar hübsche Verdächtige abgaben. Aber der Lieutenant ist Ihnen nicht in die Falle getappt: Ein normaler Mann schaut sich die Ohrringe einer Frau nicht an.« Sie atmete kurz durch. Ihre Ausführung war lang gewesen, jetzt wurde es Zeit, Schlüsse zu ziehen. »So, der Fall wäre aufgeklärt. Bravo! Noch nie bin ich in einem Fall so oft auf die falsche Spur geschickt worden.«

Königin zuckte mit den Schultern und erklärte der Kommissarin: »Sie haben nicht den kleinsten Beweis, auch kein Geständnis. Sie haben nur eine schöne Geschichte. Wir haben Ihnen ein bisschen dabei geholfen, sie sich auszudenken, mehr nicht.«

»Das erklären Sie dann dem Richter.«

Animateur-Koko bremste sie mit einer Geste aus. »Königin hat recht, Ihre Version ist brillant, aber wo sind die Beweise? Mit einem guten Anwalt wird man uns aus Mangel an Beweisen freisprechen. Letzten Endes hätten wir unseren Job verloren. Und Ihnen wird man schludrige Ermittlungen vorwerfen, die allein auf Mutmaßungen basieren. Schlecht für Ihre Karriere. Am besten, Sie lassen uns gleich gehen, das wäre einfacher. Und wir würden uns auch erkenntlich zeigen.«

Er war erstaunlich gefasst, als handelte er einen Vertrag aus. Jetzt war er es, der Viviane fest in die Augen schaute.

»Der Mord am Türken ist ein Verbrechen, stimmt. Aber wen stört das, mal abgesehen von seinem Sohn? Wir sind bereit, ihm eine Schadensersatzrente zu bezahlen. Und über den Tod von King vergießt niemand eine Träne. Das könnte man doch dem Türken anhängen. Alle würden zufrieden sein, inklusive Gericht. Kein Aufsehen, das Leben geht weiter. Für Sie beide sogar um einiges bequemer.«

Viviane wusste, dass sie ihn unterbrechen sollte, aber die Neugier überwog, sie hörte ihn weiter an.

»Wir sind einverstanden, Ihnen jeden Monat ein zweites Gehalt zu überweisen, auf Lebenszeit. Ihnen und Ihrem Lieutenant.«

»Sehr gut. Einen Moment bitte.« Sie zog Willy vor die Tür.

Eisig raunte er ihr zu: »Beamtenbestechung. Das

können Sie nicht annehmen, Viviane. Zählen Sie jedenfalls nicht auf mich.«

»Ich zähle auf Sie«, sagte sie, »aber um die beiden zwei Minuten zu bewachen. Ich habe die Waffe bei mir vergessen. Ich vertraue sie Ihnen an.« Sie rannte zu ihrer Lodge, fuhr mit der Hand über den Schrank, ganz hinten, rechts, links, aber da war nur Staub. Sie stieg auf einen Stuhl und musste der Tatsache ins Auge sehen. Man hatte ihren .45-Colt gestohlen.

Hinten im Schubfach fand sie die Kugeln, was sie kaum tröstete. Man hatte ihr nur den Colt samt Schalldämpfer gestohlen, allerdings war das Magazin fast voll gewesen: Darin befanden sich sechs Kugeln.

Sie steckte ihr Handy ein, das sie für die Auslieferung auf dem Meer brauchen würde. Das Display zeigte ihr eine Nachricht auf der Mailbox an. Sie hörte sie ab, dann noch einmal, sie war am Boden zerstört: Es war der Allmächtige.

Aufgrund eines *Impediments* würde die ganze Sache um vierundzwanzig Stunden verschoben.

Viviane hatte noch nie etwas von einem *Impediment* gehört. Das musste eine Art seltener und edler Krankheit sein, die nur den Ranghöchsten einer Hierarchie vorbehalten war. Sie fand, es war eine äußerst schmerzhafte Krankheit.

Kapitel 21

Sie würde Königin und Animateur-Koko also vierundzwanzig Stunden lang unauffällig in ihrer kleinen Welt festhalten müssen, von der sie sich keine zwanzig Minuten entfernen konnten, ohne ein weiteres Drama zu riskieren. Was sollte sie den Kokos und Kikis sagen? Wer würde das Dorf so lange leiten? Sie rief den Allmächtigen an, obwohl es schon spät war, erreichte aber nur den Anrufbeantworter.

Plötzlich erschien ihr alles sehr kompliziert. Jetzt war ein einfacher, robuster Verstand gefragt: Willy war der Mann dieser Stunde.

Der Lieutenant hörte sich ihre Erklärungen an und reagierte gelassen. Natürlich, sie seien nicht bewaffnet, aber außer dem Dieb könne das niemand wissen. Darüber hinaus hindere sie nichts daran, auf andere Waffen zurückzugreifen, die im Club vorhanden seien. Eine Axt, eine Forke, eine Sense. Sogar ein Speer. Sicher, vierundzwanzig Stunden seien eine lange Zeit. Aber dann doch nur ein Tag und eine Nacht. Sie würden zunächst die Nacht in Angriff nehmen, und bei Tagesanbruch solle die Kommissarin den Allmächtigen anrufen und um weitere Instruktionen bitten.

Willy schlug Viviane vor, im Segel-Bungalow vorbeizugehen und dort seinen Speer und Seile zu holen, um die Gefangenen zu fesseln; und danach schickte er sie noch ins Gärtnerhäuschen, um sich dort eine Waffe ihrer Wahl auszusuchen. Sie könne sich Zeit lassen, er würde Wache schieben.

Alles ging Schlag auf Schlag.

Ihre Wahl fiel auf die Axt, und im Segel-Bungalow fand sie den Speer und extrastarkes Klebeband. Willy beglückwünschte sie, als wäre er der Kommissar und sie eine Praktikantin. Der Typ würde als Polizeidirektor enden, so viel war klar. Die Situation war seltsam, das Kräfteverhältnis nicht wie gewöhnlich, aber ihr war es recht. Im Moment.

»Ich übernehme die erste Schicht bis 4 Uhr. Dann kommen Sie mich ablösen. Sind Sie einverstanden?«

»Ja, danke, Willy. Meine Lodge ist nur fünfzig Meter entfernt, wenn es Ärger gibt, rufen Sie mich, ich komme sofort.«

Viviane legte sich hin, konnte aber nicht einschlafen. Sie war aufgedreht und konnte sich kaum beruhigen. Selbst ein Bounty-Riegel hätte jetzt keine Abhilfe geschafft. Aber sie wusste etwas Besseres: Sie rief Monot zu Hause an.

Er meldete sich mit einem derart unwirschen »Hallo«, dass sie befürchtete, ihn in galanter Gesellschaft gestört zu haben. Aber nein, er sei gerade nur unsanft geweckt worden. Er wiederholte das mit der Betonung auf dem Verb: sie habe ihn *geweckt*.

»Entschuldigen Sie, Monot. Der Allmächtige hat mir eine Nachricht hinterlassen, die ich nicht verstehe. Ein *Impediment*, was ist das?«

»Eine Verhinderung, Commissaire, Komplikationen. Vom lateinischen *impendere:* drohen, bevorstehen. Ist das alles?«

»Ja, wenn ich schon dabei bin, möchte ich Sie noch um einen, vielleicht unpassenden, Gefallen bitten. Könnten Sie mir das Gedicht vorlesen, das Sie mir neulich aufgesagt haben, das von Apollinaire?«

Er suggerierte ihr, es doch im Internet zu suchen, oder es sich per Mail zuschicken zu lassen. Er begriff gar nichts, der Trottel, das Spiel war ihm fremd, sie würde es ihm schon beibringen. Sie beharrte darauf, bis er brummig aufstand, zwei Minuten später wiederkam und mit seiner klangvollen Stimme zu lesen begann:

Mein sehr lieber kleiner Lou ich liebe dich
Mein lieber kleiner flackernder Stern ich liebe dich
Köstlich elastischer Körper …

»Den Anfang kenne ich, Monot. Sie waren bei den *Brustwarzen* angekommen, oder etwas später …«

»Bei den Labien?«

Ihr Herz klopfte wie verrückt, sie ermunterte ihn mit einem Seufzer. »Ja, ich glaube, lesen Sie, bitte.«

Durch dein stetes Streicheln hypertrophe Labien ich
liebe euch

Herrlich lebhafte Pobacken die sich gut nach hinten werfen ich liebe euch

Sie hörte Lärm in der Nähe ihrer Lodge. Egal, sie erlebte gerade den schönsten Moment dieser Ermittlungen.

Haare hell wie ein Wald im Winter ich liebe euch
Achseln flauschig wie ein neugeborener Schwan ich liebe euch …

Es war Augustin, der ihr das vorlas, Augustin!

Ein heftiger Schlag an der Tür störte ihre lyrische Viertelstunde. Willy tauchte auf. »Ich rufe Sie seit mindestens zwei Minuten, haben Sie nicht gehört? Kommen Sie schnell!«

Wie er da so im Türspalt stand, seinen Speer in der Hand, hatte er etwas von einer römischen Statue: Vielleicht der Gott Mars? Zu gerne hätte sie Monot danach befragt, aber Willy schien es eilig zu haben, sie zur Gefangenen-Lodge zu bringen. Sehr eilig.

Aus gegebenem Anlass. Animateur-Koko und Königin lagen Seite an Seite nebeneinander. Sie schliefen nicht, sie ruhten. Jeder mit einer Kugel im Kopf.

Der Lieutenant schüttelte ungläubig den Kopf. »Ich hielt Wache, als ich einen Hilferuf aus der Nähe des Lagerraums gehört habe. Ich bin hingerannt: Da waren zwei Heydudas von Zecher-Koko, ein Typ und ein Mädchen, die gerade Quatsch machten. Zecher-Koko hatte sie geschickt, um Bier aus dem Lager zu holen, der Typ hatte eine Spinne gefunden, die er dem Mädchen in den Ausschnitt gesetzt hat. Kinderspiele halt. Als ich wieder hier war, hab ich die beiden Leichen entdeckt. Ich habe keine Schüsse gehört, bestimmt hat der Mörder den Schalldämpfer benutzt. Ich hätte niemals weggehen dürfen.«

Sie wartete auf das rituelle »Und was machen wir jetzt?«, aber es kam nicht.

Willy betrachtete niedergeschlagen die leblosen Körper. Sie legte ihm eine Hand auf die Schulter. »Sie dürfen sich nicht schuldig fühlen. Jeder gute Bulle hätte denselben Fehler begangen. Ich auch. Lassen Sie, ich übernehme jetzt das Ruder.«

Beim Allmächtigen meldete sich noch immer nur der Anrufbeantworter. Sie rief im Ministerium an, ließ sich mit dem Notfallstab verbinden und schilderte ihre Lage. Man versprach, sie zurückzurufen.

Zwei Stunden später vibrierte ihr Telefon. Es war der Boss. Seine Stimme war so eisig, dass sie Gänsehaut bekam. »Man hat mir Ihre letzten Heldentaten berichtet, Commissaire. Erzählen Sie mir das im Detail. Ich kann nicht glauben, dass Ihnen ein solcher Fehler unterlaufen konnte.«

Sie erzählte alles, eingeschlossen den Diebstahl der Pistole. Sie konnte ihn nicht sehen, nur hören, aber sie wusste, dass er verdrossen das Gesicht verzog, sich am Kopf kratzte, die Augen zum Himmel hob.

Dann erließ er endlich seine Anordnungen: »Auf der

Stelle nehmen Sie den Toten die Knebel ab und legen Sie sie, ohne Fesseln, aufs Bett. Die Fensterläden sind geschlossen? Gut. Lassen Sie einen Schlüssel von innen im Schloss, schließen Sie die Tür von außen ab und gehen Sie ein paar Stunden schlafen. Rufen Sie nicht die griechische Polizei, lassen Sie Panik ausbrechen. Im Laufe des Vormittags wird ein neuer Dorfchef eintreffen. Er wird sich um alles kümmern.«

»Und wir, Herr Direktor, was sollen wir so lange machen?«

»Nichts mehr, um Himmels willen. Sie haben genug Unheil angerichtet, ich ziehe die Ermittlungen hiermit von Ihnen ab. Wenn man Sie befragt, dann merken Sie an, dass es sich um einen Doppelselbstmord handeln könnte. Tagsüber gehen Sie spielen oder lassen sich bräunen, abends gehen Sie tanzen und nachts schlafen. Selbe Strafe für Cruyff. Ich lasse binnen vierundzwanzig Stunden jemanden kommen, der zuverlässiger ist.«

An der Art, wie er Luft holte, hörte sie, dass er noch eine Gemeinheit sagen würde, bevor er auflegte: »Und nun, schöne Ferien weiterhin, Commissaire.«

Sie vergaß, sich bei ihm zu bedanken. Willy nahm die Anordnungen des Allmächtigen mit einem »Na, dann machen wir es so« entgegen. Sie banden die Toten los und legten sie wie zwei *Gisants* aufs Bett. Der Lieutenant fuhr mit seiner Hand in Animateur-Kokos Tasche und holte ein Etui heraus, in dem ein Schlüsselbund mit einem Minizylinder und ein flacher, goldener Schlüssel lagen.

»Der Schlüsselbund war mir aufgefallen, da ist eine Taschenlampe dran. Keine sehr starke, aber stark genug, um im Dunkeln ein Schlüsselloch zu finden. Ich nehme den Generalschlüssel, um hinter uns abzuschließen.« Er begleitete sie zu ihrer Lodge und erklärte ihr auf dem Türabsatz: »Wenn ich richtig verstehe, enden unsere Ermittlungen hier. Ich wollte Ihnen nur sagen, dass ich sehr glücklich war, mit Ihnen zusammenzuarbeiten.«

»Ich auch, Willy. Morgen finden Sie mich im Liegestuhl, gegen zehn Uhr. Der Boss hat es nicht ausdrücklich gesagt, aber ich glaube, Liegestühle sind drin.«

Diesmal schlief sie rasch ein. Als sie aufwachte, lief alles wie vorgesehen: Der Allmächtige war tatsächlich allmächtig.

Kurz darauf, sie spazierte gerade zu ihrer Leseecke, sah Viviane den neuen Chef des Dorfes ankommen, voller Stolz auf seine Militär-Veteranen-Visage und seinen Blick, der so fest war wie sein Händedruck. Er schien enttäuscht, dass sie keine Habtachtstellung einnahm, als er sich vorstellte. »Ich bin Jean-Patrick. Ich bin gekommen, um hier Ordnung reinzubringen. Sind Sie die …« Er suchte nach einem passenden Wort, er hatte wohl zu viele schlechte Eigenschaftswörter sie betreffend zu hören bekommen. Als sein Blick auf den Buchumschlag der Gedichtsammlung fiel, die sie gerade las, machte er große Augen.

»Jawohl, ich bin *die*. Aber keine Sorge. Ich bin hier, um nichts zu tun.«

Der neue Dorfchef zuckte mit den Schultern und machte kehrt. Viviane flüchtete in Gesellschaft von Apollinaire in ihre Leseecke, wo sie auch Willy fand. Er las! »Was ist das für ein Buch, Willy?«

Er zeigte ihr das Cover von *Jahr des Fußballs*, sie zeigte ihm das von *Alkohol*, dann vertieften sich beide in ihre Werke. Aber weder der eine noch die andere waren bei der Sache, und beide wussten sie es.

Es war Willy, der die Stille unterbrach. »Hat Sie nichts gestört gestern Abend, bei der Befragung?«

Gestört? Nein, sie hatte sich großartig gefunden, traute sich aber nicht, das zu sagen.

Willy fuhr ungerührt fort: »Königin war gar nicht überrascht, als ich erzählt habe, dass die Kumpel meines Mitbewohners ständig zugedröhnt seien, als hätte sie das normal gefunden.«

»Kommen Sie, Willy, seien Sie modern: Überall in Europa können Sie im Umkreis von fünf Kilometern Entfernung Stoff besorgen, sogar im kleinsten Kuhkaff.«

Die Anmerkung machte ihm zu schaffen, aber er sprach weiter: »Andere Sache: Ich bin vielleicht naiv, aber es kommt sicher nicht oft vor, dass ein Verdächtiger einem Schmiergeld anbietet, nur damit man ihn in Ruhe lässt. Das sind keine steinreichen Leute, sondern Leiter eines Ferienclubs. In solchen Berufen verdient man nichts.«

»Vielleicht hatten sie Ersparnisse.«

»In dem Fall hätten sie uns eine einmalige Zahlung

angeboten. Aber gestern waren sie bereit, uns jeden Monat hundert Prozent unseres Gehalts zu überweisen. *Jeden Monat*, begreifen Sie? Ebenso dem Sohn des Türken, dem Sie eine Schadensersatzrente zahlen wollten. Eine *Rente*, nicht einfach nur einen Schadensersatz.«

»Worauf wollen Sie hinaus?«

»Um so etwas anbieten zu können, müssen sie hier ein anderes Business gehabt haben. Eins, an dem sie gut verdient haben, jeden Monat. Und wie heißt das Business, in dem es immer Geld regnet?«

»Drogen, Willy. Damit wären wir wieder an unserem Anfangspunkt.«

»Und was ist das für ein Ort, an dem man leicht an Drogen kommt, fünf Kilometer entfernt von nirgendwo?«

»Die Nachtclubs. Sie sind ein guter Bulle, Willy. Ein verdammt guter Bulle. Da wir den Anordnungen des Chefs Folge zu leisten haben, würde ich sagen, wir gehen heute Abend tanzen. Und Sie bringen mir Salsa bei.«

Er zwinkerte ihr zu und vertiefte sich wieder in *Jahr des Fußballs*. Viviane wollte es ihm nachtun, aber ohne Erfolg.

»Haben Sie sich nicht gefragt, warum King mit Brigadier Vermeulen sprechen wollte, Willy?«

»Doch, aber selbst der Brigadier hatte keine Ahnung, warum.«

»Er arbeitet im Zentralkommissariat von Tourcoing. Das ist einer der größten Umschlagplätze für Drogen aus den Niederlanden. King hatte wohl Verdacht geschöpft, dass im Club mit Drogen gehandelt wird, wahrscheinlich meinte er, der Brigadier müsse in dieser Sache Experte sein und könne ihm einen Rat geben.«

Sie waren in Schwung gekommen und spielten sich den Vormittag über die Bälle zu. Der Drogenhandel ging wahrscheinlich bei der Bar vor sich, in der Nähe von Animateur-Koko, der Konsum an den Tischen, die im Wald verstreut herumstanden. Ja, bestimmt waren sie auch deshalb mit Glasplatten versehen.

»Als wir Kerim in Lindos aufgesucht haben, haben wir nichts verstanden!«, rief Willy aus. »Er hat nicht auf die Sonne gezeigt, er hat in Richtung Club gezeigt, nach Südwest: Er wollte mich dort hinschicken, um mich mit Drogen zu versorgen! Sehen Sie, ich habe das gar nicht schlecht gespielt.«

»Und genau da hat sich auch Liliane Gadret die Drogen am Abend ihres Geburtstags besorgt. Sie hat die *Line* des Jahrhunderts gezogen, ohne auf ihre Antidepressiva Rücksicht zu nehmen. Schließlich wird man nicht jeden Tag dreißig!«

»Zecher-Koko muss sie im Wäldchen abgelegt haben, als er die Überdosis bemerkt hat, dann hat er sie in den Pool bringen lassen, damit es so aussieht, als wäre sie ertrunken. Was ich nicht verstehe, sind die Tütchen in ihrem Koffer.«

»Wir werden es herausfinden, Willy, wir haben es fast geschafft.«

Die Puzzleteile lagen auf dem Tisch, sie fügten sich ineinander, ohne dass man darüber nachdenken musste, es war das Ende, der Moment, in dem alles ganz einfach wird. Aus welcher Richtung wurden sie versorgt? Natürlich, übers Meer, wahrscheinlich von der türkischen Seite. Die berühmten Spazierfahrten bei Mondschein waren das Alibi, die Zecher-Koko als Romantiker darstellen sollten, während sie für ihn eine Gelegenheit waren, ungestört nachts mit dem Dingi rauszufahren. Animateur-Koko und Königin hatten ihn wahrscheinlich beim Ausladen ertappt und einen Deal mit ihm gemacht: ihr Schweigen und ihr Schutz gegen eine fette Beteiligung.

Sie tauschten sich weiter aus, alles kam an seinen Platz. Es müsse das Verbot gewesen sein, mit dem Dingi rauszufahren, das Animateur-Koko und Königin das Leben gekostet habe. Zecher-Koko habe wohl eine Lieferung auf dem Meer entgegennehmen müssen und dieses Veto daher nicht akzeptieren können. Sicher habe er bei Königin dagegen protestieren wollen, dann müsse er das Paar gesehen haben, und Willy, der vor dem Fenster Wache hielt. Und da habe er beschlossen, beide beiseitezuschaffen, um sich einerseits von zu gierigen Komplizen zu befreien und andererseits nicht zu riskieren, dass sie nach ihrer Festnahme alles ausplaudern würden.

»Die Geschichte mit den Heydudas und der Spinne ist auch ganz klar. Zecher-Koko hat sie geschickt, um Ihnen eine Komödie vorzuspielen, Sie abzulenken und in Ruhe Königin und Animateur-Koko um die Ecke bringen zu können.«

»Schade«, seufzte er. »Jetzt wo wir den Fall lösen können, nimmt man ihn uns weg. Im Moment sind es ja nur Mutmaßungen ohne Beweise. Wenn wir dürften, könnten wir die ganz schnell beschaffen.«

»Wir dürfen tanzen gehen, Willy. Noch ist nicht alles verloren.«

Aus der Liegestuhlperspektive wurde der Fall glasklar, fast zu klar. Das Einzige, was Viviane noch ins Stolpern bringen würde, war der Salsa-Schritt.

Kapitel 22

Für den letzten Abend, an dem die Kommissarin hier ausgehen würde, hatte sie ihre Sache besonders gut gemacht: Sie hatte sich getraut, den Pareo anzuziehen und mit einem sehr eng anliegenden weißen T-Shirt zu kombinieren, dazu hatte sie ein ausdrucksvolles Makeup aufgelegt. Sie fühlte überraschte Blicke auf sich, als sie den Nachtclub betrat, ignorierte sie aber. Der Einzige, auf den es ankam, war ihr Mitarbeiter. Er erschien kurz nach ihr und starrte sie an, während sie ihn mit einer entschlossenen Geste an ihren Tisch zog.

»So habe ich Sie noch nie gesehen, Viviane.«

»Ich mich auch nicht. Sehen Sie gut hin, Willy, ein zweites Mal wird es nicht geben.«

Auf der Tanzfläche drängelte man sich schon, und verschiedene junge Mädchen hatten Willy aufdringlich angezwinkert, woraufhin Willy lässig zurückzwinkerte. Wie schaffte er es, Gefühle so treffend auszudrücken, indem er nur kurz das Augenlid schloss? Die Botschaft war jedenfalls klar: *Bin in Gesellschaft, nicht stören.*

Die Kommissarin und ihr Lieutenant beobachteten die Kunden und versuchten zwischen Salsa-Kunden und Drogen-Kunden zu unterscheiden.

»Ist das nicht lustig: Alles ist, wie wir es heute Morgen besprochen haben, ein bisschen, als würden wir den Film sehen, nachdem wir schon das Drehbuch gelesen hätten.«

»Ja, einige haben schon ihre Kreditkarte in der Hemdbrusttasche, bereit für die Lines – obwohl es an der Bar kein Kartenlesegerät gibt. Das hätte uns auffallen müssen.«

Alles, was sie beobachteten, brachte sie zum Lachen. Ein seltsames Lachen, voller Nostalgie. Sie sahen die flirtenden Heydudas, die Chéris, die mit konspirativen Mienen an der Bar anstanden und dann im angrenzenden Wald verschwanden. Es war charmant.

»Sehen Sie, Willy, es sind Zecher-Kokos Heydudas, die die Kunden anschleppen. Eine klassische Falle, in die man auch Sie am ersten Abend zu locken versucht hatte. Der Kunde wird angemacht, man bittet ihn um Geld, nur so viel, dass es für eine Line reicht, dann schlägt man vor zu teilen. Das Täubchen sagt Ja, aus Neugier. Der Stoff ist gut, es findet Geschmack daran. Und los geht's.«

Der Lieutenant lächelte. An diesem Abend schien ihn alles zu amüsieren. »Unter den Kennern muss dieses Dorf einen verdammt guten Ruf haben. *Lindos, die weiße Stadt*, was für ein Name, was für eine Werbung! Die Weiße, Viviane, die *Weiße!* Wie ein blinkendes Neonleuchtschild …«

Die Kommissarin antwortete nicht. Sie beobachtete die Aktivitäten an der Bar. Man schenkte dort nur Bier aus. »Merkwürdig. Wenn an der Bar Bier gekauft wird, gehen manche mit einem Bierdeckel los, aber ohne Glas. Andere wieder gehen mit Glas, aber ohne Bierdeckel los. Gehen Sie mal alleine Salsa tanzen, in der Nähe der Bar. Ich glaube, ich weiß, wie es läuft.«

Viviane blickte Willy nach, der in Schlangenlinien zur Bar tanzte. Er tanzte sehr gut allein, wozu sollte sie ihm Gesellschaft leisten? Zwei Minuten später kam er ganz erfreut wieder.

»Richtig beobachtet, Commissaire: Die Koks-Tütchen sind unter den Bierdeckeln festgeklebt. Zecher-Koko nimmt sie aus einem großen blauen Karton, der bei ihm auf dem Boden steht. Das war es, was der Taubstumme uns erklären wollte.«

»Gut, aber egal, es ist nicht mehr unser Fall. Was ist, tanzen wir Salsa?« Viviane stand auf. Alle Frauen sahen sie spöttisch an, auch die dunkelhaarige mit den Kanonenkugelbrüsten. Sie würde sich lächerlich machen. Sie sagte das leise zu Willy, der sie sehr komisch fand.

»Ach kommen Sie, lassen Sie uns lachen, Viviane, es ist unser letzter Urlaubsabend!« Er zeigte ihr die Grundschritte, die Seitschritte, das Aufsetzen der Füße, den Mambo nach vorn, nach hinten, zur Seite. Salsa war einfacher als Tango. Die einzige Schwierigkeit bestand darin zu tanzen. Es gelang ihr nicht, in die Musik hineinzufinden. Sie hielt Willy an der Hand, die andere hatte sie auf seiner Schulter abgelegt, Willy gab sich alle Mühe.

»Das ist wie Joggen, Viviane. Lassen Sie Ihren Körper machen, lassen Sie ihn alleine tanzen.«

Sie gab nicht auf, aber sie wurde immer aus dem Rhythmus geworfen. Die Beats und Zwischenbeats verwirrten sie.

»Stützen Sie sich auf mich, sehen Sie mir in die Augen, nehmen Sie meinen Rhythmus auf, lassen Sie sich gehen. Spüren Sie nichts?«

Wie lange war es her, dass ein Mann ihr so aufregende Worte gesagt hatte? Sie erlaubte ihrem Körper, sich dem Rhythmus ihres Partners anzupassen. Er war so nett.

»Sehen Sie, Viviane, es kommt, es kommt, los, zusammen!«

Er war süß. In wenigen Stunden würden sie den Flieger nach Paris besteigen. Dann wäre das Abenteuer vorbei.

Es blieben ihr nur diese wenigen Stunden mit Willy, die wollte sie nicht vergeuden. Sie tanzte mit ihm Salsa, alle Salsas, bis geschlossen wurde. Diese Salsa-Nacht würde sie nie vergessen.

Der Nachtclub machte zu und Zecher-Koko ließ seine Heydudas alles aufräumen. Sie sahen, wie er mit dem großen blauen Karton unterm Arm davonging.

»Schnell«, rief Willy, »kommen Sie mit.«

Ohne zu begreifen, lief sie ihm hinterher. Ihr Lieutenant machte mit ihr eine Runde durch den Wald und an den Lodges der Chéris vorbei. Was hatte er vor? Er hörte erst auf zu rennen, als sie wieder auf den Weg kamen, da verstand sie endlich: Zwanzig Meter hinter ihnen ging Zecher-Koko, im Mondschein.

»Das habe ich in der Polizeischule gelernt, Commissaire. Die unauffälligste Art, jemanden zu beschatten, ist, vor ihm zu gehen. Ich möchte wissen, wohin er seinen blauen Karton räumt.«

Der Lieutenant hatte ihr den Arm um die Schultern gelegt. Sie hatte sich noch etwas dichter an ihn geschmiegt, aber natürlich nur, um Zecher-Koko auszutricksen. Als sie die Tür zu ihrer Lodge aufschloss und Willy eintreten ließ, sagte sie ihm nur: »Schauen Sie sich nicht um, es ist unordentlich.« Es gab ohnehin Besseres zu sehen. Sie liefen ins Badezimmer, ohne dort das Licht einzuschalten, um Zecher-Koko durch das Seitenfenster zu beobachten. Zwei Lodges weiter kehrte der jetzt zurück in sein trautes Heim.

»Aha, er stellt das alles zu Hause ab und geht schlafen. Und wir, was machen wir jetzt?«, murmelte Willy.

Bei dieser Frage bekam Viviane Gänsehaut. Nur nicht das Licht einschalten, sonst hätte der Lieutenant gesehen, wie rot sie geworden war. Sie schwieg. Er atmete sehr laut, es störte sie aber nicht mehr. Das Schweigen hielt einige Sekunden an, dann unterbrach es der Lieutenant. »Haben Sie gehört?« Er fasste sie an der Schulter, wieder quetschten sie sich vor das Fenster. Zecher-Koko ging wieder los. Bevor er das Außenlicht löschte, hatten sie erkennen können, dass er einen dicken Pullover übergezogen hatte und einen Regenmantel unterm Arm trug. Der Bärtige hatte ein Talent dafür, immer die besten Momente kaputtzumachen.

Viviane wusste nicht mehr, was sie sagen oder tun

sollte. Was erwartete Willy? Sie zitterte, als er erklärte: »Er fährt hinaus aufs Meer, um die Lieferung zu holen, die er gestern verpasst hat, weil er das Dingi nicht nehmen konnte. Wir haben alle Zeit der Welt.«

Ja, sie hatten alle Zeit der Welt, er sagte das so schön mit seiner warmen Stimme. Viviane nahm ihn an der Hand und schleifte ihn ins Zimmer.

»Wissen Sie, womit wir anfangen werden?«, fragte der Lieutenant sie entschlossen.

Sie wusste es nicht, aber es würde ihr sicher gefallen. Sie antwortete nicht, warf ihm stattdessen einen vielsagenden, frivolen Blick zu.

»Wir werden seinem Zuhause einen ausführlichen Besuch abstatten. Ich bin sicher, dass er dort ein paar Überraschungen für uns parat hat.«

»Aber Willy«, antwortete sie tonlos, »wir sind nicht mehr befugt, in diesem Fall zu ermitteln. Die Anordnungen des Allmächtigen sind eindeutig: Wir sollen schlafen. *Schlafen* …«

Er schüttelte den Kopf, wie ein störrisches Kind. Der Fall war nicht mehr ihre Sache, aber der .45-Colt, den man ihnen gestohlen hatte. Dieser Diebstahl, erklärte er, hindere ihn am Schlaf. Drei Minuten später standen sie vor Zecher-Kokos Tür. Willy holte den Generalschlüssel aus seiner Tasche und drängte sich vor sie.

»Machen Sie kein Licht an«, befahl Viviane, »man könnte uns von draußen sehen.«

Die kleine Taschenlampe vom Schlüsselbund gab nur schwaches Licht, aber es genügte ihnen. Der Raum war spärlich möbliert. Sie durchsuchten eine Kommode, die ausschließlich pornografische Literatur enthielt, eine Lade mit etwas Wäsche – schmutziger Wäsche vor allem, die den zweifelhaften Geruch eines ungepflegten alleinstehenden Mannes ausströmte. Willy schlug die Schranktür mit einer Grimasse zu, Viviane machte sie wieder auf und nahm einen schmutzigen Lappen oben vom Stapel.

»Das ist der Lappen, in den der Colt eingewickelt war. Wir haben richtig vermutet, Willy. Weiter.«

Sie fanden zwar nicht die Pistole, dafür aber den blauen Karton, in einem großen Koffer. Er enthielt viele große Scheine und kleine weiße Tütchen.

»Das ist wahrer Reichtum«, merkte Viviane nüchtern an. »100 Euro für ein Gramm! Die Scheine sind dagegen wie Taschengeld.«

Willy schaute die Portionen an, dann die 100-Euro-Scheine. Sie erriet, was er dachte, wartete, dass er etwas sagte.

»Sie wissen doch, Commissaire, dass wir nicht im Dienst sind? Den *wahren* Reichtum wollen wir nicht anfassen, sein Besitz wäre strafbar. Aber was ist mit dem Taschengeld? Wer würde davon erfahren? Zecher-Koko würde uns nicht anzeigen. Warum sollten wir uns zurückhalten? Sie sagten es ja selbst: Wir sind nicht die Guten, nicht mal die Netten.«

Die kleine Taschenlampe erleuchtete nur die Scheine, Viviane war darüber erleichtert, Willy sollte sie nicht sehen. Sie zitterte vor Verlangen, vor Aufregung.

Sie hatte sich selbst immer als ehrlich bezeichnet, hatte nie das geringste Geschenk angenommen, keine Einladung zum Essen, noch nie einen Strafzettel gelöscht. Und plötzlich fragte sie sich, bis wohin es vernünftig war, ehrlich zu sein.

Ganz unbedarfter Verführer fuhr Willy fort: »Der Fall ist zu Ende, wir haben uns dafür abgemüht, aber das ist nichts gegen das, was uns nach unserer Rückkehr erwartet: kein Dankeschön, kein Bravo. Nur Anschnauzer und wahrscheinlich eine Abmahnung. Wir machen einen Job, für den es nie einen Bonus gibt. Das ist hart, oder? Vor allem angesichts von so viel Kohle.«

Im Lager gegenüber, dem Lager der Banditen und Erpresser, scheffelte man solche großen Summen täglich. Und im Lager über ihnen? Mit seinen Langusten, Limousinen, Impedimenten? Im Lager derer, für die sie nur brave Soldaten waren, oder arme Deppen? Wie hoch musste man im Staatsapparat aufsteigen, um große Seelen zu finden, die sich damit begnügten, Koffer zu öffnen, in Würde nachzuzählen, ohne sich die Hände schmutzig zu machen? Sie wusste es nicht, hatte es nie wissen wollen.

»Wir sind nicht mehr befugt, die Ermittlungen zu führen, Viviane, wir sind nur noch Touristen. Ich bin das nicht gewohnt. Was macht man in solchen Fällen?«

»Ach, Willy …« Sie hatte das in einer Art und Weise ausgesprochen, die ihren Worten keinen Sinn verlieh. Wie würde er das verstehen? Ihre einzige Sorge war, sie könnte den Lieutenant enttäuschen. Aber enttäuschte sie ihn eher mit einem Ja oder mit einem Nein? Dieser Kerl hatte zu viel Einfluss auf sie, ob er sich dessen bewusst war? Sie musste einen Ausweg aus der Falle finden, schnell. Etwas anderes vorschlagen. Action. »Nein, Willy, die Ermittlungen sind nicht erledigt. Wir können jetzt nichts entscheiden. Ich erinnere Sie daran, dass Zecher-Koko gerade seine Einkäufe erledigt. Fangen wir ihn bei seiner Rückkehr ab, dann können wir auch seine Geschäfte besser beurteilen.«

Der Lieutenant schloss den Karton mit einem breiten Lächeln. Die Idee gefiel ihm! Action! Innerlich bereute Viviane diesen Vorschlag bereits. Warum hatte sie ihm stattdessen nicht vorgeschlagen, in ihrer Lodge abzuwarten? Wie hatte sie diese Gelegenheit nur vorbeiziehen lassen können? Zu spät: Er hatte den Schatz wieder in den Koffer gestellt, um zum Kampf aufzubrechen.

»Ich habe meinen Speer im Segel-Bungalow gelassen, und Sie?«

Sie ging bei sich vorbei, um dort die Axt von neulich Abend zu holen, sie war unglücklich. Was wollte sie damit? Angenommen, es gelänge ihnen, Zecher-Koko abzufangen: Wie sollte sie dem Allmächtigen ihren Eingriff erklären? Sie stellte Willy diese Frage, der sie mit einer Handbewegung abtat.

»Wir sagen, wir hätten die Nacht verliebt am Strand verbracht und waren überrascht, ihn dort anzutreffen.«

Die Nacht verliebt am Strand … Wie konnte er nur so grausam sein? War er dabei, das Feld abzustecken, sie einzustimmen? Ja, am Strand wäre es romantischer als in der Lodge …

Vivianes Puls beschleunigte sich, als sie beim Segel-Bungalow ankamen. Die kleine Lampe, die noch leuchtete, warf ihre verformten Schatten an die Wand. Sie glichen zwei Figuren aus einem Sandalenfilm, wie sie sich so gegenüberstanden, mit ihren Waffen. Sie wartete auf das »Und was machen wir jetzt?« und suchte nach einer Antwort, die ihn aus der Fassung bringen würde.

Aber Willy sagte nur: »Lassen Sie uns ein Nickerchen machen. Er wird uns bei seiner Rückkehr mit seinem Motorengeräusch wecken.« Er legte sich auf die Segelsäcke und schlief sofort ein.

Sie konnte die Augen nicht von ihm abwenden. Er war schön, berührend. Dieser Typ mit seinen einfachen Freuden: laufen, werfen, springen, wahrscheinlich auch lieben. Jetzt war er nur noch ein Körper, der kräftig atmete, ein Körper, der Kraft tankte. Der Körper eines Mannes. Sie hatte ihn während des ganzen Aufenthaltes immer fast nackt gesehen, sie hatte seine Umarmung gespürt, den Geruch seiner Haut beim Tanzen geatmet. Da war er nun, unbeweglich, ruhig, ganz gewöhnlich angezogen. Sie schaute ihn fasziniert an, hoffnungslos, stand da wie ein Kind vor einem weihnachtlichen Schaufenster. Ein Geschenk, das zu schön war für sie. Sie löschte das Licht, um ihn verschwinden zu lassen, aber sein Atem war in dieser sinnlichen Dunkelheit noch präsenter als zuvor.

Zwei Stunden vergingen, dann hörte Viviane endlich den Motor. Sie weckte Willy und nahm ihn mit zum Strand hinter eine Jolle. Er hielt ihre Hand. Ein erregendes Bild aus ihrer Jugend überkam sie: das von dem Schiff in Perros-Guirec, wohin sie sich seinerzeit mit einem Jungen geflüchtet hatte. Sie zitterte, aber vor Kälte. Sie hatte nicht daran gedacht, dass es am Ufer so frisch sein würde.

Im hellen Mondschein fuhr das Dingi in die Bucht ein und kam näher. Zecher-Kokos Silhouette war am Ruder deutlich zu erkennen. Dann wechselte er plötzlich den Kurs und fuhr auf den anderen Felsen zu, wo das Amphitheater lag.

»Autsch, wir haben einen Fehler gemacht, wir haben das Licht im Segel-Bungalow gelöscht«, flüsterte Willy. »Am Ende des Ausflugs ›Das Meer unter dem Mond‹ hat er mir erklärt, dass dieses Licht ihm nachts zur Orientierung in der Bucht dient. Er muss Verdacht geschöpft haben.«

»Egal. Legen Sie sich hin«, flüsterte Viviane zurück. »Von dort, wo er ist, könnte er uns sehen.«

Zecher-Koko hatte den Motor aus dem Wasser gezogen und war ausgestiegen. Er zog das Dingi auf den Sand. Die Hand des Lieutenant drückte Vivianes fester.

»Haben Sie keine Angst, nicht zittern, ich bin da.«

»Ich habe keine Angst, mir ist kalt«, sagte sie. Und als wollte sie das Gesagte bestätigen, musste sie kurz husten.

»Ist da jemand?«, schrie Zecher-Koko und kam in ihre Richtung. Er war keine hundert Meter mehr von ihnen entfernt. Sie konnten ihn im Mondlicht sehen, die Pistole in der Hand.

»Wir müssen auf die andere Seite des Bungalows«, flüsterte Willy. »Er ist zu weit weg, um uns zu treffen, aber danach knallt er uns ab wie die Hasen.«

Sie standen auf, aber nicht schnell genug. Zecher-Koko war näher gekommen. Er streckte den Arm aus und schoss zwei Mal, über sie hinweg. Er kam noch näher und schoss zwei weitere Male: Die Kugeln flogen ihnen um die Ohren, während sie sich mit einem Sprung hinter den Bungalow retteten. Stille.

»Es waren noch sechs Kugeln im Magazin«, sagte Viviane. »Zwei für Königin und Animateur-Koko, plus vier für uns, Willy. Eigentlich könnten wir jetzt raus, er hat keine Munition mehr. Wenn er welche gekauft haben sollte, steht es schlecht um uns. Aber wir haben keine Wahl.«

Zecher-Koko hatte seine Waffe nicht neu geladen, er sprintete schon zum Dingi zurück. Willy jagte ihm hinterher. Viviane sah ihm fasziniert nach: So schnell konnte man also rennen! Auch sie gab ihr Bestes, weit hinter ihm, indem sie Willys Rat befolgte: »Lassen Sie sich gehen, Ihr Körper läuft auch ohne Sie gut«, aber ihr Körper kam nicht hinterher.

Zecher-Koko schob das Dingi ins Wasser, sprang an Bord und startete den Motor, der sofort ansprang. Als Willy auf seiner Höhe war, fuhr das Boot schon hinaus. Viviane sah, wie ihr Lieutenant zurückwich, seinen Speer schulterte und einen Arm nach hinten streckte, Anlauf nahm, den Ellenbogen halb beugte, um zum Wurf auszuholen und den Speer mit aller Kraft losschleuderte. Es war großartig.

Wie Viviane verfolgte Willy mit dem Blick die Flugbahn des Geräts. Der Versuch war hoffnungslos, sinnlos: Das Dingi war schon zu weit weg. Oder doch nicht? Der Speer flog auf das Dingi zu und begann seinen Sinkflug. Zecher-Koko blickte besorgt nach oben. Als er die Waffe anfliegen sah, verlangsamte er sein Tempo. Der Speer tauchte vor ihm ins Wasser.

Zecher-Koko hatte bei dem Manöver den Motor abgewürgt und versuchte, ihn neu zu starten. Willy schwamm in seine Richtung.

Viviane zog ihren Pareo aus und rannte in die Wellen, die Axt in der Hand. Sie kam kaum voran. Wie ging das noch? Was hatte Kiki-Platsch gesagt? Ach ja, *in schlängelnden Bewegungen, mit den Schultern, mit den Hüften. Das Wasser in Schräglage angehen* … Jetzt ging es viel besser. Das Wasser stand ihr bis zur Brust, jetzt musste sie schwimmen. Vor sich sah sie, wie Willy versuchte, an Bord zu klettern. Der Kampf der Gladiatoren hatte begonnen.

Zecher-Koko griff sich ein Ruder, um Willy damit einen Schlag auf den Kopf zu verpassen, aber der konnte ihm ausweichen, tauchte unter das Boot und versuchte, auf der anderen Seite an Bord zu kommen. Das war ein Fehler, Zecher-Koko hatte das vorausgesehen und erwartete ihn dort bereits. Er schlug mit voller Wucht zu. Viviane hörte das schreckliche Geräusch des Holzes auf

Willys Kopf und dann seinen Schrei. Sie sah, wie Zecher-Koko gerade zum finalen Schlag ausholen wollte.

Aber es gab keinen finalen Schlag: Die Kommissarin war inzwischen nahe genug herangekommen, warf ihre Axt mit der Kraft der Verzweiflung. Es war idiotisch, so grotesk wie in einem Sandalenfilm, sie hatte beim Boule-Spielen niemals auch nur einen Punkt gemacht. Aber wie durch ein Wunder wirbelte die Waffe durch die Luft, knallte an Zecher-Kokos Kopf, und er brach zusammen.

Viviane packte Willy, der bewusstlos war und den Bootsrand bereits losgelassen hatte. Sie schob ihn mehr schlecht als recht an Bord, fischte den Speer aus dem Wasser, der vor dem Schiff schwamm, und kletterte selbst ins Boot, um es zum Strand zu fahren.

Es tagte schon. Die Kommissarin begutachtete Zecher-Kokos Wunde, die nur oberflächlich zu sein schien, dann beugte sie sich über Willy. Er blutete nicht, bewegte sich aber auch nicht. Sie holte ein dünnes Seil aus dem Bungalow, fesselte Zecher-Koko damit an Armen und Beinen, dann wusste sie sich nicht mehr anders zu helfen, als ein jämmerliches »Zu Hilfe!« zu brüllen.

Sie hörte ein »Ich komme!«, dann sah sie eine lange Silhouette, die gegen das Licht am Strand auftauchte.

Es war Lieutenant Augustin Monot.

Kapitel 23

»Und was machen wir jetzt?«

Vivianes Gesicht erhellte sich. Willy hatte gesprochen! Darauf hatte sie seit dreißig Stunden gewartet. Sie schlug die *Gedichte an Lou* zu, die Augustin Monot ihr mitgebracht hatte, und nahm seine Hand. »Sie dürfen sich nicht anstrengen. Sie haben eine Gehirnerschütterung. Wir sind im Krankenhaus von Rhodos, auf der Intensivstation.«

»Und unser Fall, wie geht es dem?«

»Gelöst. Lieutenant Monot ist da, er hat alles in Ordnung gebracht. Es wird kein Aufsehen geben. Der Fall wurde schon den regionalen Medien vorgestellt, alles läuft gut.«

»Aber … der Tod von Animateur-Koko und Königin …«

»Ein doppelter Selbstmord. Der beste Freund und die untröstliche Witwe – können Sie sich nicht vorstellen, wie traurig sie nach Kings Tod waren? Verzweifelt sind sie ihm ins Jenseits gefolgt. Monot hat den .45-Colt wiedergefunden: Wir hatten ihn übersehen, er war unters Bett gerutscht. Er hat im Nachttisch auch einen Brief gefunden, den alle beide unterschrieben haben und in dem sie ihre Tat erklären. Ein wunderschöner Brief. Es gibt darin sogar ein paar Verse aus Baudelaires ›Der Tod der Liebenden‹. Soll ich sie Ihnen aufsagen?

Ein Abend rosa, mystisch blau erblüht,
Wir tauschen einen Blitz, der uns durchglüht
Wie langes Schluchzen, schwer von Abschieds-
schmerzen …

»Ganz hübsch. Und wie haben Sie das mit King gelöst?«

»Stellen Sie sich vor, die Untersuchungen haben ergeben, dass auch er sich umgebracht hat: Er hat den Scherz von Königin zu ernst genommen, die sich seinen Blicken nackt auf dem Belvedere präsentierte, um ihn eifersüchtig zu machen, während er gerade einen Scheinwerfer montierte. Ein sinnloses Missverständnis. Er hat sich erhängt, nachdem er sich den ganzen Nachmittag auf dem Mast versteckt hatte. Der Gerichtsmediziner hatte sich getäuscht. Die Wunde an seinem Herzen stammt von einer sehr dicken Sicherheitsnadel, die seine Tunika zusammenhielt: Sie hat sich geöffnet und ist in seinen Körper eingedrungen, als man den Leichnam abgeknüpft hat.«

»Und unsere Liebschaft am Strand?«

»Kommen Sie, Willy, tun Sie nicht so unschuldig. Erinnern Sie sich nicht? Sie und ich haben die Nacht verliebt unter einem Boot verbracht, Zecher-Koko hat uns erwischt! Sie wissen doch, wie verliebt er in mich war! In seiner Wut hat er vier Kugeln auf uns abgeschossen, er hat uns verpasst, dann aber versucht, Sie mit einem Ruder zu erschlagen. Zum Glück, oh mein Schatz, habe ich Sie verteidigt, wie ich nur konnte. Er ist geflüchtet, man weiß nicht wohin, man wird ihn nie wiedersehen.«

»Im Ernst jetzt?«

»Ganz und gar. Während Monot sich um Sie gekümmert hat, habe ich mich um Zecher-Koko gekümmert. Er hatte Schwierigkeiten sich zu artikulieren, der Arme. Aber als ich ihm mit Ihrem Speer die Kehle zugedrückt habe, ging es besser, er war bereit, auf alle meine Fragen zu antworten.«

»Was hat er Ihnen erzählt?«

»Vieles hatten wir uns schon zusammengereimt, aber noch nicht alles: Er fürchtete schon seit einiger Zeit, dass sein Geschäft entdeckt worden sein könnte. Die freundschaftlichen Gefühle, die King für Brigadier Vermeulen hegte, bereiteten ihm Sorgen. Später, als Liliane Gadret an einer Überdosis starb, hat er ihren Tod manipuliert, um den Verdacht von sich abzulenken. Doch er wurde panisch, als er sie am Strand wiederfand, genau unterhalb des Nachtclubs, als hätte man sie dorthin gebracht, um ihn anzuschuldigen. Er wähnte sich im Fadenkreuz der Ermittler und hat einige Portionen Koks in den Koffern der Toten versteckt, um zu beweisen, dass sie sich außerhalb des Dorfes versorgt hat. Später, als er erfuhr, dass ich von der Polizei war, hat er eines Abends meine Lodge durchsucht, um Unterlagen über unsere Ermittlungen zu finden. Er hat nur den .45-Colt gefunden und ihn mitgenommen, um seine Flucht oder seine Ladung abzusichern, wenn nötig. Kurz, dieser kleine Herr hat sich sehr wichtig genommen.«

»Wo ist er jetzt, der kleine Herr?«

»Da seine Lieferungen übers Meer aus der Türkei kamen, haben wir sie samt Empfänger an den Absender zurückgeschickt. Das Dingi ist heute Nacht bis in den Hafen von Fethiye geschleppt worden. Zecher-Koko war an Bord eingeschlafen, nachdem er versehentlich eine dreifache Dosis Schlafmittel eingenommen hatte. Er wurde vor dem Zollbüro abgesetzt, samt blauem Karton.«

»Der ganze Karton? Auch das Bargeld, das Taschengeld?«

»Nein, ein geheimnisvoller Gönner hat das Taschengeld dem Taubstummen gebracht, als Schmerzensgeld. Ich musste ihm das in Zeichensprache erklären, das war nicht einfach.«

»Und der Allmächtige hat die Geschichte geschluckt?«

»Nein, natürlich nicht. Aber da wir so kein Aufsehen erregen, wird er die Sache auch auf sich beruhen lassen. Er war sehr erfolgreich bei der Hetzjagd.«

»Dann sind alle zufrieden?«

»Fast: Der Big Boss des Esprit-Clubs wird traurig sein. Schließlich bricht ihm nun ein Teil seiner Klientel weg. Aber ihm bleiben ja noch die Tango- und Salsa-Amateure.«

Die Krankenschwester trat ein: Der Patient müsse sich ausruhen. Er sei noch schwach. Viviane küsste ihn auf die Stirn, bevor sie ging.

Lieutenant Augustin Monot erwartete sie in der Eingangshalle. Schön, aufrecht, makellos, lächelnd. »Nun, Commissaire, man sagte mir, es gehe ihm besser?«

Viviane warf sich in seine Arme und verschüttete gerührt einige Freudentränen. »Oh, ich bin ja so glücklich, dass Sie bei mir sind, Willy!«

Quellenangaben

Eule, Guillaume Apollinaire, *Le Bestiaire/Bestiarium.* Aus dem Französischen von Karl Krolow, Gießen 1959, Walltor Verlag

Rheinische Nacht, Guillaume Apollinaire, Alkohol. Aus dem Französischen von Johannes Hübner und Lothar Klünner. Luchterhand Verlag, Darmstadt und Neuwied, 1969, 1976

Die toten Blätter, Nachdichtung von Kurt Kusenberg, in: Jacques Prévert, *Gedichte und Chansons*, Rowohlt, 1962

Lore Lay, Guillaume Apollinaire, *Alkohol.* Aus dem Französischen von Johannes Hübner und Lothar Klünner, Luchterhand Verlag, 1976 Darmstadt und Neuwied.

Der Tod der Liebenden, Charles Baudelaire, *Die Blumen des Bösen.* Aus dem Französischen von Monika Fahrenbach-Wachendorff, Reclam Universalbibliothek Nr. 9973